# 老舍文论四十四讲

## 吴小美　著

文物出版社

**图书在版编目（CIP）数据**

老舍文论四十四讲／吴小美著．—北京：文物出版社，2016.9

ISBN 978 - 7 - 5010 - 4761 - 1

Ⅰ．①老…　Ⅱ．①吴…　Ⅲ．①老舍（1899~1966）—文学研究　Ⅳ．①I206.7

中国版本图书馆 CIP 数据核字（2016）第 219375 号

## 老舍文论四十四讲

著　　者：吴小美

责任编辑：许海意
封面设计：程星涛
责任印制：张道奇

出版发行：文物出版社
社　　址：北京市东直门内北小街 2 号楼
邮　　编：100007
网　　址：http://www.wenwu.com
邮　　箱：web@wenwu.com
经　　销：新华书店
印　　刷：北京京都六环印刷厂
开　　本：880mm×1230mm　1/32
印　　张：10.5
版　　次：2016 年 9 月第 1 版
印　　次：2016 年 9 月第 1 次印刷
书　　号：ISBN 978 - 7 - 5010 - 4761 - 1
定　　价：56.00 元

# 目　录

1

# 认识文学的重要途径

## ——解读《文学的特质》

　　20 世纪 30 年代上半期，老舍生活与工作在山东，并在济南的齐鲁大学执教（任教授）。齐鲁大学是名校，而又得以聘请到名作家来任教，不论对学校或对老舍来说，都是大事要事。文学概论一课，是老舍开设的重要课程，后来整理并出版了《文学概论讲义》（先由齐鲁大学铅印，1984 年 6 月北京出版社初版）。《文学的特质》是该书的第四讲。

　　《文学概论讲义》的特点是，每讲内容充实，而又没有"理论气"。《文学的特质》是全书重要的代表作之一。在正式进入阐释文学的特质前，老舍用了一千多字的篇幅，以"整个文学是生长的活物"这一重要的观念，讨论了中国（甚至世界的）文学界所忽略的重要问题，如：中国没有艺术论，以致使文学长期找不到个"老家"；中国始终没有对"文以载道"是否合理加以辨析，反之或将文学（包括艺术）视为"雕虫小技"和消遣品等重要问题进行过有效有成果的探讨。在进行了尖锐的批评后，老舍鲜明提出：文学的真面目是美的，善于表情的，聪明的，眉目口鼻无一处不调和的。甚至动情地指出："这样的一个面目使人恋它爱它赞美它，使人看了还要看，甚至于如颠如狂的在梦中还记念着它。"读到这里，我们这

1

些无幸聆听先生讲课的今天的读者，也几乎要"如颠如狂"了。至此，讲课人才进入从三个方面，讲解文学的三个特质：情感、美、想象。

其一，情感。在讲解情感是文学的第一特质前，老舍先说明文学是一种"工具"；按说，工具是需要更多的理智的成分，但如果将理智作为文学的第一特质，那么，"无理取闹"的《西游记》和许多表现男欢女爱的文学作品能算最好的文学吗？为什么说明人生行为的哲学和伦理学不是文学呢？为什么满足人们渴求知识欲望的科学不是文学呢？从这三方面看，虽然理智也是文学中的重要分子，但它并不是文学的主要特质；所以，理智必先让位给情感！因为"理智不是坏对象，但是理智的分子越多，文学的感动力越少"，"理智是冷酷的，它会使人清醒，不会让人沉醉"，而判定文艺是必须以能否感动人为准的。他举但丁的《神曲》为例，认为《神曲》的伟大，决不在于但丁敢以科学为材料，而在于他"能在此以外还有那千古不朽的惊心动魄的心灵的激动"！他又以陶潜和杜甫的诗为例，提出哲学家不可能把哲理"装入"诗的形式中去打动读者的心房。所以，人世间的感情虽然不能说千古不变，但感情是文学的特质是不可变的，人们读文学是为了追求感情上的趣味则应"万古不变"的！像这样开门见山，斩钉截铁地判定文学的主要特质，在当今的文学概论教科书中也是难见的。老舍在他讲理论问题的讲义中，还不忘十分幽默地说："没有感情的文学便是不需要文学的表示，那便是文学该死的日子了。那么，假如有人以为感情不是不变的，而反对感情的永久性之说，他或者可以承认感情是总不能与文艺离婚的吧？"的确，老舍自己的创作，包含他并不是很成熟的早期小说（如《老张的哲学》、《赵子曰》等），包括他自己以及一些读者和评论者有所非议的《猫城记》，都是饱含感情色彩的。反之，解放后有的"遵命"剧本的不够成功，一是因为他对写作对象及题材不够熟悉，二是随之必来的缺乏足够的情感（老舍对社会主义建设是有足够的情感的，但对笔下众多写作对象的情感确有至少在程度上的差别）。

随之而来的重要问题是，老舍对文学的特质第一就提到情感，是否可以给他带上一顶忽视或歧视"思想"呢？完全不是。他明确地讲出："思想是文艺中的重要东西"，但是"怎样引导与表现思想是艺术的，是更重要的"。所以，思想以外，还要认真考虑的，有风格、形式、组织、幽默等，这些才能将思想的力量变得更深厚，更足以打动人心。因为科学能给人以知识，而文学作品当然也能给人以知识，但它必需解释人生；即使写乌托邦的梦幻，也是在给人生作解释与写照；哪怕是写最平凡的哲理，也是用有血有肉的人生烘托出来的。思想、知识，可以是个人所拥有的；而感情，就不仅如此，它至少应该包括：作家的感情、作品中人物的感情、读者的感情。老舍十分辩证地讲解了这三者的关系，他认为，如果作家自己的感情太多了，作品有可能流于浮浅、或颓丧……而作品中人物的感情，才可引起读者的注意或共鸣，才是对作者艺术才力与人生阅历的最大考验。这是真知灼见，这是老舍将感情作为文学特质之一的真正含义。如果笔者没有理解错的话，老舍要求这第一特质的感情必须是美的，是超出利与害的；美是不偏不倚的，美即真实，真实即美——但是，决不能拿淫丑的东西与美混同，感情当然是如此的。用我们当今常用的语言来说，就是真、善、美。

其二，想象。老舍认为，艺术品的构成是不能离开想象的；绝对的写实是照相，而照相构不成艺术。是的，这和我们当今还能在照相馆中看到的拍艺术照是两个概念。拍照，可以拍得好一些或差一些，但拍出来的成品只能是照片，而不是艺术品，它还只能是真人真物的复制品，而文学艺术就不能是这样的。老舍用讲故事或笑话为例，不同的人来讲，会引起完全不同的效果，这就有赖于讲的人的想象力了。他不能把故事或笑话的内容简单如实地宣布出来，而必需仰仗自己的想象力。不仅要能引起听者的更注意，用老舍的话说，就是"怎样给听众一些出其不备的刺激与惊异"，并称它是"想象的排列法"；这样，才可使故事和笑话之美"像一朵鲜花"，"拆开来，每一蕊一瓣也是朵独立的小花，合起来，还是香色俱美的大花"。一部作品的构成，可能是出于作者的臆造，或来自真实的经验，但都要通过想象来构成，否则就只能成为报纸上的新闻。老舍以"寡妇夜哭"这一现象为例，一个作家写这"夜哭"，如果没有想象力，而只说她的哭声传到了天边地角去，是不能传出妇人的悲苦的；作家必须有很好的想象力，才能使人同情这个寡妇。老舍很恰当地引用了亚里士多德的这句话："一个历史家与一个诗人……的不同处是：一个是说已过去的事实，一个是说或者有过的事实。"这就因为后者有想象力，所以，"想象是永生之物的代表"，这"永生之物"分量可不轻。在老舍看来，一篇作品，小到一个字、一句话、一个景象，都是想象的描画。老舍告诉我们，想象中最自然的是比喻，众多的景象并不能直接写出，而必须借助另一个恰好相合的景象去有力地烘托出来。当然，文艺作品中的想象又不仅是比喻，那就应该还有不同作家各自的技巧了。总之，"想象，它是文人的心深入于人心、世故、自然，去把真理捉住。"在这一讲中，老舍将想象归纳为：想象的结构、想象的处置、想象的表现。有了这三步，才能产生伟大的文艺作品。

至此，文学的特质第三要素到了呼之即出的机缘，那就是美。美，不但和感情是文学艺术的一对翅膀，和想象也是一对翅膀。因为，想象是使文艺能飞起来的能力，文艺如果不能飞起来，不能给人以愉悦，那还是什么文艺？！所以老舍说："感情、美、想象，（结构，处置，表现）是文学的三个特质"。笔者理解的"结构、处置、表现"，并不是与感情、美、想象，一个一个对应的，它们不是一对一的对应，而应该都是创造文艺与欣赏文艺所不能或缺的，是为了后文所要讲解的"文学的道德目的"和"使人欣悦的目的"相对应的。这两个目的，其实古今中外争论了多少世纪、多少回合了，最后到底谁胜了，谁负了，别说是老舍做此演讲的20世纪30年代了，至今也还是没有定论，或者说是没有能使绝大多数作者和读者都心悦诚服的。但是，文学的功能，文学批评的标准，在大多数作者和读者心目中和阅读后，基本上还是有一些共同的认识的——那就是，看作者到底通过自己的作品给了读者什么，给了社会、现实什么。老舍在这一讲中，并没有将什么结论强加于人，包括他在其他文论中将要探讨的问题，如他在这一讲中提到的文艺的形式、风格、幽默、思想、结构等，都应该而且可以详尽、长远地讨论、争论；但是，这些讨论争论，都离不开文学本身的特质，否则就是空发议论，争论不休，毫无收获。

怎么才能不空发议论呢？老舍提出了"认识文学的正路"，那就是牢牢把握文学本身，把握作品的社会背景，作家的历史，一句话，是要看文学的本身。他特别提到胡适的《红楼梦考》和蔡元培的《石头记索隐》这两部考辨《红楼梦》的名著。他认为，有的研究者专从文学的眼光去读《红楼梦》，所得并不比胡适少；而蔡元培的《石头记索隐》，则有些近于"猜谜"。老舍大胆而正确地提出：设若文人的心血都花费在"猜谜"上，那就未免"太愚"了。一个好的文人，如果能在自己的作品中，说出自己要说的，而且说得漂亮，说得美，说得笔尖带感情，那就是成功。

老舍最终的结论是："文学本身是文学特质的唯一的寄存处。"

**附：**

# 文学的特质

这一讲本来应称为"什么是文学"。什么是文学？恐怕永远不会得到最后的答案。提出几个文学的特质，和文学中的重要问题，加以讨论，借以得着个较为清楚的概念，为认识与欣赏文学的基础，这较比着是更妥当的办法。这个进程也不是不科学的，因为打算捉住文学的构成原素必须经过逻辑的手段，从比较分析归纳等得到那一切文学作品所必具的条件。这是一个很大的志愿，其中需要的知识恐怕不是任何人在一生中所能集取得满足的；但是，消极的说，我们有"科学的"一词常常在目前，我们至少足以避免以一时代或一民族的文学为解决文学一切问题的钥匙。我们知道，整个文学是生长的活物的观念，也知道当怎样留神去下结论，更知道我们的知识是多么有限；有了这种种的警惕与小心，或者我们的错误是可以更少一点的。文学不是科学，正与宗教美学艺术论一样的有非科学所能解决之点，但是从另一方面看，科学的研究方法本来不是要使文学或宗教等变为科学，而是使它们增多一些更有根据的说明，使我们多一些更清楚的了解。科学的方法并不妨碍我们应用对于美学或宗教学所应有的常识的推理与精神上的经验及体会，研究文学也是如此：文学的欣赏是随着个人的爱好而不同的，但是被欣赏的条件与欣赏者的心理是可以由科学的方法而发现一些的。

在前两讲中我们看见许多问题，文学中的道德问题，思想问题，形式与内容的问题，诗与散文的问题；和许多文学特质的价值的估定，美的价值，情感的价值，想象的价值等等。这些都是我们必须详细讨论的。但是，在讨论这些之前，我们要问一句，中国文学中有没有忽略了在世界文学里所视为重要的问题？这极为重要，因为不这么设问一下，我们便容易守着一些旧说而自满自足，不再去看那世界文学所共具的条件，因而也就不能公平的评断我们自家的文艺的真价值与成功何在。

中国没有艺术论。这使中国一切艺术吃了很大的亏。自然，艺术论永远不会代艺术解决了一切的问题，但是艺术上的主张与理论，无论是好与坏，总是可以引起对艺术的深厚趣味；足以划分开艺术的领域，从而给予各种艺术以适当的价值；足以为艺术的各枝对美的、道德的等问题作个通体盘算的讨论。柏拉图与亚里士多德的文学理论，在今日看起来，是有许多错误的，可是他们都以艺术为起点来讨论文学。不管他们有多少错误，他们对文学的生长与功能全得到一个更高大更深远的来源与根据；他们看文学不象个飘萍，不是个寄生物，而是独立的一种艺术。以艺术为起点而说文学，就是柏拉图那样轻视艺术也不能不承认荷马的伟大与诗人的须受了神明的启示而后才作得出好文章来。中国没有艺术论，所以文学始终没找着个老家，也没有一些兄弟姐妹来陪伴着。"文以载道"是否合理？没有人能作有根据的驳辩，因为没有艺术论作后盾。文学这样的失去根据地，自然便容易被拉去作哲学和伦理的奴仆。文学因工具——文字——的关系托身于哲学还算幸事，中国的图画、雕刻与音乐便更可怜，它们只是自生自灭，没有高深透彻的理论与宣传为它们倡导激励。中国的文学、图画、雕刻、音乐往好里说全是足以"见道"，往坏里说都是"雕虫小技"：前者是把艺术完全视为道德的附属物，后者是把它们视为消遣品。

　　设若以文学为艺术之一枝便怎样呢？文学便会立刻除掉道德的或任何别种不相干的东西的鬼脸而露出它的真面目。文学的真面目是美的，善于表情的，聪明的，眉目口鼻无一处不调和的。这样的一个面目使人恋它爱它赞美它，使人看了还要看，甚至于如颠如狂的在梦中还记念着它。道德的鬼脸是否能使人这样？谁都能知道怎么回答这个问题。

　　这到了该说文学的特质的时候了，虽然我们还可以继续着指出中国文学中所缺乏的东西，如文学批评，如文学形式与内容的详细讨论，如以美学为观点的文学理论等等，但是这些个的所以缺乏，大概还是因为我们没有"艺术"这个观念。虽然我们有些类似文学评论的文章，可是文学批评没有成为独立的文艺，因为没有艺术这个观念，所以不能想到文学批评的本身应当是创造的文艺呢，还是只管随便的指摘出文学作品一些毛病。形式与内容的关系也是由讨论整个的艺术才能提出，因为在讨论图画雕刻与建筑之美的时候，形式问题是要首先解决的。有了形式问题的讨论，形式与内容的关系自然便出来了。对于美学，中国没有专论，这是没有艺术论的自然结果。但是我们还是先讨论文学的特质吧。

　　文学是干什么的呢？是为说明什么呢——如说明"道"——还是另有作用？从艺术上看，图画、雕刻、音乐的构成似乎都不能完全离开理智，就是音乐也是要表现一些思想。文学呢，因为工具的关系，是比任何艺术更多一些理智分子的。那么，理智是不是文学的特质呢？不是！从几方面看它不是：（一）假如理智是个文学特质，为什么那无理取闹的《西游记》与喜剧们也算文艺作品呢？为什么那有名的诗，戏剧，小说，大半是说男女相悦之情，而还算最好的文艺呢？（二）讲理的有哲学，说明人生行为的有伦理学，为什么在这两种之外另要文学？假如理智是最要紧的东西；假如文学的责任也在说理，它又与哲学有何区别呢？（三）供给我们知识的自有科学，为什么必须要文学，假如文学的功用是在满足求知的欲望？要回答这些问题，我们不能不说理智不是文学的特质，虽然理智在文学中也是重要的分子。什么东西拦住理智的去路呢？情感。

为什么《西游记》使人爱读，至少是比韩愈的《原道》使人更爱读？因为它使人欣喜——使人欣喜是艺术的目的。为何男女相爱的事自最初的民歌直至近代的诗文总是最时兴的题目？因为这个题目足以感动心灵。陆机、袁牧等所主张的对了，判定文艺是该以能否感动为准的。理智不是坏对象，但是理智的分子越多，文学的感动力越少，因为"文学都是要传达力量，凡为发表知识的不是文学"。我们读文艺作品也要思索，但是思索什么？不是由文学所给的那点感动与趣味，而设身处地的思索作品中人物与事实的遭遇吗？假如不是思索这个，文学怎能使我们忽啼忽笑呢？不能使我们哭笑的作品能否算为文学的成功？理智是冷酷的，它会使人清醒，不会让人沉醉。自然，有些伟大的诗人敢大胆的以诗来谈科学与哲理，象 Lucretius 与但丁。但是我们读诗是否为求知呢？不是。这两位诗人的大胆与能力是可佩服的，但是我们只能佩服他们的能力与胆量，而不能因此就把科学与哲理的讨论作为诗艺的正当的题材。因为我们明知道，就以但丁说吧，《神曲》的伟大决不是因为他敢以科学作材料，而是在乎他能在此以外还有那千古不朽的惊心动魄的心灵的激动；因此，他是比 Lucretius 更伟大的诗人；Lucretius 只是把别人的思想铸成了诗句，这些思想只有一时的价值，没有文学的永久性。我们试看杜甫的《北征》里的"……学母无不为，晓妆随手抹；移时施朱铅，狼藉眉目阔。生还对童稚，似欲忘饥渴；问事竟挽须，谁能即嗔喝……"这里有什么高深的思想？为什么我们还爱读呢？因为其中有点不可磨灭的感情，在唐朝为父的是如此，到如今还是如此。自然，将来的人类果真能把家庭制度完全取消，真能保持社会的平和而使悲剧无由产生，这几句诗也会失了感动的能力。但是世界能否变成那样是个问题，而且无论怎样，这几句总比"衰荣无定在，彼此更共之。邵生瓜田中，宁似东陵时。寒暑有代谢，人道每如兹……"（陶潜）要留传得久远一<u>些</u>，因为杜甫的《北征》是人生的真经验，是带着感情写出的；陶潜的这几句是个哲学家把一段哲理装入诗的形式中，它自然不会使读者的心房跳跃。感情是否永久不变是不敢定的，可是感情是文学的特质是不可移易的，人们读文学为是求感情上的趣味也是万古不变的。我们可以想象到一个不动感情的人类（如 Aldous Huxley 在 Brave New World 中所形容的），但是不能想象到一个与感情分家的文学；没有感情的文学便是不需要文学的表示，那便是文学该死的日子了。那么，假如有人以为感情不是不变的，而反对感情的永久性之说，他或者可以承认感情是总不能与文艺离婚的吧？

伟大的文艺自然须有伟大的思想和哲理，但是文艺中怎样表现这思想与哲理是比思想与哲理的本身价值还要大得多；设若没有这种限制，文艺便与哲学完全没有分别。怎样的表现是艺术的问题，陈说什么是思想的问题，有高深的思想而不能艺术的表现出来便不能算作文艺作品。反之，没有什么高深的思想，而表现得好，便还算作文艺，这便附带着说明了为什么有些无理取闹的游戏文字可以算作杰作，"幽默"之所以成为文艺的重要分子也因此解决。谈到思想，只有思想便好了；谈到文艺，思想而外还有许多许多东西应当加以思考的：风格，形式，组织，幽默……这些都足以把思想的重要推到次要的地位上去。风格，形式等等的作用是什么？帮助思想的清晰是其中的一点，而大部分还是为使文艺的力量更深厚，更足以打动人心。笔力脆弱的不能打动人心，所以须有一种有力的风格；

乱七八糟的一片材料不能引人入胜，所以须有形式与组织。怎样表现便是怎样使人更觉得舒适，更感到了深厚的情感。这便是 Longinus 所谓的 Sublime，他说："天才的作品不是要说服，而是使人狂悦——或是说使读者忘形。那奇妙之点是不管它在哪里与在何时发现，它总使我们惊讶；它能在那要说服的或悦耳的失败之处得胜；因信服与否大半是我们自己可以作主的，但是对于天才的权威是无法反抗。天才把它那无可抵御的意志压在我们一切人的头上。"这点能力不是思想所能有的。思想是文艺中的重要东西，但是怎样引导与表现思想是艺术的，是更重要的。

我们读了文学作品可以得到一些知识，不错；但是所得到的是什么知识？当然不是科学所给的知识。文学与别的艺术品一样，是解释人生的。文学家也许是写自己的经历，象杜甫与 Wordsworth，也许是写一种天外飞来的幻想，象那些乌托邦的梦想者，但是无论他们写什么，他们是给人生一种写照与解释。他们写的也许是极平常的事，而在这平凡事实中提到一些人生的意义，这便是他们的哲理，这便是他们给我们的知识。他们的哲理是用带着血肉的人生烘托出来的，他们的知识是以人情人心为起点，所以他们的哲理也许不很深，而且有时候也许受不住科学的分析，但是这点不高深的哲理在具体的表现中能把我们带到天外去，我们到了他们所设的境界中自然能体会出人生的真意义。我们读文艺作品不是为引起一种哲学的驳难，而是随着文人所设下的事实而体会人生；文人能否把我们引入另一境界，能否给我们一种满意的结局，便是文人的要务。科学家们是分头的研究而后报告他们的获得，文学家是具体的创造一切。因为文学是创造的，所以其中所含的感情是比知识更重要更真切的。知识是个人的事，个人有知识把它发表出就完了，别人接受它与否是别人的事。感情便不止于此了，它至少有三方面：作家的感情，作品中人物的感情，和读者的感情。这三者怎样的运用与调和不是个容易的事。作者自己的感情太多了，作品便失于浮浅或颓丧或过度的浪漫；作品中人物的感情如何，与能引起读者的感情与否，是作者首先要注意的。使人物的感情有圆满适宜的发泄，而后使读者同情于书中人物，这需要艺术的才力与人生的知识。读者于文学作品中所得的知识因此也是关于人生的；这便是文学所以为必要的，而不只是一种消遣品。

以上是讲文学中的感情与思想的问题，其结论是：感情是文学的特质之一；思想与知识是重要的，但不是文学的特质，因为这二者并不专靠文学为它们宣传。

道德的目的是不是文学的特质之一呢？有美在这里等着它。美是不偏不倚，无利害的，因而也就没有道德的标准。美是一切艺术的要素，文学自然不能抛弃了它；有它在这里，道德的目的便无法上前。道德是有所为的，美是超出利害的，这二者的能否调和，似乎还没有这二者谁应作主的问题更为重要，因为有许多很美的作品也含有道德的教训，而我们所要问的是到底道德算不算与美平行的文学特性？

在第二、三两讲中，我们看见许多文人谈论"道"的问题，有的以"道"为哲学，这在前面已讨论过，不要再说；有的以"道"为实际的道德，如"且所谓文者，务为有补于世而已矣。"我们便由这里讨论起。

我们先引一小段几乎人人熟悉的文字："枯藤老树昏鸦，小桥流水人家，古道西风瘦马，夕阳西下，断肠人在天涯！"这是不是公认的最美妙的一段？可是，这有补于世与否？我们无须等个回答。这已经把"务为有补于世"的"务"字给打下去。那么，象白居易的《折臂翁》（戍边功也），和他那些新乐府（为君为臣为民为物为事而作，不为文而作也），虽都是有道德的目的，可是有些是非常的美丽真挚，又算不算最好的诗艺呢？还有近代的主张为人生而艺术的也是以文艺为一种人生苦痛的呼声，是不是为"有补于世"作证呢？

在回答这个以前，我们再提出反面的问题：不道德的文艺，可是很美，又算不算好的文艺呢？

美即真实，真实即美，是人人知道的。W·Blake 也说："不揭示出赤裸裸的美，艺术即永不存在。"这是说美须摘了道德的鬼脸。由这个主张看，似乎美与道德不能并立。那主张为艺术而艺术的便完全把道德放在一边。那唯美主义的末流便甚至拿那淫丑的东西当作美的。这样的主张也似乎不承认那有道德的教训而不失为美好的作品，可是我们公平的看来，象白居易的新乐府，纵然不都是，至少也有几首是很好的文艺作品。这怎么办呢？假如我们只说，这个问题要依对艺术的主张而异，便始终不会得个决定的论断，那便与我们的要提出文学特质的原意相背。

主张往往是有成见的，我们似乎没有法子使柏拉图与王尔德的意见调和起来，我们还是从文学作品本身看吧。我们看见过多少作品——而且是顶好的作品——并没有道德目的；为何它们成为顶好的作品呢？因为它们顶美。再看，有许多作品是有道德的教训的，可是还不失为文艺作品，为什么呢？因为其中仍有美的成份。再看，有些作品没有道德的目的，而不成为文艺品，为什么呢？因为不美，或者是以故意不道德的淫丑当作了美。这三种的例子是人人可以自己去找到的。在这里，我们看清楚了，凡是好的文艺作品必须有美，而不一定有道德的目的。就是那不道德的作品，假如真美，也还不失为文艺的；而且这道德与不道德的判定不是绝对的，有许多一时被禁的文学书后来成了公认的杰作——美的价值是比道德的价值更久远的。那有道德教训而不失为文艺作品的东西是因为合了美的条件而存在，正如有的哲学与历史的文字也可以被认为文学：不是因为它们的道理与事实，而是因为它们的文章合了文学的条件。专讲道德而没有美永不会成为文学作品。在文学中，道德须趋就美，美不能俯就道德，美到底是绝对的；道德来向美投降，可以成为文艺，可是也许还不能成为最高的文艺；以白居易说，他的传诵最广的诗恐怕不是那新乐府。自然，文学作品的动机是有种种，也许是美的，也许是道德的，也许是感情的……假如它是个道德的，它必须要设法去迎接美与感情，不然它只好放下它要成为文学作品的志愿。文学的责任是艺术的，这几乎要把道德完全排斥开了。艺术的，是使人忘形的；道德的，立刻使心灵坠落在尘土上。

"去创造一朵小花是多少世纪的工作。诗的天才是真的人物。"（Blake）美是文学的特质之一。

文人怎样把他的感情传达出来呢？寡妇夜哭是极悲惨的事，但是只凭这一哭，自然不能成为文学。假如一个文人要代一个寡妇传达出她的悲苦，他应当怎样办呢？

文人怎样将美传达出来呢？

这便须谈到想象了。凡是艺术品，它的构成必不能短了想象。经验与事实是重要的，但是人人有些经验与事实，为什么不都是文人呢？就是讲一个故事或笑话，在那会说话的人口中，便能引起更有力的反应，为什么？因为他的想象力能想到怎样去使听众更注意，怎样给听众一些出其不备的刺激与惊异；这个，往大了说，便是想象的排列法。艺术作品的成功大半仗着这个排列法。艺术家不是只把事实照样描写下来，而是把事实从新排列一回，使一段事实成为一个独立的单位，每一部分必与全体恰好有适当的联属，每一穿插恰好是有助于最后的印象的力量。于此，文学的形式之美便象一朵鲜花：拆开来，每一蕊一瓣也是朵独立的小花；合起来，还是香色

14

俱美的大花。文艺里没有绝对的写实；写实只是与浪漫相对的名词。绝对的写实便是照像，照像不是艺术。文艺作品不论是多么短或多么长，必须成个独立的单位，不是可以随便添减的东西。一首短诗，一出五幕剧，一部长小说，全须费过多少心血去排列得象个完好的东西。作品中的事实也许是出于臆造，也许来自真的经验，但是它的构成必须是想象的。自然，世界上有许多事实可以不用改造便成个很好的故事；但是这种事实只能给文人一点启示，借这个事实而写成的故事，必不是报纸上的新闻，而是经过想象陶炼的艺术品。这不仅是文艺该有的方法，而且只有这样的文艺才配称为生命的解释者。这就是说，以科学研究人生是部分的，有的研究生理，有的研究社会，有的研究心理；只有文艺是整个的表现，是能采取宇宙间的一些事实而表现出人生至理；除了想象没有第二个方法能使文学做到这一步。以感情说吧，文人听见一个寡妇夜哭，他必须有相当的想象力，他才能替那寡妇伤心；他必须有很大的想象力才能代她作出个极悲苦的故事，或是代她宣传她的哭声到天边地角去；他必须有极大的想象力才能使他的读者读了而同情于这寡妇。

　　亚里士多德已注意到这一点。他说："一个历史家与一个诗人……的不同处是：一个是说已过去的事实，一个是说或者有过的事实。"拿韵文写历史并不见得就是诗，因为它没有想象；以四六文写小说，如没有想象，还是不算小说。亚里士多德也提到"比喻"的重要，比喻是观念的联合；这便说到文艺中的细节目也需要想象了。文艺作品不但在结构上事实上要有想象，它的一切都需要想象。文艺作品必须有许多许多的极鲜明的图画，对于人，物，风景，都要成为立得起来的图画；因为它是要具体的表现。哪里去寻这么多鲜明的立得起来的图画？文艺是以文字为工具的，就是能寻到一些图画，怎么能用文字表现出呢？非有想象不可了。"想象是永生之物的代表。"一切东西自然的存在着，我们怎能凭空的把它的美妙捉住？文字既非颜色，怎能将自然中的色彩画出来？事实本不都是有趣的，有感力的，我们怎么使它们有趣有感力？一篇作品是个整个的想象排列，其中的各部分，就是小至一个字或一句话或一个景象，还是想象的描画。最显然的自然是比喻：因为多数的景象是不易直接写出的，所以拿个恰好相合的另一景象把它加重的烘托出；这样，文艺中的图画便都有了鲜明的颜色。《饮中八仙歌》里说："宗之萧洒美少年"，怎样的美呢？"皎如玉树临风前"。这一个以物比人的景象便给那美少年画了一张极简单极生动的像。可是，这种想象还是容易的，而且这在才力微弱一点的文人手里往往只作出一些"试想"，而不能简劲有力的画出。中国的赋里最多这种毛病：用了许多"如"这个，"似"那个，可是不能极有力的描画出。文艺中的想象不限于比喻，凡是有力的描画，不管是直接的或间接的，不管是悲惨的或幽默的，都必是想象的作用。还拿《饮中八仙歌》说吧："饮如长鲸吸百川"固然是夸大的比拟，可是"知章骑马似乘船，眼花落井水底眠"便不仅是观念的联合，以一物喻另一物了，而是给贺知章一个想象的人格与想象的世界；这是杜甫"诗眼"中的感觉。杜甫的所以伟大便在此，因为他不但只用比拟，而是把眼前一切人物景色全放在想象的炉火中炼出些千古不灭的图画："想象是永生之物的代表"。"山雪河冰野萧瑟，青是烽烟白人骨"（《悲青坂》）是何等的阴惨的景象！这自然也许是他的真经验，但是当他身临其地的时候，他所见的未必只是这些，那个地方——和旁的一切的地方一样——并没给他预备好这么两句，而是他把那一切景色，用想象的炮制，锻炼出这么两句来，这两句便是真实，便是永生。"江头宫殿锁千门，细柳新蒲为谁绿？"（《哀江头》）人人经过那里可以看见闭锁的宫殿，与那细柳新蒲，但是"为谁绿"这一问，便把静物与静物之间添上一段深挚的感情，引起一些历史上的慨叹。这是想象。只这两句便可以抵得一篇《芜城赋》！

想象，它是文人的心深入于人心、世故、自然，去把真理捉住。他的作品的形式是个想象中炼成的一单位，便是上帝造万物的计划；作品中的各部各节是想象中炼成的花的瓣，水的波；作品中的字句是想象中炼成的鹦鹉的羽彩，晚霞的光色。这便叫作想象的结构，想象的处置，与想象的表现。完成这三步才能成为伟大的文艺作品。

感情与美是文艺的一对翅膀，想象是使它们飞起来的那点能力；文学是必须能飞起的东西。使人欣悦是文学的目的，把人带起来与它一同飞翔才能使人欣喜。感情，美，想象，（结构，处置，表现）是文学的三个特质。

知道了文学特质，便知道怎样认识文学了。文学须有道德的目的与文学是使人欣悦的问题争斗了多少世纪了，到底谁战胜了？看看文学的特质自然会晓得的。文学的批评拿什么作基础？不论是批评一个文艺作品，还是决定一个作家是否有天才，都要拿这些特质作裁判的根本条件。文学的功能是什么？是载道？是教训？是解释人生？拿文学特质来决定，自然会得到妥当的答案的。文学中的问题多得很，从任何方面看都可以引起一些辩论：形式，风格，幽默，思想，结构……都是我们应当注意的，可是讨论这些问题都不能离开文学特质；抽出文艺问题中的一点而去凭空的发议论，便是离开文学而谈文学；文艺是一个，凡是文艺必须与文学特质相合。批评一个作品必须看作者在这作品中完成了文学的目的没有；建设一个文学理论必须由多少文艺作品找出文学必具的条件，这是认识文学的正路。

要认识或欣赏文艺，必须由文艺本身为起点，因为只有文艺本身是文学特质的真正说明者。文艺的社会背景，作家的历史，都足以帮助我们能更多认识一些作品的价值，但是这并不是最重要的，因为即使没有这一层工作，文艺本身的价值并不减少。设若我们专追求文艺的历史与社会背景，而不看文艺的本身，其危险便足以使人忘了文学而谈些不相干的事。胡适之先生的《红楼梦考》是有价值的，因为它能增加我们对《红楼梦》的欣赏。但是，这只是对于读者而言，至于《红楼梦》本身的价值，它并不因此而增多一些；有些人专从文学眼光读《红楼梦》，他们所得到的未必不比胡适之先生所得到的更多。至于蔡元培先生的《石头记索隐》便是猜谜的工作了，是专由文艺本身所没说到的事去设想；设若文人的心血都花费在制造谜语，文人未免太愚了。文人要说什么便在作品中说出来，说得漂亮与否，美满与否，笔尖带着感情与否，这是我们要注意的。文人美满的说出来他所要说的，便是他的成功；他若缺乏艺术的才干，便不能圆满而动人的说出，便是失败。文学本身是文学特质的唯一的寄存处。

# 辩证的文学观念

## ——解读《文学的创造》

　　《文学的创造》是《文学概论讲义》的第五讲。它中心的含义，在于从方方面面去解释文学是"创造"，是"直觉"，是"妙悟"，而不是摹仿。而且解释得非常辩证，不到看完全文，不可能正确理解老舍的真义。

　　开门见山，老舍将至高至圣的柏拉图拿出来解析，是一种非常特殊的"批评"。他批评的是柏拉图"太看重他的哲学"，"他注意艺术只因艺术能改善公民的品德"，而不是独立的创造，是摹拟。"有许多东西是美丽的，可是绝对的美只有一个。"而这美，又只能在心中体认，"表现美的东西只是艺术家的摹仿，不是美的本体"。所以，柏拉图认为，艺术的创造是不存在的。在他看来，艺术家即使受了神的启示而忘了自己，也只能"摹拟那最高最完全最美的一些影子"（着重号为引者所加）。老舍毫不掩饰地表白："我们不能佩服这个说法。"

　　但与此同时，老舍还看出了柏拉图的"矛盾"，因为他在谈到艺术家怎样摹仿的时候，又说过："诗人是个轻而有翼的神物，非到了受了启示，忘了自己的心觉，不能有所发明；非到了这忘形的地步，他是毫无力量，不能提出他的灵咒。"所以老舍说，这种创造的喜悦"使人若疯若痴"。老舍包括对一个野蛮人画的图画，虽然不一定会很"正确"，但他的图画，也会比照相多一点东西；而就是图画，是人对物的特点特质的"直觉"，或者说"妙悟"，不能是完全的摹仿。至于艺术家的作品，则是"心灵与外物的合一，没有内心的光明，没有艺术化的东西"。于是老舍由此而告诉我们："艺术品并非某事某物的本象，是艺术家使某事某物再生再现；事物的再生再现是超乎本体的，是具体的创造。"（着重号为引者所加）这就是本讲的中心论题：《文学的创造》。他以画上的苹果为例，提出它不是个食品，但画者把自己心中的"直觉"和"妙悟"表现了出来，这苹果似乎有了声、光、色，其总合就是"美的整个"，是画者内心的表现，比树上的真苹果肯定多着一些生命和心血。

老舍从一个苹果引申出去，选择了不少唐诗的精品，来讲解艺术家不但要观察客观事物，而且要深入事物的精妙之处，去找出感情、美与力的表现。这里，我们仅以他引用的李白的千古名句"黄河之水天上来"为例。黄河水真的能从天上来吗？但我们如果闭眼冥想，没有这"天上来"的感情与美，怎能感悟到后面的"奔流到海不复回"的"力"呢？这就是老舍解析文学的创造的感情、美、与力结合；没有这三者的结合，就没有文学艺术；所以文艺不能只有描写，它还要解释自然和人生，而且这自然和人生，"一切全是活着的世界"。这样，黄河之水才能从天上来，才能奔流到海不复回。

在讲解了创造与摹仿不是一回事后，老舍谈锋一转，从文学艺术历史的发展，提出一旦一个"派"形成之时，它其实已开始了自己衰退（老舍用了"寿终"）之日了。这一看法也是很辩证的，因为"派"的形成，接着来的必定是摹仿，摹仿外表的技巧，不可能再有"时代的动力"，不可能再有"生命"。所以古典主义衰弱之时，就是浪漫主义的兴起。这浪漫主义，才能恢复心的自由和形式的束缚，文学史才能成为"心灵解放的历史"，文艺才不会成为

"死物"，诗人的感情才不会是假意。

这谈锋的一转，转出了文学的创造的一个大题——为什么要创作。老舍说，很简单，是"为满足个人"。乍一看一听，很容易产生疑惑，但耐心往下听，往下看，才明白论者的真意。

凡是人，都是要工作的（有闲阶级另有消闲的办法）。但凡工作，就一定会有产品。只要是经过人手制作的东西，站在这东西里面的，也是他个人。下面这段话是非常重要的，他提出："这种表现力是与生俱来的，是促动人类作事的源力。表现的程度不同，要表现自己是一样的。表现的方法不同，由表现得来的满足是一样的。因为这样，所以表现个人的范围并不限于个人。表现力大的人，以个人的表现代作那千千万万人所要表现的；为满足自己，也满足了别人"（着重号为引者所加）。显然，别人也有表现欲，只是文人代表他们满足这表现欲。老舍十分风趣地引用了萧伯纳的话："只有母亲生小孩是真正的生产"，老舍就说，艺术品是真正的生产，因为艺术家怀了孕，到时候非生出来不可；这生出来的"产品"，当然有生产者自己在内。所以，"艺术品是个性的表现，是美与真理的再生"！这样，老舍也就真正区别了摹仿和创造。真正的艺术创造是"表现出真的个性，捕捉了自然人生的姿态，将这些在作品上给予生命而写出的。艺术和别的一切的人类活动不同之点，就是在艺术是纯然的个人底活动"。这里，老舍引的是日本厨川白村的话，但同样是为了说明艺术与艺术家个人的关系，与艺术家个人心境的关系。他怕这还不能把"关系"说透，又以唐诗"月上柳梢头，人约黄昏后"，"浔阳江头夜送客，枫叶荻花秋瑟瑟。主人下马客在船，举酒欲饮无管弦"为例，来申诉同一江、同一舟、同一酒，而有的雄壮，有的冷落，这就是天下除了有物境的不同，更重要的还有心境的不同。表现不出这"不同"，就不是文学和艺术。

老舍认为，艺术家的可贵，便是把人生与自然的秘密完整地、赤裸裸地揭示出来，这就是他认为的"自我表现"的起点；这自我表现不是为了满足自己，而是要去满足社会，因为艺术家就是社会的一分子，他要表现的不应该是个人"细小的经验"或"低卑的感情"，他们的自我表现，必须是由"自我"而打动千千万万人的感情，这才是高尚的、纯洁的，这样的艺术才是永生的、不会死的。不论是文学革命还是革命文学，没有社会自觉的文艺家，在老舍看来，都是"太藐小""太污浊了"。没有一颗真正的艺术家的心，不为时代和社会说话，就不会有真正的文艺！至于怎样培养出这样的"心"，首先在于自己有没有这样的"志愿"，如果只是为了满足"自己"，是不可冲破周围的黑暗，那就什么文学的创造，都是无从谈起的。

总起来看，《文学的创造》中老舍所要讲明的是：什么是创造？创造是为了满足个人，这个"个人"是自己，也是他人，是美与真理的再生。这"自我表现"，不只是满足自我；这"自我"，必须是一个伟大文人的自我表现，必须是时代的呼声，是社会、自然的呼声。这"自我表现"，必须是一个伟大文人的自我表现，是要能因这自我表现而打动千千万万的人，激发他们的热情。真正读懂了《文学的创造》，我们才能懂得老舍的辩证的文艺观。

附：

# 文学的创造

柏拉图为追求正义与至善，所以拿社会的所需规定艺术的价值：凡对社会道德有帮助的便是好的，反之就不好。他注意艺术只因艺术能改善公民的品德。艺术不是什么独立的创造，而是摹拟；有许多东西是美丽的，可是绝对的美只有一个。这个绝对的美只能在心中体认，不能用什么代表出来；表现美的东西只是艺术家的摹仿，不是美的本体。因此，艺术的创造是不能有的事。

但是，艺术家怎样摹仿？柏拉图说：

"诗人是个轻而有翼的神物，非到了受了启示，忘了自己的心觉，不能有所发明；非到了这忘形的地步，他是毫无力量，不能说出他的灵咒。"（Ion）

这岂不是说创造时的喜悦使人若疯若痴么？创造家被创造欲逼迫得绕床狂走，或捋掉了吟髭，不是常有的事么？柏拉图设若抱定这个说法，他必不难窥透创造时的心情，而承认创造是生活的动力。W. Blake 说："柏拉图假苏格拉底司之口，说诗人与预言家并不知道或明白他们所写的说的；这是个不近情理的错误。假如他们不明白，难道比他们低卑的人可以叫作明白的吗？"

但是柏拉图太看重他的哲学：虽然艺术家受了神的启示能忘了自己，但是他只能摹拟那最高最完全最美的一些影子。我们不能佩服这个说法。试看一个野蛮人画一个东西，他自然不会画得很正确，但是他在这不很正确的表现中添上一点东西——他自己对于物的觉得。不论他画得多么不好，他这个图画必定比原照像多着一点东西，照像是机械的，而图画是人对物之特点特质的直觉，或者说"妙悟"；它必不完全是摹仿。画家在纸上表现的东西并不是真东西，画上的苹果不能作食品；它是把心中对苹果的直觉或妙悟画了出来，那个苹果便表现着光，色，形式的美。这个光，色，形式的总合是不是美的整个？是不是创造力的表现？不假借一些东西，艺术家无从表现他的心感；但是东西只能给他一些启示；他的作品是心灵与外物的合一，没有内心的光明，没有艺术化的东西。艺术品并非某事某物的本象，是艺术家使某事某物再生再现；事物的再生再现是超乎本体的，是具体的创造。"使观察放宽门路，检阅人类自中国到秘鲁"（Johnson）。是的，艺术家是要下观察的工夫。但是艺术如果不只是抄写一切，这里还需要象 Dryden 的批评莎士比亚："他不要书籍去认识自然；他的内心有，他在那里找到了她。"观察与想象必须是创造进程的两端："鸡虫得失无了时"是观察来的经验；但是"注目寒江倚山阁"（杜甫《缚鸡行》）是诗人的所以为诗人。诗人必须有渗透事物之心的心，然后才能创造出一个有心有血的活世界。谁没见过苹果？为什么单单的爱看画家的那个苹果？看了还要看？因为那个苹果不仅是个果子，而且是个静的世界；苹果之所以为苹果，和人心中的苹果，全表现在那里；它比树上的真苹果还多着一些生命，一些心血。艺术家不只观察事物，而且要深入事物的心中，为事物找出感情，美，与有力的表现来。要不是这么着，我们将永不能明白那"愁心极杨柳，一种乱如丝。"（孟浩然《春怨》）或"平畴交远风，良苗亦怀新。"（陶潜《癸卯岁始春怀古田舍》）或"觉来眄庭前，一鸟花间鸣，借问此何时，春风语流莺。"（李白《春日醉起言志》）到底有什么好处。我们似乎容易理解那"绿树村边合，青山郭外斜。"（孟浩然《过故人庄》）与"寂寥天地暮，心与广川闲。"（王维《登河北城楼作》）因为前者是个简单的写景，后者是个简单的写情。至于那"良苗亦怀新"与"春风语流莺"便不这样简单了，它们是诗人心中的世界，一个幻象中的真实，我们非随着诗人进入他所创造的世界，我们便不易了解他到底说些什么。诗人用他独具的慧眼看见"黄河之水天上来"，或是"黄河如丝天际来"，或是"舞影歌声散渌池，空馀汴水东流海。"（均李白句）假如我们不能明白诗人的伟大磅礴的想象，我们便不是以这些句子为一种夸大之词，便是批评它们不合理。我们容易明白那描写自然与人生的，而文艺不只在乎描写，它还要解释自然与人生；在它解释自然的时候，它必须有个一切全是活着的世界。在这世界里，春风是可以语流莺的，黄河之水是可以自天上来的。在它解释人生的时候，便能象预言家似的为千秋万代写下一种真理："古时丧乱皆可知，人世悲欢暂相遣。"（杜甫《清明》）

那么，创造和摹拟不是一回事了。

由历史上看，当一派的诗艺或图画固定的成了一派时，它便渐渐由盛而衰，好象等着一个新的运动来替换它似的。为什么？因为创作与自由发展必是并肩而行的；及至文艺成了一派，人们专看形式，专摹仿皮面上一点技巧，这便是文艺寿终之日了。当一派正在兴起之时，它的产品是时代的动力的表现，不仅由时代产生作品，也由作品产生新时代。这样的作品是心的奔驰，思想的远射。到了以摹仿为事的时节，这内心的驰骋几乎完全停止，只由眼与手的灵巧作些假的古物，怎能有生命呢？古典主义之后有浪漫主义，这浪漫主义便恢复了心的自由，打破了形式的拘束。有光荣的文学史就是心灵解放的革命史。心灵自由之期，文艺的进行线便突然高升；形式义法得胜之时，那进行线便渐渐驰缓而低落。这似乎是驳难中国文人的文艺主张了，与柏拉图已无关系。柏位图的摹仿说是为一切艺术而发的，是种哲理，他并没有指给我们怎样去摹仿。中国人有详细的办法："为诗要穷源溯流，先辨诸家之派，如何者为曹刘，何者为沈宋，何者为陶谢……析入毫芒，学焉而得其性之所近。不然，胡引乱窜，必入魔道！"（《燃灯记闻》）这个办法也许是有益于初学的，但以此而设文艺便是个大错误。何者为曹刘，何者为沈宋，是否意在看清他们的时代的思想、问题等等？是否意在看清他们的个性？是否意在看清他们的所长与所短？假如意不在此，便是盲从，便是把文艺看成死物。不怪有个英人（忘其姓名）说，中国人的悲感，从诗中看，都是一样的：不病也要吃点药，醉了便写几句诗，得不到官作便喝点酒……是的，中国多数写诗的人连感情都是假的，因为他们为摹拟字句而忘了钻入社会的深处，忘了细看看自己的心，怎能有深刻之感呢？"读书破万卷，下笔如有神"是他们的口号；但是他们也许该记得"尽信书则不如无书"吧！

说到这里，我们要问了：到底人们为何要创作呢？回答是简单的：为满足个人。

凡是人必须工作，这不需要多少解释。"不劳无食"的主张只是要把工作的质量变动增减一些而已，其实无论在何种社会组织之下，人总不能甘心闲着的；有闲阶级自有消闲的办法。在工作里，除非纯粹机械的，没有人不想表现他自己的（所谓机械的不必是用机器造物，为金字塔或长城搬运石头的人大概比用机器的工人还苦得多）。凡是经过人手制作的东西，他的个人也必在里面。这种表现力是与生俱来的，是促动人类作事的原力。表现的程度不同，要表现自己是一样的。表现的方法不同，由表现得来的满足是一样。因为这样，所以表现个人的范围并不限于个人。表现力大的人，以个人的表现代作那千千万万人所要表现的；为满足自己，也满足了别人。别人为什么也能觉得满足呢？因为他们也有表现欲，所以因为自己的要表现而能喜爱别人的创作物。人类自有史以来至今日，虽没有很大的进步，可是没有一时不在改变中，因为工作的满足不只是呆板的摹仿。当欧洲在信仰时代中，一个城市要建筑个礼拜堂，于是瓦匠、石匠、木匠、雕刻家、画家、建筑家便全来了，全拿出最好的技能献给上帝。这个教堂便是一时代艺术的代表。一教堂如此，一个社会，一个世界也是如此，个人都须拿出最好的表现，献给生命。不如是，生命便停止，社会便成了一堆死灰。萧伯纳说过：只有母亲生小孩是真正的生产。我们也可以说，只有艺术品是真正的生产。艺术家遇到启示，便好象怀了孕，到时候非生产不可；生产下来虽另一物，可是还有它自己在内；所以艺术品是个性的表现，是美与真理的再生。

创造与摹拟的分别也在这里，创造是被这表现力催促着前进，非到极精不能满足自己。心灵里燃烧着，生命在艺术境域中活着，为要满足自己把宇宙擒在手里，深了还要深，美了还要美，非登峰造极不足消减渴望。摹拟呢，它的满足是有限的，貌似便好，以模范为标准，没有个人的努力；丢失了个人，还能有活气么？《日知录》里说：

"一代之文，沿袭已久，不容人人皆道其语。今且千数百年矣，而犹取古人之陈言——而摹仿之，以是为诗可乎？故不似则失其所以为诗，似则失其所以为我。李杜之诗所以高出于唐人者，以其未尝不似而未尝似也。"只求似不似，有些留声机片便可成音乐家了。

"所谓作家的生命者，换句话，也就是那人所有的个性、人格。再讲得仔细些，则说是那人的内底经验的总量，就可以吧。"

艺术即："表现出真的个性，捕捉了自然人生的姿态，将这些在作品上给予生命而写出的。艺术和别的一切的人类活动不同之点，就是在艺术是纯然的个人底的活动。"

这是厨川白村的话，颇足以证明个性与艺术的关系。《饮冰室》里说得好："月上柳梢头，人约黄昏后。"与"杜宇声声不忍闻，欲黄昏，雨打梨花深闭门。"同一黄昏也，而一为欢憨，一为愁惨，其境绝异。……"舳舻千里，旌旗蔽空。酾酒临江，横槊赋诗。"与"浔阳江头夜送客，枫叶荻花秋瑟瑟。主人下马客在船，举酒欲饮无管弦。"同一江也，同一舟也，同一酒也，而一为雄壮，一为冷落，其境绝异。然则天下岂有物境哉，但有心境而已。

容我打个比喻：假设文学家的心是甲，外物是乙，外物与心的接触所得的印象是丙，怎样具体的写出这印象便是丁。丁不仅是乙的缩影，而是经过甲的认识而先成为丙，然后成为丁——文艺作品。假如没有甲，便一切都不会发生。再具体一点的说，甲是厨子的心，乙是鱼和其他材料，丙是厨子对鱼与其他材料的设计；丁是做好的红烧鱼。鱼与其他材料是固定的，而红烧鱼之成功便全在厨子的怎样设计与烹调。我们看见一尾鱼时，便会想到："鱼我所欲也"；但是我们与鱼之间总是茫然，红烧鱼在我们脑中只是个理想；只有厨子替我们做好，我们才能享受。以粗喻深，文学也是这样，人们全时时刻刻在那里试验着表现，可是终于是等别人作出来我们才恍然觉悟：啊，原来这就是我所要表现而没有办到的那一些。假如我们都能与物直接交通，艺术家便没有用了；艺术家的所以可贵，便是他能把自然与人生的秘密赤裸裸的为我们揭示开。

那么，"只有心境"与艺术为自我表现，是否与文学是生命的解释相合呢？没有冲突。所谓自我表现是艺术的起点，表现什么自然不会使艺术落了空。人是社会的动物，艺术家也不能离开社会。社会的正义何在？人生的价值何在？艺术家不但是不比别人少一些关切，而是永远站在人类最前面的；他要从社会中取材，那么，我们就可以相信他的心感决不会比常人迟钝，他必会提到常人还未看见的问题，而且会表现大家要嚷而不知怎样嚷出的感情。所谓满足自己不仅是抱着一朵假花落泪，或者是为有闲阶级作几句瞽儿词，而是要替自然与人生作出些有力的解释。偏巧社会永远是不完全的，人生永远是离不开苦恼的，这便使文人时时刻刻的问人生是什么？这样，他不由得便成了预言家。文学是时代的呼声，正因为文人是要满足自己；一个不看社会，不看自然，而专作些有韵的句子或平稳的故事的人，根本不是文人；他所得的满足正如一个不会唱而哼哼的人；哼哼不会使他成个唱家。所谓个性的表现不是把个人一些细小的经验或低卑的感情写出来便算文学作品。个性的表现是指着创造说的。个人对自然与人生怎样的感觉，个人怎样写作，这是个性的表现。没有一个伟大的文人不是自我表现的，也没有一个伟大的文人不是自我而打动千万人的热情的。创造是最纯洁高尚的自我活动，自我辏射出的光，能把社会上无谓的纷乱，无意识的生活，都比得太藐小了，太污浊了，从而社会才能认识了自己，才有社会的自觉。创造欲是在社会的血脉里紧张着；它是社会上永生的唯一的心房。艺术的心是不会死的，它在什么时代与社会，便替什么时代与社会说话；文学革命也好，革命文学也好，没有这颗心总不会有文艺。

培养这颗心的条件太多了；我们应先有培养这颗心的志愿。为满足你自己，你便可以冲破四围的黑暗，象上帝似的为自然与人生放些光明。

"红波翻屋春风起，先生默坐春风里，浮空眼缬散云霞，无数心花发桃李。"（苏轼《独觉》）

# 老舍的作品里有老舍在

## ——解读《文学的风格》

说到文学的风格，古今中外不知有多少作家、理论家、文学批评工作者都谈过，而且还在继续讲；但并不是谁都能讲好——老舍能讲，也能讲好，因为他的文学，是最有风格的，至少是古今中外具有自己风格的作家之一。

《文学的风格》，是《文学概论讲义》中的第七讲。值得注意的是，老舍没有一开讲就直奔风格，而是从姜白石的《诗说》中将文学的实质和形式并提；姜白石将文学创造从"引"、"行"、"歌"、"吟"、"谣"、"曲"并提，接着自己提出了"怎样看文学的形式"问题，引出了应该把个人的风格和普通的形式"分开来说"，这才落到了风格问题。

说到风格，老舍还是先不说自己的看法，而从南朝时的刘勰著《文心雕龙·体性篇》（为该著中重要篇章）中从比较分析的方法出发，以"典雅"、"远奥"、"精约"、"显附"、"繁缛"、"壮丽"、"新奇"、"轻靡"八体探究"文心"，而其中的"各师其心，其异如面"，在老舍看来，已触及"人是风格"、"风格便是人格"的重要命题。

接着，老舍又从法国作家阿纳托尔·法朗士在《心灵的探险》

中的一句名言"每一个小说，严格的说，都是作家的自传"出发，进一步阐发了老舍自己在《文学概论讲义》中一再坚持的"文学是自我表现"命题，坚持作家不论说什么，"他不能把他的人格放在作品外边"，从《红楼梦》到《儿女英雄传》，无不如此。作为老舍佐证的，除了佛郎士外，还有叔本华的名言，"风格是心的形态……，去摩拟别人的风格如戴假面具"，不论外表如何，只会引起人们的厌恶，"因它是没有生命的"。而且还是最丑的"活"脸（叔本华《论风格》）。既然文学作品中的人物是作家的创造物，所以作家写什么不是首要的，首要的应该是作家"怎样写"，在于作家怎样告诉读者的"告诉法"，这就是风格的由来。

老舍自己就是一位将他"全部人格""伏"在作品中的作家，他不像"古典派"的作家那样只选择"高尚"的素材，相反，倒有点"自然派"的作家那样，取材"无贵无贱，一视同仁"。他的艺术手法的成功，在于使最平凡、最"低下"的人物成为不朽的典型，如祥子、如程疯子等。这就是作家自己人格、风格的表现，作家重视的正是这"告诉法"。这样，老舍就极自然地告诉了我们什么是风格，而不是从理论上去定义。他告诉我们，文学作品不同于报纸上的新闻报道，看不出报道者的人格，而首要的是真实——当然，好的报纸是注意报道质量的优劣的。

老舍旁征博引，从唐诗的代表诗人之一的杜甫，以杜诗名句："无边落木萧萧下，不尽长江滚滚来"为例，提出仅仅"无边"、"不尽"就是诗人"伟大心灵的外展，否则就不会有伟大的笔调。"他又引用意大利哲学家、美学家克罗齐"艺术无非是直觉"的见解，认为虽然有些偏向玄学，但也说明了艺术是以心灵为原动力，说明了个人风格是独立不倚的。法国小说家福楼拜的名言也为老舍所用：无论你要说什么一件事，那里只有一个名词去代表它，只有一个动词去活动它，只有一个形容词去限制它，关键是作家要找到最满意的名词、动词、形容词，不同的人会找到完全不同的词，不同风格的作家找到的可以是而且必须是不同的。要像苏东坡那样，以"山高月小，水落石出"这样八个极普通的字，才能找到如此"简素而伟大"的字眼，如此美妙，这才是风格所在。而风格在大"家"眼里，又不仅是以修辞为能事。这修辞的技术只能是个人所特有的，是被他的风格制约的，是不能被别人"抄袭"和"偷取"的。不同的作家，不同的感情，不同的思路———一句话，不同的风格，是被任何别的人抄不走、偷不走的。

至此，老舍又回到《文心雕龙》提出的"典雅、远奥、精约、显附、繁缛、壮丽、新奇、轻靡"八条，他认为连刘勰自己就认为"轻靡"是"浮文弱植，缥缈附俗"的，老舍当然十分同意。那么，其他七条，是否就是最经典的风格呢？是否有一个标准的风格呢？老舍斩钉截铁地回答："请不要费这个事"；因为，"人是风格"，"各师其心，其异若面"，既然"心"和"面"是不同的，那么，风格也是因人而异的，世间只要有不同的人，就有不同的风格；有风格或没风格是绝对的，有风格的便是文学，没有风格的便不是文学，"风格"就是"降服读者的唯一工具"。就像曹丕在《典论·论文》中所说"虽有父兄，不能以移子弟"。在笔者的认识中，别说"父兄"，即使长得一模一样的双胞胎，写出来的文章，也不能是一模一样的，风格更是如此。

这样就很自然地让我们想起一个问题：既然风格是人，人是父母生的，风格难道也是父母给的么？当然不是！那么，风格是从哪里来的呢？这里，老舍又想起了《文心雕龙》中的"气以实至，志以定言；吐纳英华，莫非情性"（《体性篇》）。这不但如老舍所说"似乎是指气质而言"，我们细细想来，也的确是来自于气质，气质不同，风格便各有所异。以老舍自己而言，他的绝大部分作品，幽默风趣；用他自己介绍的情况，他将自己早期的某作品读给朋友听时，使友人笑得将盐错当成糖，放进咖啡杯中。如此表面看来，老舍岂不成了一位笑星，可以到茶座中去逗乐众人。恰恰相反，笔者认为，悲剧美，才是老舍精神与艺术之魂。（这是后话之一，在后面品读到老舍论悲剧问题时再细谈）。刘勰在《文心雕龙》中提出才、气、学、习四个来源，老舍除了指出这是指气质，但刘勰在《文心雕龙》中除了写到"吐纳英华，莫非情性"，前面写的是"气以实至，志以定言"，让老舍深思了一个"习"和"学"的问题。他认为，"习"和气质差不多，而"学"应当讨论一下。"学"是否与风格有关呢？他大胆地提出"莎士比亚是没有什么学问的，而有极好的风格；但丁是很有学问的，也有风格"，所以老舍认为要好好研究一下这"学"。他认为，分别有"学习"和"学问"两层意思。从"学问"来说，他已用莎士比亚和但丁来说明过，"学"就不太容易说清楚。文学家而不"学"，是成不了文学家的；但"学"了的，可以写出一些作品来，但"学"了的而又能有自己的风格，却不多见。学问是给我们知识的，但风格并不来自知识，而是"自己的表现"。不错，"读书破万卷，下笔如有神"，是中国传统文人一直奉为经典的，而老舍却大胆提出，这里埋伏着"作文即是摹古"的危险。至于"学力深始见性情"则更与事实不符合。因为凡杰作，必诉诸文人的感情，这感情，只能是他们自己的。

于是，老舍给风格下了个结论："风格的有无是绝对的，风格是个性——包括天才与习性——的表现。风格是不能由摹仿而致的，但是练习是应有的工夫。"至于他在这一讲结束中引唐顺之《与茅鹿门论文书》中的一段话，唐顺之所举出的"两个人"，显然肯定了第一人的"直据胸臆，信手写出，如写家书"……也并未超出老舍对"风格"的论述。

现在，我们可以简要地提炼出《文学的风格》这一讲的精华：老舍非常辩证地从方方面面去阐释文学的风格是"创造"，是"直觉"，是"妙悟"，而不是摹仿；艺术家要深入人与事的"心"中，找出感情、美与力。对于什么是创造，回答是为满足个人，这"个人"，是自己，也是他人，是美与真理的再生。老舍理解的自我表现，不只是满足自我，这"自我"必须是时代的呼声，是社会，是自然；自我表现必须是一个伟大文人的自我表现，因自我表现而打动千千万万人的热情。

我们看，老舍本人以及他众多优秀作品，是不是就站在这里?!

附:

# 文学的风格

按着创造的兴趣说，有一篇文章便有一个形式，因为内容与形式本是在创造者心中联成的"一个"。姜白石《诗说》云："载始末曰引，体如行书曰行，放情曰歌，兼之曰歌行。悲如蛩螀曰吟，通乎俚俗曰谣，委曲尽情曰曲。"这是以实质和形式并提，较比专从形式方面区分种类的妥当一些。但是，如依着这些例子再去细分，文学作品的形式恐怕要无穷无尽了。

可是，从另一方面看，文学作品确有形式可寻：抒情诗的形式如此，史诗的形式如彼，五言律诗是这样，七言绝句是那样。一个作者的一首七绝，从精神上说，自是他独有的七绝，因为世界上不会再有与这完全相同的一首。但从形式上看，他这首七绝，也和别人的一样，是四句，每句有七个字。苏东坡的七绝里有个苏东坡存在；同时，他这首七绝的字数平仄等正和陆放翁的一样。那么，我们到底怎样看文学的形式呢？顶好这样办：把个人所具的风格，和普通的形式，分开来说。现在先讲风格，下一讲讨论形式。

风格是什么呢？在《文心雕龙·体性篇》里有这么几句：

"夫情动而言形，理发而文见；盖沿隐以至显，因内而符外者也。然才有庸俊，气有刚柔，学有浅深，习有雅郑；并情性所铄，陶染所凝，是以笔区云谲，文苑波诡者矣。故辞理庸俊，莫能翻其才；风趣刚柔，宁或改其气；事义浅深，未闻乖其学；体式雅郑，鲜有反其习：各师成心，其异如面。若总其归涂，则数穷八体：一曰典雅，二曰远奥，三曰精约，四曰显附，五曰繁缛，六曰壮丽，七曰新奇，八曰轻靡。"

这里，在"各师成心，其异如面"等句里，似乎已经埋藏着"人是风格"的意味；在所举的"八体"里，似乎又难离开这个意旨，而说风格是有一定的了。那还不如简单的用"人是风格"一语来回答风格是什么的较为简妥了。风格便是人格的表现，无论在什么文学形式之下，这点人格是与文艺分不开的。

佛郎士（Anatole France）说："每一个小说，严格的说，都是作家的自传。"（Thead venture of the Soul）我们读一本好小说时，我们不但觉得其中人物是活泼泼的，还看得出在他们背后有个写家。读了《红楼梦》和《儿女英雄传》，就可以看出那两个作家的人格是多么不一样。正如胡适先生所说："曹雪芹写的是他的家庭的影子；文铁仙写的是他的家庭的反面。"和"《儿女英雄传》的作者自己，正是《儒林外史》要刻画形容的人物；而《儿女英雄传》的大部分真可叫作一部不自觉的《儒林外史》。"这种有意或无意的显现自己是自然而然的，因为文学是自我的表现，他无论是说什么，他不能把他的人格放在作品外边。凡当我们说：这篇文章和某篇一样的时候，我们便是读了篇没有个性的作品，它只能和某篇相似，不会独立。叔本华说："风格是心的形态，它为个性的，且较妥于为面貌的索隐。去摹拟别人的风格如戴假面具，无论怎样好，不久即引起厌恶，因它是没生命的；所以最丑的'活'脸且优于此。"（on Style）这个即使丑陋（自要有生气），也比死而美的好一点的东西，是不会叫修辞与义法所拘束住的；它是一个写家怎样看，怎样感觉，怎样道出的实在力量。客观的描写是应有的手段：只写书中人物的性格与行为，而作家始终不露面。但是这个描写手段，仍不能妨碍作家的表现自己。所谓个性的表现本来是指创造而言，并不在乎写家在作品中露面与否，也不在乎他在作品中发表了什么意见与议论与否。作品中的人物是作家的创造物，他给予他们一切，这便不能不也表现着他自己。有人不大承认文艺作品都是写家自己的经验的叙述，因为据他们看，写家的想象是比经验更大的。但是这并没有什么重要；写述自家经验也好，写述自家想象也好，他怎样写出是首要的事，怎样的写出是个人的事，是风格的所由来。

美国的褒劳（John Burroughs）说："在纯正的文学，我们的兴味，常在于作者其人——其人的性质，人格，见解——这是真理。我们有时以为我们的兴味在他的材料也说不定。然而真正的文学者所以能够使任何材料成为对于我们有兴趣的东西，是靠了他的处理法，即注入那处理法里面的他的人格底要素。我们只埋头在那材料——即其中的事实、讨论、报告——里面是决不能获得严格的意味的文学的。文学所以为文学，并不在于作者所以告诉我们的东西，乃在于作者怎样告诉我们的告诉法。换一句话，是在于作者注入那作品里面的独自的性质或魔力到若干的程度；这个他的独自的性质或魔力，是他自己的灵的赐物，不能从作品离开的一种东西，是象鸟羽的光泽、花瓣的纹理一般的根本的一种东西。蜜蜂从花里所得来的，并不是蜜，只是一种甜汁；蜜蜂必须把它自己的少量的分泌物即所谓蚁酸者注入在这甜汁里。就是把这单是甜的汁改造为蜜的，是蜜蜂的特殊的人格底寄予。在文学者作品里面的日常生活的事实和经验，也是被用了与这同样的方法改变而且高尚化的。"（依章锡琛译文，见章译本间久雄《文学概论》第一编第四章）

"怎样告诉"便是风格的特点。这怎样告诉并不仅是字面上的，而是怎样思想的结果；就是作者的全部人格伏在里面。那古典派的写家总是选择高尚的材料，用整洁调和的手段去写述。那自然派的便从任何事物中取材，无贵无贱，一视同仁。可是，这不同的手段的成功与否，全凭写家自己的人格怎样去催动他所用的材料：使高贵的，或平凡的人物事实能成为不朽的，是作者个人的本领，是个人人格的表现。他们的社会时代哲学尽可充分不同，可是他们的成功与否要看他们是否能艺术的自己表现；换句话说：无论他们的社会时代哲学怎样不同，他们的表现能力必是由这"怎样告诉"而定。

这样，我们颇可以从风格上判定什么是文学，什么不是文学。比如我们读报纸上的新闻吧，我们看不出记者的人格来，而只注意于事实的真确与否，因为记者的责任是真诚的报告，不容他自由运用他的想象——自然，有许多好的报纸对于文章的好坏也是注意的。反之，我们读——就说杜甫的诗吧，我们于那风景人物之外，不由的想到杜甫的人格。他的人格，说也玄妙，在字句之间随时发现，好象一字一句莫非杜甫心中的一动一颤。那"无边落木萧萧下，不尽长江滚滚来"的下面还伏着个"无边"、"不尽"的诗人的心。那森严广大的景物，是那伟大心灵的外展；有这伟大的心，才有这伟大的景物之觉得，才有这伟大的笔调。心，那么，是不可少的；独自在自然中采取材料，采来之后，慢慢修正，从字面到心觉，从心觉到字面；所以写出来的是文字，也是灵魂。这就是 Longinus 所谓"文学中的思想与言语是多为互相环抱的。"（De Sublimitate 30.1.）也就是所谓言语为灵魂的化身之意。

据 Croce 的哲学：艺术无非是直觉，或者说是印象的发表。心是老在那里构成直觉，经精神促迫它，它便变成艺术。这个论调虽有些偏于玄学的，可是却足以说明艺术以心灵为原动力，及个人风格之所以为独立不倚的。因为天才与个性的不同，表现的力量与方向也便不同，所以象刘勰所说："贾生俊发，故文洁而休清；长卿傲诞，故理侈而辞溢；子云沈寂，故志隐而味深；子政简易，故趣昭而事博……"（《文心雕龙·体性篇》）自有一些道理。那浪漫派作品与自然派作品，也是心的倾向不同，因而手段也就有别。偏于理想的，他的心灵每向上飞，自然显出浪漫；偏于求实的，他的心灵每向下看，作品自然是写实的。以柏拉图、亚里士多德为代表的两种人——好理想的及求实的——恐怕是自有人类以来，直至人类灭毁之日，永远是对面立着，谁也不佩服谁的吧？那么，因为写家的个性不同，写品也就永远不会有什么正统异派之别吧？

风格，或者有许多人这么想，不过是文学上的修饰，精细的表现而已。其实不是：风格是以个性为出发点，不仅是文字技巧上的那点小巧。不错，有人是主张"美的是艰苦的"，象 Flaubert 的："无论你要说什么一件事，那里只有一个名词去代表它，只有一个动词去活动它，只有一个形容词去限制它。最重要的是找这个名词，这个动词，这个形容词，直到找着为止，而且这找到的是比别的一切都满意的。"但是，这决不是说：去掀开字典由头至尾去找一遍，而是那文人心灵的运用，把最好的思想用最好的言语传达出来。设若有两个文人同时对同一事物作这样的工作，他们所找到的也许完全不相同吧？普通的事物本来有普通的字代表，可是文学家由他自己的心灵，把文字另炼造一番，这普通的字便也有了文学的气味。言语的本身并不能够有力量，活泼，正确；而是要待文学家给它这些个好处的构成力。那"山高月小，水落石出"原是八个极普通的字，可是作成多么伟大的一幅图画！只有能觉得这简素而伟大之美的苏东坡才能这样写出，不是个个人都能办到的。那构思十年而作成《三都赋》的左太冲，恐怕只是苦心搜求字眼，而心中实无所有吧？看他的"树则有木兰棁桂杞櫹桐棕枒楔柍"等等，字是找了不少，可是到底能给我们一个美好的图画，象"山高月小，水落石出"那样的美妙吗？这砌墙似的堆字，不能产生出活文学来，足以反证出风格不只是以修辞为能事的。那么，风格是什么呢？我们看瑞得（Herbert Read）怎么说：

"一切修辞的技术都是个人的，它们基于写家的特异的本能与心性的习惯。"他又说："一个惯语是个人所特有的，正如言语中之惯语是某种言语所特有的。正如一言语之惯语不能译成别种言语之惯语而无损于本意，一写家的惯语亦然，也是他个人所有的，不能被别个写家所抄袭或偷取去的。"（English Prose Style）这里所谓的惯语，就是写家个人所爱用的言语；人与人的感情不同，思路不同，所以每人都有他自己的一种言语。这几句话更能把风格之所以为特异的说得清楚一些。

说到这里，我们要问：风格到底应当怎样才算好呢？我们已看到刘勰所提出的八条：典雅，远奥，精约，显附，繁缛，壮丽，新奇，轻靡。除了对"轻靡"他说："浮文弱植，缥渺附俗者也。"似乎是要不得的，其余的七条都是可取的。但是这可取的七种就足以包括一切吗？不能！就是司空图的《二十四诗品》恐怕也还没有把诗的风格说尽吧？那么，我们应当怎样认识风格？怎样分析它？怎样得个标准的风格呢？请不要费这个事吧！给风格立标准，便根本与"人是风格"相反；因为"各师成心，其异若面"是不容有一种标准风格的。我们只能说文章有风格，或没有风格，这是绝对的，不是相对的。有风格的是文学，没有风格的不成文学，"风格都是降服读者的唯一工具"。一个写家的人格是自己的，他的时代社会等也是他自己的，他的风格只能被我们觉到与欣赏，而是不能与别人比较的，所以汪师韩的《诗学纂闻》里说："一人有一人之诗，一时有一时之诗，故诵其诗可以知其人论其世也。"这样，以古人的风格特点为我们摹拟的便利，是丢失了个人，同时也忘了历史的观念。曹丕说过："文以气为主。气之清浊有体，不可力强而致。譬诸音乐，曲度虽均，节奏同检；至于引气不齐，巧拙有素，虽在父兄，不能以移子弟。"（《典论·论文》）风格也是如此：虽有父兄，不能以移子弟。

风格从何处得来呢？在前面引的一段里，刘勰提出才，气，学，习四项。对于"才"呢，我们没有什么可说的，因为文学家必须有才；才的不同，所以作品的风格也不一样。关于"气"呢，刘勰说："气以实志，志以定言；吐纳英华，莫非情性。"（《文心雕龙·体性篇》）这似乎是指"气质"而言。气质不同，风格便成为独有的，特异的，正与瑞得所说的相合。至于"习"，也与气质差不多，不过气质是自内而外的，习是由外而内的，二者的作用是相同的。对于"学"，我们应当讨论一下。

"学"是没人反对的；但是"学"是否有关于风格呢？莎士比亚是没有什么学问的，而有极好的风格；但丁是很有学问的，也有风格；Saintsbury 是很有学问的，而没有风格。这样的例子还有许多，叫我们怎样决定这问题呢？这里，我们应该把"学"字分析一下：第一，"学"解作"学问"；第二，"学"是学习的意思。对于第一个解释，我们已提出莎士比亚与但丁等为例，是个不好解决的问题。我们再进一步把这个再分为两层："学问"与学文学的关系，和学问与风格的关系。我们对这两层先引几句话来看看，在《师友诗传录》里有这么一段，郎廷槐问：

"问作诗，学力与性情，必兼具而后愉快。愚意以为学力深，始能见性情；若不多读书，多贯穿，而遽言性情，则开后学油腔滑调，信口成章之恶习矣。近时风气颇波，惟夫子一言，以为砥柱。"

王阮亭答：

"司空表圣云：不着一字，尽得风流，此性情之说也。杨子云云：读千赋则能赋。此学问之说也。二者相辅而行，不可偏废。若无性情而侈言学问，则昔人有讥点鬼簿、獭祭鱼者矣。学力深，始能见性情，此一语是造微破的之论。"

张历友答：

"严羽《沧浪》有云：'诗有别才，非关学也。诗有别趣，非关理也。'此得于先天者，才性也。'读书破万卷，下笔如有神'，'贯穿百万众，出入由咫尺'，此得于后天者，学力也。非才无以广学，非学无以运才；两者均不可废……"

他们的主张都是才与学要兼备。他们为何要"学"？是要会作诗作赋。可是，会作诗作赋与诗赋中有风格没有是两件事。会作诗赋的人很多，而有风格的并不多见。中国自古至今有许多文人没有把这个弄清，他们往往以为作成有韵有律的东西便可以算作诗，殊不知这样的诗与"创作"的意思还离得很远很远。因为他们没明白了这一点，所以他们作诗作文必要学问，为是叫他们多知道多记得一些古的东西，好叫他们的作品显着典雅。这种预备对于学文学是很要紧的，但是一个明白文学的人未必能成个文艺创作家。学问是给我们知识的，风格是自己的表现。自然，有了学问能影响于风格；但这种影响是好是坏，还是个问题。据亚里士多德看，文学的用语

41

应该自然，他说："那自然的能引人入胜，那雕饰的不能这样。……尤瑞皮地司首开此风：从普通言语中选择字句，而使技术巧妙的藏伏其中。"（R hetoric，III. ii. 5～6）但是，一个有学问的人往往不能自己的要显露他的学识；而这显露学识不但不足帮助他的文章，反足以破坏自然的美好；这在许多文章中是可以见到的。"读书破万卷，下笔如有神"是中国文人最喜引用的；这里实在埋伏着"作文即是摹古"的危险；说到风格，反是"诗有别才，非关学也"近乎真理。

至于"学力深始能见性情"更是与事实不合。我们就拿《诗经》中的"风"说吧，有许多是具深厚感情的，而它们原是里巷之歌，无关学问。再看文人的杰作，差不多越是好文章，它的能力越是诉诸感情的。我们试随手翻开杜甫、白居易和其他大诗人的集子便可证明感情是感情，学力是学力，二者是不大有关系的。自然，我们若把性情解作"习好"，学力深了，习好也能随着变一些，如文人的好书籍与古玩等，这是不错的。但是这高雅的习好能否影响个人的风格，是不容易决定的。如果这个习好真能影响于风格，使文人力求古雅远奥，这未必能使风格更好一点，因为古雅远奥有时是很有碍于文字的感诉力的。

我们现在说"学"是"学习"的意思这一层。风格是不可学而能的，前面已经说过。"学习"是摹仿，自然是使不得的。在这里，"学习"至多是象姬本（Edward Gibbon）所说的："著者的风格须是他的心之形象，但是言语的选择与应用是实习的结果。"（Autobiography）这是说风格是独有的，但在技术上也需要些练习。这是我们可以承认的，我们从许多的作家的作品全体上看，可以找出他幼年时代的作品是不老到，不能自成一家，及至有了相当训练之后，才掷弃这种练习簿上的东西而露出自家的真面目。这是文学修养上的一个步骤，而不是永远追随别人的意思。曾国藩的"以脱胎之法教初学，以不蹈袭教成人。"正是这个意思。不过，我们应更加上一句：这样的学习，能否得到一种风格，还是不能决定的。

现在我们可以作个结论：风格的有无是绝对的。风格是个性——包括天才与习性——的表现。风格是不能由摹仿而致的，但是练习是应有的工夫。

我们引唐顺之几句话作个结束：

"今有两人：其一人心地超然，所谓具千古只眼人也；即使未尝操纸笔呻吟学为文章，但直据胸臆，信手写出，如写家书，虽或疏卤，然绝无烟火酸馅习气，便是宇宙间一样绝好文字。其一人，犹然尘中人也，虽其专文学为文章，其于所谓绳墨布置，则尽是矣；然翻来覆去，不过是这几句婆子舌头语，索其所谓真精神，与千古不可磨灭之见，绝无有也；则文虽工而不免为下格。此文章本色也。即如以诗为喻：陶彭泽未尝较声律，雕句文，但信手写出，便是宇宙间第一等好诗。何则？其本色高也。自有诗以来，其较声律，雕句文，用心最苦而立说最严者，无如沈约，苦却一生精力，使人读其诗，只见其捆缚龃龉，满卷累牍竟不曾道出一两句好话。何则？其本色卑也。"（《与茅鹿门论文书》）

# 受到大多数读者深爱的文学样式

## ——解读《小说》

　　《小说》是《文学概论讲义》的第十五讲，也是压轴之作；老舍在讲解了诗和戏剧之后才讲小说，这正出于他的重视。

　　从中外文学史的发展来看，首先是一些名家开始带头看不起小说。像纪昀说的，班固就说过"小说家者流盖出于稗官"。"稗官"在汉代时就是"小说家者流"，是上层统治者要想知道一些民间风俗而立的，由此可见其地位。在西方的大文学家如阿璐德那里，居然把托尔斯泰的《安娜·卡列尼娜》不算为艺术品，而只是"生命的一片断"。于是，老舍在这一讲中很郑重地提出"小说究竟算得了艺术作品么？"《小说》这一讲，堪称一篇颇具特色的"小说论"。

　　首先，老舍在这里强调了小说这"后起之秀"可能压倒一切别的艺术，能补戏剧与诗的不足。他先引用了沃尔特·贝赞特在《小说的艺术》中评价小说"能将抽象的思想变为生命的模型"，"增加信仰的力量"，传播"比在实在世界中所见的更高之道德"，而且能引起"同情"，能安慰人的寂寞，给人心以"思想、欲望、知识、志愿"，它能教人以言谈，供给人以"妙句、故事、事例……"；所以，公众从图书馆书架上取下的五分之四是小说，而买回家中的十分之九是小说。老舍说，即使这话"过火"（而实际老舍说得并没

"过火"），我们还可以引用叔本华的看法，"小说家的事业不是述说重大事实，而是使小事有趣"来对比，老舍不同意将小说看成只以日常琐事而引人喜读，他提出托尔斯泰的《战争与和平》就不是"日常琐事"，用我们的理解，其中有历史的长河！老舍借用有人将小说比为"袖珍戏园"这个"有趣名词"，从它可以放进口袋里就能说明它"补"了戏剧与诗的缺欠。戏剧不是不好，只是它除非用其他艺术手段（如自白或旁语）才能告诉人以思想。而诗，一定程度上能补这个"短处"，但又有因太偏于写风景和心象而没有动作。只有小说，"既能象史诗似的陈说一个故事，同时，又能象抒情诗似的有诗意，又能象戏剧那样活现"。所以，小说是诗与史的合体；所以，小说这后起之秀的兴起，实在是"时代的需要"。针对有人从小说的形式没有戏剧"完整"的说法，老舍提出，正因为小说的形式没有那么个"一定"，而是千变万化的，但这正是它的优点而非缺陷。像传记、日记、笔记、忏悔录、游记、通信、报告等等，都可以成为小说的形式。而小说的内容就更如此，可以写大事直到最小的小事，可以写很多人的遭遇，也可以只写一个人的心境。总之，从内容到形式，它都是极自由的。

其次，多少年来我们都没有看到过什么人，用什么方式，像老舍这样强调小说的哲学意味。他从英国的梅瑞狄斯，说到俄国的杜司安亦夫斯基，他们的小说中都有很深的哲理意味，告诫人们一些什么；所以，老舍提出"一个没有哲学的故事是没有骨头的模特儿"，事实正是如此，生活中处处有哲学，人生哲学并不是哲学家的"专利"。名家的名作中——特别是那些不朽的典型人物灵魂中，哪里没有哲学？从鲁迅笔下阿Q（如"革这伙妈妈的命"、"二十年后又是一条好汉"），到老舍笔下的祥子，他最终的变成一个个人主义的末路鬼……其中都有足够我们深思良久的哲学意味，而不是"没有骨头的模特儿；否则，祥子不可能靠拉着一辆人力车而"跑遍世界"，阿Q还将永远"活"下去，他的头是给杀不了的，这就是哲学意味。古今中外优秀的作家创造的不朽典型形象都是有特定意义的"硬骨头"，而这些作家都将哲学从哲学家神圣的殿堂中请了出来，让千千万万普通的读者去长久深思。老舍在这里是告诉我们，哲理的形成并不深奥，只要用"立得起来"的人物去说明人生、解释人生，这就是用哲学去感动人；文学家、作家写小说，就都应该有这样的目的。戏剧和诗，不是不能有哲学意味，但"无论如何也不如小说那样能刻骨入微的描画"。写小说的，当然不必要自己先成为哲学家，因为"高深的哲理往往出自凡夫俗子之口"，阿Q和祥子，当然是凡夫俗子，鲁迅和老舍，至今也没有人定义他们是杰出的哲学家，但他们都能用深刻的哲理，去"武装"他们笔下的典型人物，这只要我们深入思考，是能看清的，至于作家从哪里去学到哲学，当然并不一定要去拜读大本的哲学著作。老舍在这里告诉我们："要观察人生与自然"；至于怎样具体表现这哲学，也是"要观察人生与自然"。托尔斯泰作品之所以给人真实的感受，老舍认为就是来自于对许多不同的心象和生命的体认，托尔斯泰是以"传达感情"为"唯一目的"，这是"艺术的唯一目的"。老舍还进一步从英国女作家乔治·艾略特为例，她说道"人生在世只有这么几年"，所以她真想"多看人类生命"。老舍认为"经验与想象是艺术组成的两端"，好的作家应该像被别人的灵魂"附了体"的样子，才能给他们笔下的人物以生命和个性，戏剧和诗，是以"思想装入形式"，而小说是以"想象变化形式"；戏剧与诗虽然也要想象，"但在形式上远不及小说能充分自由"。所以，我们不能不承认小说在艺术上占有很高的地位。还因为小说在表现真实与解释人生方面，都比戏剧和诗，"更少限制"，"更多一些变化"，"更多一些弹性"。

再次，老舍简要地说明了凡是小说都必须有个"故事"，但故事的意思应该与小说分别看待；因为只要是一个故事，不论它有没有小说的艺术结构，它都是故事；而小说的内容必须有个故事，但并不是所有的故事都是小说。这一点，我们是很容易理解的——比如说，我给你讲一个故事，这完全不能等同于"我给你讲一篇小说"。由于这个问题是很容易理解的，所以老舍并没多讲。

最后，老舍峰回路转，出人意料地刻意提出——更准确地说，是提倡短篇小说。他告诉人们，在小说开始诞生的初期，长篇的更多。他认为，篇幅的长短不是最重要的；而且，并不是只要短的就是短篇小说。短篇小说是"文艺上的术语"，而不是字少篇短就是短篇小说的定义。如果就"短小的故事"而言，其实是"来源甚古"的，而真正的短篇小说就"成形与发展"而言，是近代的事。曾经有不少人想给它下"定义"，这是很难的，因为它是"自成一体"的，并不是把长篇的篇幅缩短便成短篇小说。如果从解释人生、用想象表现真实方面，长、短篇小说是一样的。出于老舍的特别重视短篇小说，他特别从三个方面来突出它的要意。其一，它自身必须是一个完整的单位，是"增一分则太长，减一分则太短"；它最好能同时在时间和空间上，成为"完好的一片断"。不像有的人那样从一滴水去看大海，但这个"片段"，必须能够反映人生，和艺术地解释人生。其二，短篇小说自身既是一个独立的"片断"，所以必须用最经济的艺术手法去描写，用老舍的原话说，就是"极简截，极精采，极美好"；至于用不着的事，哪怕"一语一字"，都不能进入。所以，老舍认为它比长篇小说"难写"得多，"要极紧凑的象行云流水那样美好"，而不是可以随便敷衍成章的。其三，长篇小说因为材料多，领域广，可以放情发挥；而短篇小说"必须自始至终朝着一点走"，必须把"思想、事实、艺术、感情"完全糅合起来，能让读者在很短的时间（老舍用的是"几分钟"）里，就能获得"一个事实，一个哲理，一个感情，一个美"。所以，老舍的结论是：短篇小说的作者，"非是有极好的天才与极丰富的经验"，是很难做到的。

事实也正如此。人们一想到老舍的著名长篇小说，就会人同此心，心同此理地想到《骆驼祥子》、《离婚》等，而多幕话剧则必定提出《茶馆》、《龙须沟》等；但我们怎能忘记《断魂枪》、《老字号》、《黑白李》等这些短篇小说呢？直到当前，我们有多少作家、多少短篇小说，超越了老舍和这些不朽的短篇小说呢？我们不断能从一些知名媒体上看到提倡写优秀的短篇——甚至是"小小说"。这时，我们应该回到七十多年前老舍的《文学概论讲义》那里去！

**附：**

# 小说

好听故事是人类天性之一，可是小说是文艺的后起之秀。不但中国的学者，象纪昀那样的以为：

"班固称'小说家者流盖出于稗官'，如淳注谓'王者欲知闾巷风俗，故立稗官，使称说之'。然则博采旁搜，是亦古制，固不必以冗杂废矣……"（《四库全书总目提要》）

就是西洋的大文学家，如阿瑙德（Matthew Arnold）也以为托尔斯泰的 Anna Karenina 不能算个艺术作品，而是生命的一片断。自然，这种否认小说为艺术品有许多理由，而它是后起的文艺，大概是造成这个成见很有力的原因。当英国的菲尔丁（Fielding）写小说的时候，他说"实际上，我是文艺的新省分的建设者，所以我有立法的自由。"这分明是自觉的以小说为一种新尝试，故须争取自由权以抵抗成见。

那么，小说究竟算得了艺术作品么？我们先拿一段话看看：

"近代小说将抽象的思想变为有生命的模型；它给予思想，它增加信仰的能力，它传布比实在世界中所见的更高之道德；它管领怜悯、钦仰与恐怖的深感；它引起并继持同情；它是普遍的教师；它是读众所愿读的唯一书籍；它是人们能晓得别的男女的情形唯一的途径；它能慰人寂寥，给人心以思想、欲望、知识，甚至于志愿；它教给人们言谈，供给妙句、故事、事例，以使谈料丰富。它是亿万人的欣喜之活泉，幸而人们不太吹毛求疵。为此，从公众图书馆书架上取下的，五分之四是小说，而所买入的书籍，十分之九是小说。"（Sir Walter Besant，Art of Fiction）

这一段话没有过火的地方：小说是文艺的后起之秀，现在它已压倒一切别的艺术了。但是，这一段只说了小说的功能，而并未能指出由艺术上看小说是否有价值。依上面所说的，我们颇可引叔本华（Schopenhauer）的话，而轻看小说了——"小说家的事业不是述说重大事实，而是使小事有趣。"（On Some Forms of Literature）但是，小说决不限于缕述琐事，更不是因为日常琐事而使人喜读；托尔斯泰的《战争与和平》和一些历史小说可以作证。那么，小说究竟算艺术品不算？和为什么可以算艺术品呢？我们的回答，第一，小说是艺术。因为，第二，有下列的种种理由：

有人把小说唤作"袖珍戏园"，这真是有趣的名词。但是小说的长处，不仅是放在口袋里面拿着方便，而是它能补戏剧与诗中的缺欠。戏剧的进展显然是日求真实，但是，无论怎样求实，它既要在舞台上表现，它便有作不到的事。亚里士多德已经提到：如若在戏剧中表现荷马诗中的阿奇力（Achilleus）追赶海克特（Hector）便极不合宜。再说，戏剧仗着对话发表思想，而所发表的思想是依着故事而规定好了的；戏台上不能表现单独的思想，除非是用自白或旁语，这些自然是不合于真实的；戏台上更不能表现怎样思想。诗自然能补这个短处，但是，近代的诗又太偏于描写风景与心象，而没有什么动作。小说呢，它既能象史诗似的陈说一个故事，同时，又能象抒情诗似的有诗意，又能象戏剧那样活现，而且，凡戏剧所不能作的它都能作到；此外，它还能象希腊古代戏剧中的合唱，道出内容的真意或陈述一点意见。这样，小说是诗与史的合体，它在运用上实在比剧方便得多。小说的兴盛是近代社会自觉的表示，这个自觉是不能在戏剧与诗中充分表现出来的。社会自觉是含有重视个人的意义；个人之所以能引起兴趣，在乎他的生命内部的活动；这个内部生活的表现不是戏剧所能办到的。诗虽比戏剧方便，可是限于用语，还是不如小说那样能随便选择适当的言语去表现各样的事物。这个社会自觉是人类历史的演进，而小说的兴起正是时代的需要。这就表现的限制上说，由人类历史的演进上说，都显然的看出小说的优越；艺术既是无定形的，不是一成不变的，这些优越之点果能用艺术的手段利用，小说便是新的艺术，不能因为它的新颖而被摒斥。

在形式上说，它似乎没有戏剧那样完整，没有诗艺那样规矩，所以，有些人便不承认它有艺术的形式。诚然，它的形式是没有一定的，但是，这正是它的优越之点；它可以千变万化的用种种形式来组成，而批评者便应看这些形式的怎样组成，不应当拿一定的形式来限制。设若我们就个个形式去看，我们可以在近代小说中，特别是短篇的，如柴霍甫，莫泊桑等的作品，看到极完美的形式，就是只看它们的形式也足以给我们一种喜悦。短篇小说的始祖爱兰坡便是极力主张为艺术而艺术的人，这个主张对与不对是另一问题，但它证明小说决不是全不顾及形式的。不错，在长篇中往往有不匀调的地方，但是这个缺点决不能掩蔽它们的伟大。总之，我们宜就个个小说去看它的形式，这才能发现新的欣赏，而且这样看，几乎在任何有价值的作品中，都可以找到一种艺术的形式，它可以没有精细的结构，但是形式是必定有的；而且有时候越是因为它的结构简单，它的形式越可喜，它有时候象散文诗或小品文字，有种毫无技巧的朴美，这在诗艺中是很少见的。什么是小说的形式，永不能有圆满的回答；小说有形式，而且形式是极自由的，是较好的看法。小说的形式是自由的，它差不多可以取一切文艺的形式来运用：传记，日记，笔记，忏悔录，游记，通信，报告，什么也可以。它在内容上也是如此；它在情态上，可以浪漫，写实，神秘；它在材料上，可以叙述一切生命与自然中的事物。它可以叙述一件极小的事，也可以陈说许多重要的事；它可描写多少人的遭遇，也可以只说一个心象的境界，它能采取一切形式，因而它打破了一切形式。

那么，小说之所以能为艺术品者，只仗着这些优越之点吗？当然不是。小说的发达是社会自觉的表示，上面已经提到。社会自觉含有极大的哲学意味。每个有价值的小说一定含有一种哲学。这种哲学暗示出，如梅瑞地兹（Meredith）所谓：哲学告诉我们，我们并不美如玫瑰之红艳，亦非丑如污浊之灰暗；反之，哲学使我们看到我们的光景是美好，下得去的，有结果的，因而最后得到欣悦。又如杜司妥亦夫司基所谓：大概说，人们，即使是恶劣的，是比我们所设想的更天真更简单一些。我们自己也是这样。这样的暗示，我们可以找到许多，因为一个没有哲学的故事是没有骨头的模特儿。但是，有哲学是应当的，哲理的形成也不算极难的事，小说之所以为艺术，是使读者自己看见，而并不告诉他怎样去看；它从一开首便使人看清其中的人物，使他们活现于读者的面前，然后一步一步

51

使读者完全认识他们，由认识他们而同情于他们，由同情于他们而体认人生；这是用立得起来的人物来说明人生，来解释人生；这是哲学而带着音乐与图画样的感动；能作到这一步，便是艺术，小说的目的便在此。

戏剧与诗也能如此，但是，上面所指出的小说的优越之点，使小说在此处比戏剧与诗更周到更生动。戏剧中如过重思想，人物便易成为观念的代表，而失其个性；若欲保持个性，无论如何也不如小说那样能刻骨入微的描画。诗艺中是能以一语之妙而深入人心，但是，它不能永远用合适的言语传达一切，它的美好的保持往往限制住它的畅所欲言；而高深的哲理往往出自凡夫俗子之口，小说于此处便胜过了诗艺。这样，小说必须有它的哲学，而且是用艺术手段来具体的表现它，假若能达到此点，它便不能不算艺术。

从哪里得到哲学？要观察人生与自然。怎能具体的表现出这个哲学？要观察人生与自然。观察人生与自然，从而以相当的工具去表现人生与自然，不是一切艺术的根本条件么？小说家既也须懂得人生与自然，小说家便不是容易作到的。阿瑙德以为托尔斯泰的作品是一片真实，不错，小说几乎都是真实的一片段，但是，这一片段真实从何而来？不是由生命的观察与体认么？这一段的组成，不是许多不同的心象的织成么？这分明是说：这些是生命，容我以艺术表现之。就是那极端写实的写家，随便拾起任何人物，随便拾起任何事实，随便拾起任何时间，似乎无所求于艺术了；但是，敢这样大胆的取材的人，必是对于人生与自然有极深的了解与心得，他根本的必须是个艺术家。俄国的写实作家有时只给我们一些报告似的东西，没有多少含义，没有什么最后的印象，然而这究竟不是报告，而是艺术家眼中的一片真实，也照原样使我们看一看；能使别人看到我们自己所看到的，便不是件容易的事。这样写作的态度是怎样看到便怎样写出，而在一写的时候，写家已经象那些事物的上帝似的那样明白它们。况且，他们所要写的多是人类的心感；托尔斯泰以为能传达感情是艺术唯一的目的。由观察人生，认识人生，从而使人生的内部活现于一切人的面前，应以小说是最合适的工具，因此，小说根本是艺术的。乔治·伊利亚特（George Eliot）说：

"我真愿意再多看人类生命；人在世上只有这么几年，怎能看够了呢？但是，我是说，现在我正在用诗艺的自由与深刻的意味检讨我最远的过去，有许多步骤必须走过，然后，我才能艺术的运用我现在所得的任何材料。"（George Eliot's Life，J. W. Cross）

这是一个有名的写家的自述，这里指给我们：生命的观察是一件事，观察以后能艺术的应用又是一件事；那就是说，经验与想象是艺术组成的两端。设若一个人不能设身处地的，象被别人的灵魂附了体的样子，他必不会给他的一切人物以生命及个性。这个外物与内心的联合是产生艺术的仙火。人生与自然经过想象，人生与自然才能属于作者；作品的特色便是想象的颜色。假如戏剧与诗艺是以思想装入形式，小说是以想象变化形式；戏剧与诗艺也要想象，但在形式上远不及小说能充分自由。Worsfold 说：

"以想象的运用而解释自然，是小说的本色——提出目前生活的一个理想的表现——决无缺欠。它完全凭着字的力量，而不需韵文的音乐，也不要戏剧的实现，而是以自由与完整来补这两个缺乏。与一旁的创造文艺相比较，小说对于这个工具，言语，有绝对的支配权能，而言语是艺术能影响于想象的最有力的工具。"（The novel）

这样，小说家的想象天才辅以善于打动想象的工具，小说之能感动人心是自然结果；同时，想象天才与打动想象是艺术的基本条件。

由上面的几段我们看出，小说的长处和在思想上艺术上的基础，我们不能不承认小说在艺术上占有很高的地位。自然，因为小说的发达而有许多作品确是很坏，这是无可掩饰的事实，但这决不能用以判断小说的本身，也不能用以限制小说的发展。小说的将来是否也能象诗与戏剧那样有衰颓之一日是难说的，但是，就它的特点来看，它在表现真实与解释人生上是和诗与戏剧相同的，而在表现的方法上它比诗与戏剧更少限制，更能自由变化，更多一些弹性，恐怕它的发展还是正在青春时期，一时还不能见到它衰老的气象。

小说一名词在外国有许多字，如英语的 Tale，Story，Novel，fiction 及 Short story 等。法语的 Roman，Nouvelle Conte 等。此处略将此数字加以解释：Tale 与 Story 二字相近，二者都是故事的意思，没有什么特别的意义。广泛着说，凡是小说都须有个故事；但是，故事的意思显然的与小说略有不同，那就是说，凡是一个故事，不论有小说的艺术结构与否，也是个故事；小说的内容必是个故事，而故事不必是小说。我们读过一个小说，往往说，这是很好的一个故事；但这不过信口一说，其实，读小说的兴趣与听说个没有艺术结构的故事的兴趣，至少也有程度上的不同。由习惯上说，Tale 似乎比 Story 更简单一些，形式上更随便一些，所以由戏剧与诗艺中抽绎出来的故事，往往称为 Tale，如 Tales from Shakespeare 与 Tales from Chaucer 等。自然，Tale of Two Cities 是个长篇小说而也用此字，此字在此处的意思是与 Story 相近的。至于坡用 Tale 代表法语 Co nte 是显然不合适的，因为后者是短篇小说的意思，而短篇小说实与随便一个故事大不相同。此点容后面细说。Novel 与 fiction 二字好似 Novel 近于中国史的稗史，既含新奇之意，又有非正史的暗示，此字似极适当于解释近代的小说 Fiction 的意思比 Novel 又广泛一些，它是泛指一切想象的创作，而指明出一类文艺，在这一类文艺下的不必一定是小说；自然由习惯上，戏剧与诗艺是自成一类的，其实以性质言，它们也似乎应在 fiction 之下。

以篇幅长短言，英国的 Novel 似等于法国的 Roman，是长篇小说。英国的 Noveletle 等于法国的 Nouvelle，是中篇小说。所谓长篇与中篇者不过是指篇幅的短长而言，并没有一定的界限。在小说初发达的时候，差不多小说都是很长的，近代的则较短，可是最近又有写长篇的趋向。以艺术观点看，这篇幅稍长稍短并没有什么重要；不过篇幅有时较短在印刷上与定价上有关系，所以不能不区分一下。

近代的短篇小说确是另成一格，而决非篇幅简短的作品便是短篇小说。短篇小说是文艺上的术语，不是字少篇短的意思。短小的故事来源甚古，而短篇小说的成形与发展是近代的事。有许多人想给短篇小说下个定义，自然，给艺术品下定义是不容易圆满的，不过，这很足以表示人们的重视短篇小说，和它的自成一体而不是随便可以改成长篇，或由长篇随便缩短的。长篇小说既没有什么定义，而长篇与短篇的艺术条件又有相同之处，那么，单给短篇下个定义也不甚妥当。我们顶好把它的特点说一下，借以看出它与长篇的不同处。至于它与长篇艺术上相同条件（为解释人生，用想象表现真实等）便不用再说了。

一、短篇小说是一个完整的单位，增一分则太长，减一分则太短。在时间上、空间上、事实上是完好的一片断，由这一片断的真实的表现，反映出人生和艺术上的解释与运用。它不是个 Tale，Tale 是可长可短，而没有艺术的结构的。

二、因为它是一个单位，所以须用最经济的手段写出，要在这简短的篇幅中，写得极简截，极精采，极美好，用不着的事自然是不能放在里面，就是用不着的一语一字也不能容纳。比长篇还要难写的多，因为长篇在不得已的时候可以敷衍一笔，或材料多可以从容布置。而短篇是要极紧凑的象行云流水那样美好，不容稍微的敷衍一下。

　　三、长篇小说自然是有个主要之点，从而建设起一切的穿插，但是究以材料多，领域广，可以任意发挥，而往往以副笔引起兴趣。短篇则不然，它必须自始至终朝着一点走，全篇没有一处不是向着这一点走来，而到篇终能给一个单独的印象；这由事实上说，是件极不容易的事，因为这样给一个单独的印象，必须把思想、事实、艺术、感情，完全打成一片，而后才能使人用几分钟的功夫得到一个事实、一个哲理、一个感情、一个美。长篇是可以用穿插衬起联合的，而短篇的难处便在用联合限制住穿插；这是非有极好的天才与极丰富的经验不能做到的。

# "我想写中国人的伟大"

## ——解读《我怎样写〈小坡的生日〉》

  写于 1929 至 1930 年的《小坡的生日》，是老舍告别伦敦、离开欧洲，要返回祖国的途中，路经新加坡时，在该国写了大部分，最后的两万字是完成于上海的长篇小说。《小坡的生日》的写作，看似"偶然"，实非偶然。因为他早想过"看看南洋"，原因不是猎奇，而是"南洋之所以为南洋，显然的大部分是中国人的成绩"。文论中下面这段话是极重要的，他是通过自己的新加坡体验，真正深切感受到："中国人能忍受最大的苦处，中国人能抵抗一切疾痛：毒蟒猛虎所盘据的荒林被中国人铲平，不毛之地被中国人种满了菜蔬。中国人不怕死，因为他晓得怎样应付环境，怎样活着。中国人不悲观，因为他懂得忍耐而不惜力气。"为此，他要"写中国人的伟大"。遗憾的是，我们往往没有关注到老舍这么深切的体验，难道是因为只看到表面的童话故事，而将它视为浅陋的小说？

  老舍驻足于新加坡的几个月，为了谋生，在一所中学教书，接触的多是十几岁的孩子，在街上看到的，也有很多是"各种各色的小孩"——而老舍的爱小孩是人所共知的。正如他在文论中所写的："此书中有中国小孩，马来小孩，印度小孩，而没有一个白色民族的小孩"。因为在现实生活中，他始终没有见到过白人的小孩与东方小孩一起玩耍，这给了他很大的刺激，"所以我愿把东方小孩全拉到一处去玩，将来也许立在同一战线上去争战"，争战什么呢？如果我们仔细阅读小说自身，会得出的回答是"打倒"（也就是小坡不论是在醒着的时候或做梦的时候），同时就是革命！正如文论篇末所写的："在今日而想明白什么叫革命，只有到东方来，因为东方民族是受着人类所有的一切压迫；从哪儿想，他都应当革命。"这和老舍离开不久的英国完全不一样——英国中等阶级的儿女根本不想天下大事，而新加坡中等阶级的儿女除了天下大事什么也不想；别忘了，小坡，还有他的妹妹仙坡，都是中等阶级的儿女。这就是作家自己说的："一到新加坡，我的思想猛的前进了好几丈。"

让我们回到小说自身。小说的前半部分写的是现实生活中有色人种的孩子怎样在一起玩耍，后半部分则写小坡的梦、也是作家自身的"梦想"——有朝一日，世界上的各民族跨越社会文化藩篱，彼此尊重、友好的心迹，这不是一般的童话小说所能写出的境界。那么，我们是否在这里"拔高"了这部童话小说呢？不是的，我们只能说这是老舍自己由衷的愿望；为此，他在文论中特别写下："总而言之，这是幻想与写实夹杂在一处，而形成了个四不象了。"在国内，《小坡的生日》长期来没有引起读者的关注和批评家的好评，没有注意到作者是在将一个严肃的主题，通过轻松的童话间接地表现出来。小坡，虽也有孩子的淘气，但诚实、勇敢、正直，和家人一起生活在新加坡这块南洋群岛中最小的土地上，这块土地成为了他和其他有色人种孩子的天堂，他们生活和游戏在这个天堂。如果今天的新加坡读者关注到《小坡的生日》，可能会惊讶于老舍在1950年已经有了"花园城市"的蓝图（如今新加坡已被称为花园城市），实在不易！小坡的父母是广东华侨，他们讨厌一切"非广东人"，对其他种族的人也有很大的偏见。老舍刻意写小坡选了一个父母不在家的时机，邀请了华人、印度人、马来人孩子一起来玩，显然体现了作家本人的政治远见。他把东方小孩安排在同一"花园"里玩耍的情节，就暗藏着各民族团结一致的主题。而小坡的梦境，同样是各民族下一代孩子联合起来的期望。如他自己在文论中所写的："后半虽是梦境，但也时时对南洋的事情作了小小的讽刺"。他还写了这部童话中有"不属于儿童世界的思想"，自己是"脚踏两只船"；显然，这是表白自己是在努力把孩子的"天真"与他自己的"思想"都写进去了。小坡的天真在于总想每年过两次、三次……生日，而老舍的愿望则是世界大同，是献出自己一片赤子之心！为此，老舍还特别点明："那时我已经三十多岁了。"

最后，我们不可忽略的还有："最使我得意的地方是文字浅明简确"，"有了《小坡的生日》，我才真明白了白话的力量"。如果有人认为《小坡的生日》是一本浅陋的童话，只能证明他自己的浅薄——的确有人批评老舍，说这部童话的文字缺乏书生气，太俗，太贫，近于车夫走卒的俗鄙。听听老舍的回答吧："我一点也不以此为耻"。我们说，不但不是"耻"，还是我们当前儿童文学创作者的典范！

附：

# 我怎样写《小坡的生日》

离开伦敦，我到大陆上玩了三个月，多半的时间是在巴黎。在巴黎，我很想把马威调过来，以巴黎为背景续成《二马》的后半。只是想了想，可是：凭着几十天的经验而动笔写象巴黎那样复杂的一个城，我没那个胆气。我希望在那里找点事作，找不到；马威只好老在逃亡吧，我既没法在巴黎久住，他还能在那里立住脚么！

离开欧洲，两件事决定了我的去处：第一，钱只够到新加坡的；第二，我久想看看南洋。于是我就坐了三等舱到新加坡下船。为什么我想看看南洋呢？因为想找写小说的材料，像康拉德的小说中那些材料。不管康拉德有什么民族高下的偏见没有，他的著作中的主角多是白人；东方人是些配角，有时候只在那儿作点缀，以便增多一些颜色——景物的斑斓还不够，他还要各色的脸与服装，作成个"花花世界"。我也想写这样的小说，可是以中国人为主角，康拉德有时候把南洋写成白人的毒物——征服不了自然便被自然吞噬，我要写的恰与此相反，事实在那儿摆着呢：南洋的开发设若没有中国人行么？中国人能忍受最大的苦处，中国人能抵抗一切疾痛：毒蟒猛虎所盘据的荒林被中国人铲平，不毛之地被中国人种满了菜蔬。中国人不怕死，因为他晓得怎样应付环境，怎样活着。中国人不悲观，因为他懂得忍耐而不惜力气。他坐着多么破的船也敢冲风破浪往海外去，赤着脚，空着拳，只凭那口气与那点天赋的聪明，若能再有点好运，他便能在几年之间成个财主。自然，他也有好多毛病与缺欠，可是南洋之所以为南洋，显然的大部分是中国人的成绩。国内人只知道在南洋容易挣钱，而华侨都是胖胖的财主，所以凡有点势力的人就派个代表在那儿募捐。只知道要钱，不晓得华侨所受的困苦，更想不到怎样去帮忙。另有一些人以为华侨是些在国内无法生存而到国外碰运气的，一伸手也许摸着个金矿，马上便成百万之富。这样的人是因为轻视自己所以也忽略了中国人能力的伟大。还有些人以为华侨漫无组织，所以今天暴富而富得不得其道，明天忽然失败又正自理当如此；说这样现成话的人是只看见了华侨的短处，而忘了国家对这些在海外冒险的人可曾有过帮助与指导没有。

华侨的失败也就是国家的失败。无论怎样吧，我想写南洋，写中国人的伟大；即使仅能写成个罗曼司，南洋的颜色也正是艳丽无匹的。

可是，这有三件必须预备的事：第一，得在城市中研究经济的情形。第二，到内地观察老华侨的生活，并探听他们的历史。第三，得学会广东话，福建话，与马来话。哎呀，这至少须花费几年的工夫呀！我恰巧花费不起这么多的工夫。我找不到相当的事作。只能在中学里去教书，而教书就把我拴在了一个地方，时间与金钱都不许我到各处去观察。我的心慢慢凉起来。我是在新加坡教书，假若我想到别的地方去看看，除非是我能在别处找到教书的机会，机会哪能那么容易得呢。即使有机会，还不是仍得教书，钱不够花而时间不属于我？我没办法。我的梦想眼看着将永成为梦想了。

打了个大大的折扣，我开始写《小坡的生日》。我爱小孩，我注意小孩子们的行动。在新加坡，我虽没工夫去看成人的活动，可是街上跑来跑去的小孩，各种各色的小孩，是有意思的，可以随时看到的。下课之后，立在门口，就可以看到一两个中国的或马来的小儿在林边或路畔玩耍。好吧，我以小人儿们作主人翁来写出我所知道的南洋吧——恐怕是最小最小的那个南洋吧！

上半天完全消费在上课与改卷子上。下半天太热。非四点以后不能作什么。我只能在晚饭后写一点。一边写一边得驱逐蚊子，而老鼠与壁虎的捣乱也使我心中不甚太平，况且在热带的晚间独抱一灯，低着头写字，更仿佛有点说不过去：屋外的虫声，林中吹来的湿而微甜的晚风，道路上印度人的歌声，妇女们木板鞋的轻响，都使人觉得应到外边草地上去，卧看星天，永远不动一动。这地方的情调是热与软，它使人从心中觉到不应当作什么。我呢，一气写出一千字已极不容易，得把外间的一切都忘了才能把笔放在纸上。这需要极大的注意与努力，结果，写一千来字已是筋疲力尽，好似打过一次交手仗。朋友们稍微点点头，我就放下笔，随他们去到林边的一间门面的茶馆去喝咖啡了。从开始写直到离开此地，至少有四个整月，我一共才写成四万字，没法儿再快。这本东西通体有六万字，那末后两万是在上海郑西谛兄家中补成的。

以小孩为主人翁，不能算作童话。可是这本书的后半又全是描写小孩的梦境，让猫狗们也会说话，仿佛又是个童话。此书的形式因此极不完整：非大加删改不可。前半虽然是描写小孩，可是把许多不必要的实景加进去；后半虽是梦境，但也时时对南洋的事情作小小的讽刺。总而言之，这是幻想与写实夹杂在一处，而成了个四不像了。这个毛病是因为我是脚踩两只船：既舍不得小孩的天真，又舍不得我心中那点不属于儿童世界的思想。我愿与小孩们一同玩耍，又忘不了我是大人。这就糟了。所谓不属于儿童世界的思想是什么呢？是联合世界上弱小民族共同奋斗。此书中有中国小孩，马来小孩，印度小孩，而没有一个白色民族的小孩。在事实上，真的，在新加坡住了半年，始终没见过一回白人的小孩与东方小孩在一块玩耍。这给我很大的刺激，所以我愿把东方小孩全拉到一处去玩，将来也许立在同一战线上去争战！同时，我也很明白广东与福建人中间的冲突与不合作，马来与印度人间的愚昧与散漫。这些实际上的缺欠，我都在小孩们一块玩耍时随手儿讽刺出。可是，写着写着我又似乎把这个忘掉，而沈醉在小孩的世界里，大概此书中最可喜的一些地方就是这当我忘了我是成人的时候。现在看来，我后悔那时候我是那么拿不定主意；可是我对这本小书仍然最满意，不是因为别的，是因为我深喜自己还未全失赤子之心——那时我已经三十多岁了。

最使我得意的地方是文字的浅明简确。有了《小坡的生日》，我才真明白了白话的力量；我敢用最简单的话，几乎是儿童的话，描写一切了。我没有算过，《小坡的生日》中一共到底用了多少字；可是它给我一点信心，就是用平民千字课的一千个字也能写出很好的文章。我相信这个，因而越来越恨"迷惘而苍凉的沙漠般的故城哟"这种句子。有人批评我，说我的文字缺乏书生气，太俗，太贫，近于车夫走卒的俗鄙；我一点也不以此为耻！

在上海写完了，就手儿便把它交给了西谛，还在《小说月报》发表。登完，单行本已打好底版，被"一二八"的大火烧掉；所以在去年才又交给生活书店印出来。

希望还能再写一两本这样的小书，写这样的书使我觉得年轻，使我快活；我愿永远作"孩子头儿"。对过去的一切，我不十分敬重；历史中没有比我们正在创造的这一段更有价值的。我爱孩子，他们是光明，他们是历史的新页，印着我们所不知道的事儿——我们只能向那里望一望，可也就够痛快的了，那里是希望。

得补上一些。在到新加坡以前我还写过一本东西呢。在大陆上写了些，在由马赛到新加坡的船上写了些，一共写了四万多字。到了新加坡，我决定抛弃了它，书名是"大概如此"。

为什么中止了呢？慢慢的讲吧。这本书和《二马》差不多，也是写在伦敦的中国人。内容可是没有《二马》那么复杂，只有一男一女。男的穷而好学，女的富而遭了难。穷男人救了富女的，自然喽跟着就得恋爱。男的是真落于情海中，女的只拿爱作为一种应酬与报答，结果把男的毁了。文字写得并不错，可是我不满意这个题旨。设若我还住在欧洲，这本书一定能写完。可是我来到新加坡，新加坡使我看不起这本书了。在新加坡，我是在一个中学里教几点钟国文。我教的学生差不多都是十五六岁的小人儿们。他们所说的，和他们在作文时所写的，使我惊异。他们在思想上的激进，和所要知道的问题，是我在国外的学校五年中所未遇到过的。不错，他们是很浮浅；但是他们的言语行动都使我不敢笑他们，而开始觉到新的思想是在东方，不是在西方。在英国，我听过最激烈的讲演，也知道有专门售卖所谓带危险性书籍的铺子。但是大概的说来，这些激烈的言论与文字只是宣传，而且对普通人很少影响。学校里简直听不到这个。大学里特设讲座，讲授政治上经济上的最新学说与设施；可是这只限于讲授与研究，并没成为什么运动与主义；大多数的将来的硕士博士还是叼着烟袋谈"学生生活"，几乎不晓得世界上有什么毛病与缺欠。新加坡的中学生设若与伦敦大学的学生谈一谈，满可以把大学生说得瞪了眼，自然大学生可别刨根问底的细问。

有件小事很可以帮助说明我的意思：有一天，我到图书馆里去找本小说念，找到了本梅·辛克来（May Sinclair）的 Arnold Waterlow（阿诺德·沃特洛）。别的书都带着"图书馆气"，污七八黑的；只有这本是白白的，显然的没人借读过。我很纳闷，馆中为什么买这么一本书呢？我问了问，才晓得馆中原是去买大家所知道的那个辛克来（Upton Sinclair）的著作，而错把这位女写家的作品买来，所以谁也不注意它。我明白了！以文笔来讲，男辛克来的是低等的新闻文学，女辛克来的是热情与机智兼具的文艺。以内容言，男辛克来的是作有目的的宣传，而女辛克来只是空洞的反抗与破坏。女辛克来在西方很有个名声，而男辛克来在东方是圣人。东方人无暇管文艺，他们要炸弹与狂呼。西方的激烈思想似乎是些好玩的东西，东方才真以它为宝贝。新加坡的学生差不多都是家中很有几个钱的，可是他们想打倒父兄，他们捉住一些新思想就不再松手，甚至于写这样的句子："自从母亲流产我以后"——他爱"流产"，而不惜用之于己身，虽然他已活了十六七岁。

在今日而想明白什么叫作革命，只有到东方来，因为东方民族是受着人类所有的一切压迫；从哪儿想，他都应当革命。这就无怪乎英国中等阶级的儿女根本不想天下大事，而新加坡中等阶级的儿女除了天下大事什么也不想了。虽然光想天下大事，而永远不肯交作文与算术演草簿的小人儿们也未必真有什么用处，可是这种现象到底是应该注意的。我一遇见他们，就没法不中止写"大概如此"了。一到新加坡，我的思想猛的前进了好几丈，不能再写爱情小说了！这个，也就使我决定赶快回国来看看了。

# 一部"失败"的文学作品

## ——解读《我怎样写〈猫城记〉》

  《猫城记》是《小坡的生日》之后创作的长篇小说。写作于1932年上半年，也正是老舍在南洋唱过伟大中国的赞歌后，兴奋地回到自己的祖国，很想有所作为，完全没有想到，现实正相反！北伐和大革命并没有改变祖国的黑暗与混乱，使他完全不能接受。

  老舍这位文化型作家，所长并不是从政治上去观察和表现现实，但《猫城记》却以"短"替"长"了——以自己并不太懂的政治，想通过一个寓言体的"讽刺"小说，去表达自己的满腔愤怒与哀伤，发表出来后，不但备受攻击，自己也在《我怎样写〈猫城记〉》中，痛苦坦言这是本失败的作品。

  时过七十多年，今天的我们，应该重新客观审视这部小说和"我怎样写"这篇文论：《猫城记》真的如此不堪吗？

  这不是一部写实小说，可能更接近政治寓言。正如他自己在"怎么写"这篇文论中所说，他"根本应当幽默，因为它是讽刺文章"，"应该捏着骨缝儿狠狠地骂，使人哭不得笑不得"，而"我故意的禁止幽默，于是《猫城记》就一无可取了。"

  《猫城记》真的"一无可取"吗？这里我们必须用一些篇幅回到小说本身。正如老舍自己在文论中所说，他受到的刺激，首先是对国事的失望，对军事外交……的失望，于是这位自认为"完全没有思想的人"写了这么一部"失败"的作品，能希望"在粪堆上找到粮食"吗？只有苍蝇会对粪堆有兴趣，他的"错误"和"失败"是居然想去"劝告苍蝇"！

恰如作者自己所说，《猫城记》"象赴宴而没吃饱的老太婆那样回到家中瞎唠叨"（见文论）；从艺术上看，并非成功之作，构思虽奇特，通过"猫国猫人"来讽喻国家国人的理性色彩过于浓重，在风格上一改老舍惯用——也一贯受读者喜爱的幽默文风，但又缺少成功的讽刺作品所不可缺少的艺术技巧——老舍本来一贯长于讽刺和幽默，但为什么到了写《猫城记》时就"缺少"了呢？这里，我们不是牵强而是很自然地想到了18世纪英国小说家兼激进政治家斯威夫特对老舍的影响。老舍认为斯威福特的作品"用了最简劲自然的，也是最好的文字"（见《我的"话"》，载《文艺月刊》6月号，1941年6月16日出版）；而老舍与英国和英国文学的关系是我们熟知的，他开始走上成功之路的长篇小说《二马》就是最好的证明；而斯威夫特的强项正是强烈的政治倾向和社会批判精神。所以，当老舍从英国、途经南洋，抱着对祖国极高的希望回来，其结果是让他极度失望的现实在"迎接"他，恰恰这时的老舍还缺乏足够的政治思想水平，能对他有什么更高的要求呢？

《猫城记》的构思是极独特的，它通过一个地球上的人乘飞机登上火星，还考察了那里的"猫人"社会。如果说老舍在激进的政治倾向上受过斯威夫特的影响，可以说，在体裁上，他是受到了英国另一著名作家威尔斯的启发。老舍在《写与读》（见《文哨》1卷2期，1945年7月出版）中，将威尔斯与狄更斯并提。他又在《景物的描写》（《老舍文集》15卷237页）中再次提到这一命题："《猫城记》的体裁，不用说是讽刺文章最容易用而曾经被文人用熟了的"，"我早就知道这个体裁，……威尔思的 The first man in the moon（《月亮上的第一个人》），把月亮上的社会生活与蚂蚁的分工合作相比较，显然是有意的指出人类文明的另一途径。"不同的只是一是月亮，一是火星。不同的还有，威尔斯不但是一位著名的科幻小说家，还是个著名的政治家和新闻记者，他一生坚持对资本主义的批判。老舍的《猫城记》，幻想，只是他对当时黑暗中国现实进行虚拟式的讽刺概括。我们今天回顾七十多年前老舍的这部小说和这篇文论，切不可忽略了一个文化型的作家、一个严肃的现实主义作家在当时那个火与血的年代，敢于直面惨淡的人生和淋漓的鲜血，在一部自称为"失败"的小说中，主动拉近自己与政治、与现实的联系，我们为什么要过度苛求他呢?!

老舍在《我怎样写〈猫城记〉》中对自己的批判，比当时其他人的"批判"更有说服力，也更诚恳。在他写《猫城记》的前两年，刚从新加坡回国，应聘在齐鲁大学任教授，就在该校校刊上发表文章，愤激地表示："在最近二三十年，我们受了多少耻辱，多少变动，多少痛苦。……我们不许再麻木下去，我们且少掀两次〈说文解字〉，而去看看社会，看看民间，看看枪炮一天打杀多少你的同胞，看看贪官污吏在那里耍什么害人的把戏。看生命，领略生命。"（《论创作》，见《齐大月刊》1 卷 1 期）而他自己实实在在地"看"到了什么? 他看到的是：反动政客在国家危亡的紧要关头忙的是应酬、政治交易、招妓女等，敌军压阵，政府的军队便往东面跑，"因为东边平安"。国家如此，军队如此，"猫人"怎么可能一致对外，怎么可能不吃"迷叶"（鸦片）?! 正如小说中揭示的"敌人来到是猫人内战的引火线"，"最后剩下两个猫人，敌人把他们同关在一个大木笼里，他们就在笼里继续作战，直到两个人相互的咬死；这样，猫人们自己完成了他们的灭绝。"在这里，读者不是看到了国民党反

动派"攘外必先安内"的真实写照吗？小说中所揭露的外国人可以
在猫国随意打人杀人，因为"猫国的法律管不着外国人"。中国的法
律能"管"外国人吗？小说中所写的"矮人们是我所知道的人们中
最残忍的"。读者谁不心知肚明？

再看《猫城记》对腐朽的教育制度的批判。在猫国，校长和教
师为了什么？"教员为挣钱，校长为挣钱，学生为预备挣钱。"而小
说中的教员已有 25 年没得到薪水了，因为教育经费都被"皇上、政
客、军人"拿去了。结论是：在猫国有学校而没教育，教育是最没
用的东西。老舍看到了问题的严重性，但在寻找"原因"时。他却
认为这是"猫人"没有"人格"。认识上是不明确的，但揭露批判
是情真意切的。

再次，小说对反动官僚体制的人浮于事，官多事少，办事形式
主义，"负责"是最可厌的一个"名辞"，所以猫国"有政客而没有
政治"——干政治的只是那些"流氓、地痞、识几个字的军人"，
政治成了一种"把戏"，"革命"成了一种"职业"。在猫国，猫人
也是分"等"的，尤其在每次收"迷叶"时，地主必先打死几个猫
兵，埋在树下，来年便可"丰收"。猫国有一句俗话"钱能招魂"，
经济压迫无疑是猫人异化的最终根源。至于妇女问题，老舍是一以
贯之的重视。猫女"只是为那么着预备的"。总之，猫城社会生活的
方方面面，作家都给予了一定的批判。小说中充满愤激之情，延续
着他早期作品中对改造国民性问题的深切关怀。与此同时，他必然
要对猫人的"糊涂、老实、愚笨、可怜、贫苦、随遇而安"而又毫
不明白自己的处境，猫青年、猫小孩、还活得有滋有味的给人表现
和批判，这让我们想起鲁迅的一句名言："群众——尤其是中国
的——永远是戏剧的看客。"（《鲁迅全集》第一卷第 150 页，1957
年版）猫民正是这样的"看客"，当英雄的大鹰为猫民作出牺牲后，

头被挂在大街上，猫民们却只会口口相传"看头式"，它们在鉴赏着杀人的"胜举"，而不会去"思考"这位英雄的牺牲和自己有没有关系！

的确是有人——特别在新中国成立后，很尖锐地批判《猫城记》的不分敌我，将反动势力和革命者都进行了讽刺和打击，因而是"倾向性"的错误。对此，老舍从新中国成立前直到成立后都在诚心认罪。新中国成立前，就在这篇文论中，他的自我批评其实比有的批判者更接近真实，更有说服力。如他自认《猫城记》"是本失败的作品，它毫不留情地揭示出我有块多么平凡的脑子"！而1951年8月出版的开明书店《〈老舍选集〉自序》中，明确承认"我不仅讽刺了当时的军阀、政客和统治者，也讽刺了前进的人物……我很后悔。"小说中的"马祖大仙"、"大家夫斯基"、"红绳军"等等都是证明；作品中这些错误，主要应归因于老舍当时思想水平的局限，是他世界观的局限。在我们前面品读过的《我怎样写〈小坡的生日〉》中，他深有感触地说过"新的思想是在东方，不是在西方"，"在今日而想明白什么叫做革命，只有到东方来，因为东方民族是受着人类所有的一切压迫；从哪儿想，它都应该革命"。但如前所述，对当时国家社会的黑暗，他毫无思想准备去正确对待，甚至错误对待救国问题。提倡良好的教育并没错，但老舍认为改变中国当时的社会问题要靠"知识与人格"，"我相信有十年的人格教育，猫国便会变个样子"……认为"国民失了人格，国便慢慢失了国格"。这种将人格的堕落看成革命失败的关键，当然是十分片面的、错误的。

由于世界观的局限（应该说当时的老舍还是一位资产阶级民主主义者），再加以对黑暗现实的极度悲观失望，老舍写出了《猫城记》，这是一个深刻的历史教训！正确总结，正确对待，承认它的成绩，不一棍子打死。《猫城记》已经成了老舍终生的遗憾，今天的我们，更应该从这遗憾中总结应有的教训。

附：

# 我怎样写《猫城记》

自《老张的哲学》到《大明湖》，都是交《小说月报》发表，而后由商务印书馆印单行本。《大明湖》的稿子烧掉，《小坡的生日》的底版也殉了难；后者，经过许多日子，转让给生活书店承印。《小说月报》停刊。施蛰存兄主编的《现代》杂志为沪战后唯一的有起色的文艺月刊，他约我写个"长篇"，我答应下来；这是我给别的刊物——不是《小说月报》了——写稿子的开始。这次写的是《猫城记》。登完以后，由现代书局出书，这是我在别家书店——不是"商务"了——印书的开始。

《猫城记》，据我自己看，是本失败的作品。它毫不留情地揭显出我有块多么平凡的脑子。写到了一半，我就想收兵，可是事实不允许我这样作，硬把它凑完了！有人说，这本书不幽默，所以值得叫好，正如梅兰芳反串小生那样值得叫好。其实这只是因为讨厌了我的幽默，而不是这本书有何好处。吃厌了馒头，偶尔来碗粗米饭也觉得很香，并非是真香。说真的，《猫城记》根本应当幽默，因为它是篇讽刺文章：讽刺与幽默在分析时有显然的不同，但在应用上永远不能严格的分隔开。越是毒辣的讽刺，越当写得活动有趣，把假托的人与事全要精细的描写出，有声有色，有骨有肉，看起来头头是道，活象有此等人与此等事；把讽刺埋伏在这个底下，而后才文情并懋，骂人才骂到家。它不怕是写三寸丁的小人国，还是写酸臭的君子之邦，它得先把所凭借的寓言写活，而后才能仿佛把人与事玩之股掌之上，细细的创造出，而后捏着骨缝儿狠狠的骂，使人哭不得笑不得。它得活跃，灵动，玲珑，和幽默。必须幽默。不要幽默也成，那得有更厉害的文笔，与极聪明的脑子，一个巴掌一个红印，一个闪一个雷。我没有这样厉害的手与脑，而又舍去我较有把握的幽默，《猫城记》就没法不爬在地上，象只折了翅的鸟儿。

在思想上，我没有积极的主张与建议。这大概是多数讽刺文字的弱点，不过好的讽刺文字是能一刀见血，指出人间的毛病的：虽然缺乏对思想的领导，究竟能找出病根，而使热心治病的人知道该下什么药。我呢，既不能有积极的领导，又不能精到的搜出病根，所以只有讽刺的弱点，而没得到它的正当效用。我所思虑的就是普通一般人所思虑的，本用不着我说，因为大家都知道。眼前的坏现象是我最关切的；为什么有这种恶劣现象呢？我回答不出。跟一般人相同，我拿"人心不古"——虽然没用这四个字——来敷衍。这只是对人与事的一种惋惜，一种规劝；惋惜与规劝，是"阴骘文"的正当效用——其效用等于说废话。这连讽刺也够不上了。似是而非的主张，即使无补于事，也还能显出点讽刺家的聪明。我老老实实的谈常识，而美其名为讽刺，未免太荒唐了。把讽刺改为说教，越说便越腻得慌：敢去说教的人不是绝顶聪明的，便是傻瓜。我知道我不是顶聪明，也不肯承认是地道傻瓜；不过我既写了《猫城记》，也就没法不叫自己傻瓜了。

自然，我为什么要写这样一本不高明的东西也有些外来的原因。头一个就是对国事的失望，军事与外交种种的失败，使一个有些感情而没有多大见解的人，象我，容易由愤恨而失望。失望之后，这样的人想规劝，而规劝总是妇人之仁的。一个完全没有思想的人，能在粪堆上找到粮食；一个真有思想的人根本不将就这堆粪。只有半瓶子醋的人想维持这堆粪而去劝告苍蝇："这儿不卫生！"我吃了亏，因为任着外来的刺激去支配我的"心"，而一时忘了我还有块"脑子"。我居然去劝告苍蝇了！

不错，一个没有什么思想的人，满能写出很不错的文章来；文学史上有许多这样的例子。可是，这样的专家，得有极大的写实本领，或是极大的情绪感诉能力。前者能将浮面的观感详实的写下来，虽然不象显微镜那么厉害，到底不失为好好的一面玻璃镜，映出个真的世界。后者能将普通的感触，强有力的道出，使人感动。可是我呢，我是写了篇讽刺。讽刺必须高超，而我不高超。讽刺要冷静，于是我不能大吹大擂，而扭扭捏捏。既未能悬起一面镜子，又不能向人心掷去炸弹，这就很可怜了。

失了讽刺而得到幽默，其实也还不错。讽刺与幽默虽然是不同的心态，可是都得有点聪明。运用这点聪明，即使不能高明，究竟能见出些性灵，至少是在文字上。我故意的禁止幽默，于是《猫城记》就一无可取了。《大明湖》失败在前，《猫城记》紧跟着又来了个第二次。朋友们常常劝我不要幽默了，我感谢，我也知道自己常因幽默而流于讨厌。可是经过这两次的失败，我才明白一条狗很难变成一只猫。我有时候很想努力改过，偶尔也能因努力而写出篇郑重、有点模样的东西。但是这种东西总缺乏自然的情趣，象描眉擦粉的小脚娘。让我信口开河，我的讨厌是无可否认的，可是我的天真可爱处也在里边，Aristophanes（阿里斯多芬）的撒野正自不可及；我不想高攀，但也不必因谦虚而抹杀事实。

自然，这两篇东西——《大明湖》与《猫城记》——也并非对我全无好处：它们给我以练习的机会，练习怎样老老实实的写述，怎样瞪着眼说谎而说得怪起劲。虽然它们的本身是失败了，可是经过一番失败总多少增长些经验。

《猫城记》的体裁，不用说，是讽刺文章最容易用而曾经被文人们用熟了的。用个猫或人去冒险或游历，看见什么写什么就好了。冒险者到月球上去，或到地狱里去，都没什么关系。他是个批评家，也许是个伤感的新闻记者。《猫城记》的探险者分明是后一流的，他不善于批评，而有不少浮浅的感慨；他的报告于是显着象赴宴而没吃饱的老太婆那样回到家中瞎唠叨。

我早就知道这个体裁。说也可笑，我所以必用猫城，而不用狗城者，倒完全出于一件家庭间的小事实——我刚刚抱来个黄白花的小猫。威尔思的 The first man in themoon（《月亮上的第一个人》），把月亮上的社会生活与蚂蚁的分工合作相较，显然是有意的指出人类文明的另一途径。我的猫人之所以为猫人却出于偶然。设若那天我是抱来一只兔，大概猫人就变成兔人了；虽然猫人与兔人必是同样糟糕的。

猫人的糟糕是无可否认的。我之揭露他们的坏处原是出于爱他们也是无可否认的。可惜我没给他们想出办法来。我也糟糕！可是，我必须说出来：即使我给猫人出了最高明的主意，他们一定会把这个主意弄成个五光十色的大笑话；猫人的糊涂与聪明是相等的。我爱他们，惭愧！我到底只能讽刺他们了！况且呢；我和猫人相处了那么些日子，我深知道我若是直言无隐的攻击他们，而后再给他们出好主意，他们很会把我偷偷的弄死。我的怯懦正足以暗示出猫人的勇敢，何等的勇敢！算了吧，不必再说什么了！

# "一本最使我自己满意的作品"

## ——解读《我怎样写〈骆驼祥子〉》

1936 年夏天，老舍终于辞掉了他"不喜欢"的教书职务（当时他在山东大学任教授），结束了他整整十年的教职，开始走上"职业写家"的漫长之路。在这条路上放出的第一炮，就是真正誉满全球的长篇小说《骆驼祥子》。

据他自己在"我怎样写"这篇文论中所写的，原始的"祥子"和"骆驼"的雏形，是他从山东大学的一位朋友处闲谈中听来的。说得很简单，关于祥子，只说了是这位朋友在北平时用过一个车夫，买了车又卖掉……三起三落，最终还是"受穷"。紧接着，这位朋友又说到，有一个车夫被军队抓去后"因祸为福"，乘军队转移之机，偷回来了三匹骆驼。这两个"三"在生活中确为巧合，但到了老舍耳中和心里，却实在不简单了——他听到这个故事核心后，从那年的春天到夏天，先是感到"可以写一篇小说"，继而"老在盘算"怎样把这两件原始的事端写成一部十多万字的小说；"我便把骆驼与祥子结合到一处"，打响他职业写家的第一炮。城市贫民本来就是老舍最熟悉的，现在要集中想洋车夫——当然车夫是主要的，骆驼只是陪衬，但仅仅为了这个"陪衬"，"恐怕我就须到'口外'去一趟，看看草原与骆驼的情景"。想过来，想过去，老舍像着了魔似的把听来的简单的故事"变成了一个社会那么大"！因为一个车夫必是除了吃喝问题以外，还有"志愿"，有"性欲"，有"家庭儿女"……甚至要从车夫的内心观察到"地狱"是什么样子。正如他在"怎样写"这篇文论中所写到的，要由车夫的内心和外表的一切，都能找到"生活和生命上的根据"，因为只有这样，他才能写出个"劳苦社会"。

他每天写的字数并不都很多，但在不写的时候一直在思索，思索到笔尖上能"滴出血与泪"——这不但是很沉重的语言，更是恰如其分、刻骨铭心、掷地有声的语言！还值得注意的是，一开始写《骆驼祥子》时，可能由于人苦事苦，太苦，他就决定"抛开幽默而正正经经的去写"；即使小说有的地方没有完全排除幽默，那也是事实本身的可笑，"而不是由文字里硬挤出来的"。

《骆驼祥子》出版于文坛论争很多的 20 世纪 30 年代前期，但却得到了"左"、"中"、"右"各"派"读者的肯定；而一个满身臭汗、衣食无保、身心困顿的祥子，能拉着三进三出的人力车"跑遍全球"，艺术魅力经久不衰，为老舍的祖国争来很大荣誉，这是中外文学史中少见的，我们还不能说已对它认识穷尽。这是老舍第一部完整而严肃的悲剧创作，可以说已是定评和共识，从国内到国外皆如此。我们在读这篇文论时，不能忘记美国夏志清（美籍华人）所著《中国现代小说史》。夏志清高度评价了祥子奋力拼搏的事实，"表现了惊人的道德眼光和心理深度"。遗憾的是，在新中国建立后的十七年间，评论界对这部小说的冷淡，和它为国家、为中国现代文学史挣来的光彩相差太远。而在几部中国现代文学中，只有王瑶先生的《中国新文学史稿》在全面评价老舍的基础上，对《骆驼祥子》作了充分肯定。此外，思基的《论老舍的〈骆驼祥子〉与〈龙须沟〉》也作了较好的心理开掘。特别是樊骏的《论〈骆驼祥子〉的现实主义》，扭转了评价倾向。

评论界不仅是反应冷淡，甚至是有所攻击。攻击最集中之处，落在了祥子最终成了"个人主义末路鬼"的这个结尾上（这和老舍自己在"怎样写"这篇文论中写的"我自己最不满意的是收尾收得太慌了一点"完全是两码事，老舍的深意是因为整整齐齐的要二十四段，可以在《宇宙风》上发表时每期两段，刚好一年发完，而作家的"慌"是慌在他认为如果能再多写两三段，"才能从容不迫地刹住"）。攻击者是认为，如果劳动人民终生受累受穷，没有一点起色，岂不太悲惨了么？！这和老舍的原意完全不同。前面我们说过了，《骆驼祥子》是老舍第一部完整而严肃的悲剧创作，即使是个人主义的末路鬼，也是"旧社会把人逼成鬼"，这是现实主义的胜利；难道要像英译本《骆驼祥子》那样改成祥子最后和小福子结婚，一起过着幸福的生活，才是理想的结局吗？为什么一定要用"光明的尾巴"去掩盖黑暗的现实呢？笔者还想起梁实秋一篇题为《钱》的文章；在该文中，梁实秋说他知道一个人力车夫，"劳其筋骨，为人作马牛，苦熬了半辈子，携带一笔小小的资财，回籍买田娶妻生子，作了一个小地主"。梁实秋笔下这样一个人力车夫，可能的确有过，"这一个"恰恰不是老舍要写的祥子——老舍要写的就是那受苦受累，三起三落，最终成了"个人主义末路鬼"的祥子！如果没有逐渐被推向深渊的祥子自我幻灭的全过程（这是小说的核心），就没有《骆驼祥子》！

老舍说他最满意这部小说，当然也没有排除它的结局。通过"这一个"（而不是梁实秋听来的"那一个"）祥子灵魂社会化的全过程，呈现在读者面前的实际上是"一个"远远超出买车丢车"三起三落"，还有虎妞的死于难产、小福子的沦为暗娼，所要表现的悲剧意义远远超出了黑暗的旧社会下层劳苦大众"身"受的莫大痛苦，更重要也更有悲剧意义的是祥子"心死"的悲剧。作家早就预示了祥子的路是走不通的——买车、拉车、拉自己车（摆脱刘四的控制），每天睁开眼就有饭吃（而不是梁实秋听来的人力车夫那样还能娶妻生子买地），这就是祥子全部希望，甚至是宗教！所以，他在受到打击挫折时，只会、也只能悲怆地发出"凭什么"、"我招谁惹谁了"的认命和吁天。老舍清醒的现实主义恰恰体现在他不论怎样同情爱惜他笔下不幸的苦人，却自始至终把那不可避免的悲剧冷静地写出来。如果我们客观地从祥子"进城"的过程看，他好不容易进了城，但却不懂得（也不可能懂得）要和周围其他的穷哥儿们立在一块儿。在杨宅的遭遇就不能说了，只有在遇到曹先生这样的好车家，才有"活得像个人样"的感觉……。但不久后，他亲眼看到同是人力车夫的老马小马祖孙二人的悲惨遭遇，如同看到了自己的过去和将来——以为有了自己的车就有了一切的"宗教"，彻底被轰毁。加上孙侦探掠走了自己那点可怜积蓄，知道了自己随时有可能像"抹个臭虫"般被人轻而易举地除掉，他还能怎样要强呢？

可以说，老舍是早就设想好了要强的路是走不通的，他清醒的现实主义正体现在：他无论怎样在意祥子的出路，都要自始至终地把祥子悲剧结局写出来。祥子想的是"人就是得胎里富……什么都别说了"，如果老舍要写祥子继续留在曹先生家看门，情节的发展会完全不同，但他却在悲剧的路上走到底了，他只能"把夜里的事交给梦，白天的事交给手脚"，"老实，规矩，要强，既然都没有用，变成这样的无赖也不错"。《骆驼祥子》的核心，就是祥子一步一步被推向深渊的自我毁灭过程。虎妞死了，小福子又沦为暗娼，祥子只好又去车厂拉散座。他能品味到的"教训"只能是"要强"坏了事，他的人生哲学全变了，为人处世全变了，随之就油滑了起来，

"当初咱倒要强过呢，有一钉点儿好处没有?"于是，他开始变懒，变得不爱惜车，变成了头等的"刺儿头"。在祥子"心死"的过程中，作家给他找到了唯一的、最有说服力、最富悲剧审美意味的结局，这本身就是对当时那黑暗腐朽的现实和社会制度的强有力的批判，完全不需要另找"光明的尾巴"粉饰太平。《骆驼祥子》和祥子"末路鬼"的结局，笔者以为不但不需要批判，反而应该感谢老舍，感谢他虽然开不出"药方"，但也决不向暗夜让步——这也可以说是现实主义的胜利。

至于小说中的女主人公，又老又丑、但还不能说是个坏女人的虎妞，其实也是个悲剧人物；因为"怎样写"这篇文论中，老舍自己没有提及，我们这里也不解读了。

最后，必须要提的，也是老舍在文论中颇重视的《骆驼祥子》的文字问题。老舍十分珍惜和满意小说中的文字，他的本意是既然决定了不利用幽默，文字就要"极平易，澄清如无波的湖水"。但平易而又不死板，要的是亲切、新鲜、恰当、活泼——一句话"语言是活的"。老舍在中国现代文学史上的杰出地位，重要的因素之一，就是语言文字大师，这也是他作为一位"人民文学家"所不可缺少的。前面我们提到夏志清对老舍的《骆驼祥子》肯定得最高的是"惊人的道德眼光和心理深度"，加以小说中也大量存在劳苦人民大众的人生哲学，但老舍没有用一句艰涩的话、一个生癖的字，完全是从劳苦民众口中采用的，而又极生动、极个性化的活的语言文字。像"刺儿头"、"阿葫芦罐儿"、"凭什么"、"我招谁惹谁了"……真正做到了"亲切、新鲜、恰当、活泼"，永远是后代作家的楷模。

《我怎样写〈骆驼祥子〉》是一篇很好的创作经验谈。

附：

# 我怎样写《骆驼祥子》

从何月何日起，我开始写《骆驼祥子》？已经想不起来了。我的抗战前的日记已随同我的书籍全在济南失落，此事恐永无对证矣。

这本书和我的写作生活有很重要的关系。在写它以前，我总是以教书为正职，写作为副业，从《老张的哲学》起到《牛天赐传》止，一直是如此。这就是说，在学校开课的时候，我便专心教书，等到学校放寒暑假，我才从事写作。我不甚满意这个办法。因为它使我既不能专心一志的写作，而又终年无一日休息，有损于健康。在我从国外回到北平的时候，我已经有了去作职业写家的心意；经好友们的谆谆劝告，我才就了齐鲁大学的教职。在齐大辞职后，我跑到上海去，主要的目的是在看看有没有作职业写家的可能。那时候，正是"一二八"以后，书业不景气，文艺刊物很少，沪上的朋友告诉我不要冒险。于是，我就接了山东大学的聘书。我不喜欢教书，一来是我没有渊博的学识，时时感到不安；二来是即使我能胜任，教书也不能给我象写作那样的愉快。为了一家子的生活，我不敢独断独行的丢掉了月间可靠的收入，可是我的心里一时一刻也没忘掉尝一尝职业写家的滋味。

事有凑巧，在"山大"教过两年书之后，学校闹了风潮，我便随着许多位同事辞了职。这回，我既不想到上海去看看风向，也没同任何人商议，便决定在青岛住下去，专凭写作的收入过日子。这是"七七"抗战的前一年。《骆驼祥子》是我作职业写家的第一炮。这一炮要放响了，我就可以放胆的作下去，每年预计着可以写出两部长篇小说来。不幸这一炮若是不过火,我便只好再去教书,也许因为扫兴而完全放弃了写作。所以我说,这本书和我的写作生活有很重要的关系。

记得是在一九三六年春天吧,"山大"的一位朋友跟我闲谈,随便的谈到他在北平时曾用过一个车夫。这个车夫自己买了车,又卖掉,如此三起三落,到末了还是受穷。听了这几句简单的叙述,我当时就说:"这颇可以写一篇小说。"紧跟着,朋友又说:有一个车夫被军队抓了去,哪知道,转祸为福,他乘着军队移动之际,偷偷的牵回三匹骆驼回来。

这两个车夫都姓什么?哪里的人?我都没问过。我只记住了车夫与骆驼。这便是骆驼祥子的故事的核心。

从春到夏,我心里老在盘算,怎样把那一点简单的故事扩大,成为一篇十多万字的小说。

不管用得着与否?我首先向齐铁恨先生打听骆驼的生活习惯。齐先生生长在北平的西山,山下有许多家养骆驼的。得到他的回信,我看出来,我须以车夫为主,骆驼不过是一点陪衬,因为假若以骆驼为主,恐怕我就须到"口外"去一趟,看看草原与骆驼的情景了。若以车夫为主呢,我就无须到口外去,而随时随处可以观察。这样,我便把骆驼与祥子结合到一处,而骆驼只负引出祥子的责任。

怎么写祥子呢?我先细想车夫有多少种,好给他一个确定的地位。把他的地位确定了,我便可以把其余的各种车夫顺手儿叙述出来;以他为主,以他们为宾,既有中心人物,又有他的社会环境,他就可以活起来了。换言之,我的眼一时一刻也不离开祥子;写别的人正可以烘托他。

车夫们而外,我又去想,祥子应该租赁哪一车主的车,和拉过什么样的人。这样,我便把他的车夫社会扩大了,而把比他的地位高的人也能介绍进来。可是，这些比他高的人物，也还是因祥子而存在故事里，我决定不许任何人夺去祥子的主角地位。

有了人，事情是不难想到的。人既以祥子为主，事情当然也以拉车为主。只要我教一切的人都和车发生关系，我便能把祥子拴住，象把小羊拴在草地上的柳树下那样。

可是，人与人，事与事，虽以车为联系，我还感觉着不易写出车夫的全部生活来。于是，我还再去想：刮风云，车夫怎样？下雨天，车夫怎样？假若我能把这些细琐的遭遇写出来，我的主角便必定能成为一个最真确的人，不但吃的苦，喝的苦，连一阵风，一场雨，也给他的神经以无情的苦刑。

由这里，我又想到，一个车夫也应当和别人一样的有那些吃喝而外的问题。他也必定有志愿，有性欲，有家庭和儿女。对这些问题，他怎样解决呢？他是否能解决呢？这样一想，我所听来的简单的故事便马上变成了一个社会那么大。我所要观察的不仅是车夫的一点点的浮现在衣冠上的、表现在言语与姿态上的那些小事情了，而是要由车夫的内心状态观察到地狱究竟是什么样子。车夫的外表上的一切，都必有生活与生命上的根据。我必须找到这个根源，才能写出个劳苦社会。

由一九三六年春天到夏天，我入了迷似的去搜集材料，把祥子的生活与相貌变换过不知多少次——材料变了，人也就随着变。

到了夏天，我辞去了"山大"的教职，开始把祥子写在纸上。因为酝酿的时期相当的长，搜集的材料相当的多，拿起笔来的时候我并没感到多少阻碍。一九三七年一月，"祥子"开始在《宇宙风》上出现，作为长篇连载。当发表第一段的时候，全部还没有写完，可是通篇的故事与字数已大概的有了准谱儿，不会有很大的出入。假若没有这个把握，我是不敢一边写一边发表的。刚刚入夏，我将它写完，共二十四段，恰合《宇宙风》每月要两段，连载一年之用。

当我刚刚把它写完的时候，我就告诉了《宇宙风》的编辑：这是一本最使我自己满意的作品。后来，刊印单行本的时候，书店即以此语嵌入广告中。它使我满意的地方大概是：（一）故事在我心中酝酿得相当的长久，收集的材料也相当的多，所以一落笔便准确，不蔓不枝，没有什么敷衍的地方。（二）我开始专以写作为业，一天到晚心中老想着写作这一回事，所以虽然每天落在纸上的不过是一二千字，可是在我放下笔的时候，心中并没有休息，依然是在思索；思索的时候长，笔尖上便能滴出血与泪来。（三）在这故事刚一开头的时候，我就决定抛开幽默而正正经经的去写。在往常，每逢遇到可以幽默一下的机会，我就必抓住它不放手。有时候，事情本没什么可笑之处，我也要运用俏皮的言语，勉强的使它带上点幽默味道。这，往好里说，足以使文字活泼有趣；往坏里说，就往往招人讨厌。《祥子》里没有这个毛病。即使它还未能完全排除幽默，可是它的幽默是出自事实本身的可笑，而不是由文字里硬挤出来的。这一决定，使我的作风略有改变，教我知道了只要材料丰富，心中有话可说，就不必一定非幽默不足叫好。（四）既决定了不利用幽默，也就自然的决定了文字要极平易，澄清如无波的湖水。因为要求平易，我就注意到如何在平易中而不死板。恰好，在这时候，好友顾石君先生供给了我许多北平口语中的字和词。在平日，我总以为这些词汇是有音无字的，所以往往因写不出而割爱。现在，有了顾先生的帮助，我的笔下就丰富了许多，而可以从容调动口语，给平易的文字添上些亲切，新鲜，恰当，活泼的味儿。因此，《祥子》可以朗诵。它的言语是活的。

《祥子》自然也有许多缺点。使我自己最不满意的是收尾收得太慌了一点。因为连载的关系，我必须整整齐齐的写成二十四段；事实上，我应当多写两三段才能从容不迫的刹住。这，可是没法补救了，因为我对已发表过的作品是不愿再加修改的。

《祥子》的运气不算很好：在《宇宙风》上登刊到一半就遇上"七七"抗战。《宇宙风》何时在沪停刊，我不知道；所以我也不知道，《祥子》全部登完过没有。后来，《宇宙风》社迁到广州，首先把《祥子》印成单行本。可是，据说刚刚印好，广州就沦陷了，《祥子》便落在敌人的手中。《宇宙风》又迁到桂林，《祥子》也又得到出版的机会，但因邮递不便，在渝蓉各地就很少见到它。后来，文化生活出版社把纸型买过来，它才在大后方稍稍活动开。

近来，《祥子》好象转了运，据友人报告，它已被译成俄文、日文与英文。

# 老舍文化心理和人格心态的深层蕴含

## ——解读《谈幽默》

《谈幽默》是《老牛破车》中的一篇，可以理解为还是创作经验谈。

老舍，可以说是古今中外作家中最有资格和经验来谈幽默的大师中的一位。在这篇文论中，他一点也没有摆"谱"的意味，而是开门见山地点出幽默"首要的是一种心态"，不但引人深思，而且引导着读者不要只从"技巧"上去理解幽默——虽然这个字在字典上有十来个不同的定义。老舍所说的"心态"，当然是一种文化心态，而且是他本人人格的一部分，蕴含深刻的文化密码。所以他在文论中坦言："所谓幽默的心态就是一视同仁的好笑的心态"，"我要笑骂，而又不赶尽杀绝"，"幽默者的心是热的"，"幽默者的心态较为宽厚"，"它表现着心怀宽大"，"和颜悦色，心宽气朗"；他认为幽默的人"既不呼号叫骂，""也不顾影自怜"，"他自己看出人间的缺欠，也愿使别人看到"，"人人都有可笑之处，他自己也不例外。"所以，这种心态，"是人生里很可宝贵的"。我们还可以联系老舍的《我怎样写〈老张的哲学〉》中写到的对幽默的阐释，他确认幽默中是有同情的，他"恨坏人，可是坏人也有好处；我爱好人，而好人也有缺点"。他真是把幽默看成一种独特的文化理想和人生态度。综合两篇文论，我们可以理解到，幽默既是老舍人格体现的一部分，又是他大同主义文化理想的深层结构。由此，我们还可以联系他发表在《北京文艺》（1956年3月号）的《什么是幽默》这篇文章，发表时间已与前两篇文论相隔几十年，但老舍仍在坚持幽默者应该有"极强的正义感"，既要敢于不饶恕坏人坏事，而"同时他的心地是宽大爽朗的"。这时，我们会很自然地回到《谈幽默》这篇文论，更进一步理解文中引用萨克雷的话"幽默的写家是要唤醒与指导你的爱心、怜悯、善意——你的恨恶不实在，假装，作伪——你的同情弱者，穷者，被压迫者，不快乐者"。萨克雷的观点和老舍的观点是如此的不谋而合；我们还可以理解为什么老舍在执教英国时被一批英国作家（包括迭更斯）深深打动的原因；也正是在英国创作的长篇小说《二马》，标志了老舍创作的开始走向成熟——老舍那颗充满温情宽厚的心，是他倾倒于泰晤士河畔宽厚仁爱的狄更斯们的深层心理取向。

要进一步解读《谈幽默》，有必要从老舍毕生保持这种心态的生成过程，也就是溯源于他自幼的家境如何作用于他的性格禀性和心理定势。他在《我的创作经验》（见《刀斗》第1卷4期，1934年12月15日出版）一文中写下了"我的脾气是与家境有关的"。"因为穷，我很孤离"，因为孤离，所以"爱独立沉思，而每每引起悲观"，"自十七、八岁到二十五岁，我是个悲观者"……我们要特别注意，在老舍的精神生成过程中，悲观和幽默不是矛盾的，而是同构相成的；悲剧美，是贯穿老舍一生的精神和艺术之魂，越到他成熟，就越不可能再发生他将自己早期作品朗读给朋友听后，让人笑得错把盐当作糖误放入咖啡杯中的事。还是在那篇《我的创作经验》中，他坦陈因为自己悲观才爱笑，而这悲观，能使人把世事看轻一些，"我笑别人，因为我看不起自己"，"我觉得自己可笑，别人也可笑；我不比别人高，别人也不比我高，谁都有缺欠，谁都有可笑的地方"，他认为这就是自己幽默态度的形成。回到《谈幽默》这篇文论，我们会更深切认识到这位可敬可爱而又坦诚的老舍：穷者——孤高者——沉思者——悲观者——幽默者，就是他的极自然、极"合情合理"的生成过程。这也可以帮助我们，切不可只从艺术技巧，而要从人格心态，对世界对人生的价值取向和观察视角去把握这位大师的总体特征。遗憾的是，我们对老舍的研究（包括其人其文），常常忽略这重要的一面。

老舍自己最有资格和经验谈幽默，是因为他不仅在文论中谈幽默，同时还在自己毕生的创作中，一以贯之地用他独特的心态付诸实践。我们应细心地体察这种心态——付诸实践的心态，去辨识老舍幽默的发展过程，才能从深层次上把握老舍的作品和这篇文论。在他早期的艺术世界中，更多的是以一种暖色调，用一种含蓄的笑（完全适应于他宽厚心态的笑）去看人看事，写人写事。他的幽默是自尊、自笑、自悲的混合物，同情于弱者、穷者、被压迫者、不快乐者。而随着他创作的现实主义的深化，他的幽默，逐渐地从"含蓄"的笑，变为"含泪"的笑，其中容纳了越来越多的"愤激"因素和悲剧色彩。当他揭示和批判灰色小市民的灰色生活灰色心情时，他尽情地和笔下的他们"开玩笑"，甚至让读者笑出眼泪（像《老张的哲学》、《赵子曰》、《牛天赐传》、《离婚》中都有），但那"含泪的笑"，是悲天悯人的幽默，是酸苦的幽默，作家刻意通过这种幽默去揭示这群小市民生活于其中的旧世界、旧生活、旧习俗是多么的不健全、不合理。当然，我们在辨识老舍早期（前期）那种似幽默实酸楚的、忧世伤生的幽默的悲剧色彩时，也要看到那时的幽默，一定程度上冲淡了他艺术世界中的正义感，让笑料一定程度上掩饰了生活中真正的黑暗（《猫城记》的失误，不能说完全与此无关）。

在他前期的作品中，《二马》掌握幽默较好，是老舍成功的第一步——当然，后来又有反复，这也是难免的。总之，他前期作品中的幽默感是复杂的。在他后来写的中篇小说《我这一辈子》中，通过主人公（一个警察）的口说出："我的眼前时常发黑，我仿佛已摸到了死。哼！我还笑，笑我这一辈子的聪明本事，笑这出奇不公平的世界，希望等我笑到末一声，这世界就换个样儿吧！"这很能体现老舍的风格，用笑去揭露黑暗，伸张正义。在他后来写的长篇小说《牛天赐传》中，有个着墨并不多的女佣刘妈，是个典型的奴才，不是为金钱。而是为自己的"灵魂"，为了求得精神上的安慰甘当奴才。老舍无情地戏弄了她的褊狭、卑琐、善妒，许多的笑料在她身上确是圣人的缺点，走狗的伟大；老舍在这个小人物身上献出的幽默感是成功的。

《谈幽默》这篇文论，除了重点谈幽默外，还将与之相近的反语、讽刺、机智、滑稽剧、奇趣，都联系了进来。他最先讲最难的"奇趣"。老舍认为"这几个字都和幽默有相当的关系"，他重点写的是在应用上很松泛而又最"难讲"的是奇趣，因为各种各样的打趣和奇想都可以用奇趣来表示。他认为《西游记》的奇事，《镜花缘》中的冒险，《庄子》中的寓言，都是奇趣，都应该和幽默放在一起。这是老舍非常独到而成功的艺术开掘——奇趣与幽默是"一家人"。他告诉我们，这个看法虽然是《现代小说研究》的作者马布尔的看法，在文论中他虽说这个说法"反倒使我更糊涂了"，但老舍真的"糊涂"了吗!？笔者认为并不是。笔者以为，老舍是要由此引出幽默的文字必须"生动有趣"。所以，他紧接着写下了："假若干燥，晦涩，无趣，是文艺的致命伤；幽默便有了很大的重要；这就是它之所以成为文艺因素之一的缘故吧"。

至于被老舍定义为"风格轻妙，引人微笑的助成者"反语"，就和幽默虽然能联在一起，但又和幽默有所不同；它暗示出一种"冲突"，一句话中有两个相反的意思，但真意往往不在话内，而是"暗示"出来的。老舍全部文论都善于广征博引，在这篇中，他引出了《史记》中载的优旃对秦始皇说的一小段话，结果阻止了这位大【君】皇修个大园子的主张，这段话，就是反语；一个反语，起到了这么大的作用；老舍说，反语"不只是在文字上声东击西"，而且，在悲剧或小说中，反语是使"聪明人"落在自己的陷阱里，结果是"聪明反被聪明误"。

说到讽刺，在这篇文论中，老舍将讽刺与幽默作比较，是全篇最精彩的内容之一。他提出"讽刺必须幽默，但它比幽默厉害"，因为它必须用极锐利的口吻"给人一种极强烈的冷嘲"，它虽然不能使人痛快地笑，而只是"淡淡的一笑"，但这"笑"就足以使人"因反省而面红过耳"。讽刺家具有"极大的能力"，他看透了这个世界，能"极巧妙的攻击人类的短处"。老舍这句话是含意极深的："讽刺家的心态好似是看透了这个世界，而极巧妙的攻击人的短处"，所以"幽默者的心是热的，讽刺家的心是冷的；因此，讽刺多是破坏的。"虽然幽默与讽刺常在一起并用而使人难以区别，但是，"幽默者有个热心肠儿，讽刺家则时常由婉刺而进为笑骂与嘲弄"。老舍进一步指出，不论是讽刺或幽默，都应该有一个"道德的目的"，它们如果有一些"区别"，那就是"讽刺因道德目的而必须毒辣不留情，幽默则宽泛一些，也就是宽厚一些"，幽默可以讽刺也可以不讽刺，或者"只求和大家笑一场。"

在文论中被老舍定义为"劈面一刀，登时见血"的"机智"，是用"极聪明的，极锐利的言语，来道出象格宫似的东西，使人读了心跳"。老舍认为，老子和庄子就有这种聪明；要做到"圣人不死，大盗不止"，敏锐到能使人"跳起来"才是机智。机智与幽默当然有联系，这是好理解的，但老舍特别细心地辨识出幽默是"看出可笑的事而技巧的写出来"，所以赖想象来帮忙，机智是只要看出一条真理，"便毫不含忽的写出来"，所以，机智更多的是运用理智，而幽默更多的是靠想象。所以，机智更多地用在讽刺上，而且能更加显示出机智者个人思想的优越。

至于在中国传统中被称做"闹戏"的"滑稽戏"，老舍看不大起，认为"没有多大意思"。它只仗着身体的"摔打乱闹"来招笑，只能算为最下级的幽默，根本缺乏"笑的哲人"的态度。

《谈幽默》这篇文论，从谈"心态"起，又以谈心态终。老舍提出幽默"是人生里很可宝贵的"，因为它必须"心怀宽大"、"会笑"（包括笑自己）；而褊狭，自以为是，嬉皮笑脸，并不是幽默，和颜悦色、心宽气朗才是幽默。

这篇文论本身并没有谈语言文字问题，但从老舍全部创作来看，他运用幽默笔法成功时，他的语言文字一定是既俗且白，简确浅明，酣畅轻松，妙趣横生。

幽默，是一个很高的境界。成功的幽默，必须来源于深刻的见解，一针见血，轻松活泼。而前期老舍的有些创作，使我们想到如同他写的《我怎样写〈离婚〉》中说到的："文艺，特别是幽默的，只要（底气）坚实，粗野一些倒不算什么"；但那时的老舍，有时难免流于浮露，缺乏明敏犀利和一针见血。而他晚期写的长篇小说《四世同堂》、话剧《茶馆》，其中的幽默更能爆发出真理和智能的火花，不论笑与哭，都是巨人的啼笑。他自己也很清醒地看到自己的短处，所以在1951年出版的《老舍选集》（开明书店）的"自序"中，非常实事求是地写下了："长处与短处往往是一母所生。力求俏皮，而忘了控制，以致必不可免地落入贫嘴恶舌，油腔滑调，到四十岁左右，读书稍多，青年时期的淘气劲儿也渐减，始知语言之美并不是要耍贫嘴"。今天我们来读这篇文论和作家的一系列自省，真正受益颇多！

附：

# 谈幽默

"幽默"这个字在字典上有十来个不同的定义。还是把字典放下，让咱们随便谈吧。据我看，它首要的是一种心态。我们知道，有许多人是神经过敏的，每每以过度的感情看事，而不肯容人。这样人假若是文艺作家，他的作品中必含着强烈的刺激性，或牢骚，或伤感；他老看别人不顺眼，而愿使大家都随着他自己走，或是对自己的遭遇不满，而伤感的自怜。反之，幽默的人便不这样，他既不呼号叫骂，看别人都不是东西，也不顾影自怜，看自己如一活宝贝。他是由事事中看出可笑之点，而技巧的写出来。他自己看出人间的缺欠，也愿使别人看到。不但仅是看到，他还承认人类的缺欠；于是人人有可笑之处，他自己也非例外，再往大处一想，人寿百年，而企图无限，根本矛盾可笑。于是笑里带着同情，而幽默乃通于深奥。所以 Thackeray（萨克莱）说："幽默的写家是要唤醒与指导你的爱心，怜悯，善意——你的恨恶不实在，假装，作伪——你的同情与弱者，穷者，被压迫者，不快乐者。"

Walpole（沃波尔）说："幽默者'看'事，悲剧家'觉'之。"这句话更能补证上面的一段。我们细心"看"事物，总可以发现些缺欠可笑之处；及至钉着坑儿去咂摸，便要悲观了。

　　我们应再进一步的问，除了上面这点说明，能不能再清楚一些的认识幽默呢？好吧，我们先拿出几个与它相近，而且往往与它相关的几个字，与它比一比，或者可以稍微使我们清楚一点。反语（irony），讽刺（satire），机智（wit），滑稽剧（farce），奇趣（whimsicality），这几个字都和幽默有相当的关系。我们先说那个最难讲的——奇趣。这个字在应用上是很松泛的，无论什么样子的打趣与奇想都可以用这个字来表示，《西游记》的奇事，《镜花缘》中的冒险，《庄子》的寓言，都可以叫作奇趣。可是，在分析文艺品类的时候，往往以奇趣与幽默放在一处，如《现代小说的研究》的著者Marble（马布尔）便把Whimsicality and humour（奇趣和幽默）作为一类。这大概是因为奇趣的范围很广，为方便起见，就把幽默也加了进去。一般地说，幻想的作品——即使是别有目的——不能不利用幽默，以便使文字生动有趣；所以这二者——奇趣与幽默——就往往成了一家人。这个，简直不但不能帮忙我们看明何为幽默，反倒使我更糊涂了。不过，有一点可是很清楚：就是文字要生动有趣，必须利用幽默。在这里，我们没弄清幽默是什么，可是明白幽默很重要的一个效用。假若干燥，晦涩，无趣，是文艺的致命伤；幽默便有了很大的重要；这就是它之所以成为文艺的因素之一的缘故吧。

　　至于反语，便和幽默有些不同了；虽然它俩还是可以联合在一处的东西。反语是暗示出一种冲突。这就是说，一句中有两个相反的意思，所要说的真意却不在话内，而是暗示出来的。《史记》上载着这么回事：秦始皇要修个大园子，优旃对他说："好哇，多多搜集飞禽走兽，等敌人从东方来的时候，就叫麋鹿去挡一阵，满好！"这个话，在表面上，是顺着始皇的意思说的。可是咱们和始皇都能听出其中的真意；不管咱们怎样吧，反正始皇就没再提造园的事。优旃的话便是反语。它比幽默要轻妙冷静一些。它也能引起我们的笑，可是得明白了它的真意以后才能笑。它在文艺中，特别是小品文中，是风格轻妙，引人微笑的助成者。据会古希腊语的说：这个字原意便是"说"，以别于"意"。因此，这个字还有个较实在的用处——在文艺中描写人生的矛盾与冲突，直以此字的含意用之人生上，而不只在文字上声东击西。在悲剧中，或小说中，聪明的人每每落在自己的陷阱里，聪明反被聪明误；这个，和与此相类的矛盾，普遍被称为 Sophoclcanirony（索福克里斯的反语）。不过，这与幽默是没什么关系的。

　　现在说讽刺。讽刺必须幽默，但它比幽默厉害。它必须用极锐利的口吻说出来，给人一种极强烈的冷嘲；它不使我们痛快的笑，而是使我们淡淡的一笑，笑完因反省而面红过耳。讽刺家故意的使我们不同情于他所描写的人或事。在它的领域里，反语的应用似乎较多于幽默，因为反语也是冷静的。讽刺家的心态好似是看透了这个世界，而去极巧妙的攻击人类的短处，如《海外轩渠录》，如《镜花缘》中的一部分，都是这种心态的表现。幽默者的心是热的，讽刺家的心是冷的；因此，讽刺多是破坏的。马克·吐温（Mark Twain）可以被人形容作："粗壮，心宽，有天赋的用字之才，使我们一齐发笑。他以草原的野火与西方的泥土建设起他的真实的罗曼司，指示给我们，在一切重要之点上我们都是一样的。"这是个幽默者。让咱们来看看讽刺家是什么样子吧。好，看看 Swift（斯威夫特）这个家伙；当他赞美自己的作品时，他这么说："好上帝。我写那本书的时候，我是何等的一个天才呀！"在他廿六岁的时候，他希望他的诗能够："每一行会刺，会炸，象短刀与火。"是的，幽默与讽刺二者常常在一块儿露面，不易分划开；可是，幽默者与讽刺家的心态，大体上是有很清楚的区别的。幽默者有个热心肠儿，讽刺家则时常由婉刺而进为笑骂与嘲弄。在文艺的形式上也可以看出二者的区别来：作品可以整个的叫作讽刺，一出戏或一部小说都可以在书名下注明 a satire. 幽默不能这样。"幽默的"至多不过是形容作品的可笑，并不足以说明内容的含意如何。"一个讽刺"——a satire——则分明是有计划的，整本大套的讥讽或嘲骂。一本讽刺的戏剧或小说，必有个道德的目的，以笑来矫正或诛伐。幽默的作品也能有道德的目的，但不必一定如此。讽刺因道德目的而必须毒辣不留情，幽默则宽泛一些，也就宽厚一些，它可以讽刺，也可以不讽刺，一高兴还可以什么也不为而只求和大家笑一场。

机智是什么呢？它是用极聪明的，极锐利的言语，来道出象格言似的东西，使人读了心跳。中国的老子庄子都有这种聪明。讽刺已经很厉害了，可到底要设法从旁面攻击；至于机智则是劈面一刀，登时见血。"圣人不死，大盗不止！"这才够味儿。不论这个道理如何，它的说法的锐敏就够使人跳起来的了。有机智的人大概是看出一条真理，便毫不含忽的写出来；幽默的人是看出可笑的事而技巧的写出来；前者纯用理智，后者则赖想象来帮忙。Chesterton（切斯特顿）说："在事物中看出一贯的，是有机智的。在事物中看出不一贯的，是个幽默者。"这样，机智的应用，自然在讽刺中比在幽默中多，因为幽默者的心态较为温厚，而讽刺与机智则要显出个人思想的优越。

滑稽戏——farce——在中国的老话儿里应叫作"闹戏"，如《瞎子逛灯》之类。这种东西没有多少意思，不过是充分的作出可笑的局面，引人发笑。在影戏的短片中，什么把一套碟子都摔在头上，什么把汽车开进墙里去，就是这种东西。这是幽默发了疯；它抓住幽默的一点原理与技巧而充分的去发展，不管别的，只管逗笑，假若机智是感诉理智的，闹戏则仗着身体的摔打乱闹。喜剧批评生命，闹戏是故意招笑。假若幽默也可以分等的话，这是最下级的幽默。

因为它要摔打乱闹的行动，所以在舞台上较易表现；在小说与诗中几乎没有什么地位。不过，在近代幽默短篇小说里往往只为逗笑，而忽略了——或根本缺乏——那"笑的哲人"的态度。这种作品使我们笑得肚痛，但是除了对读者的身体也许有点益处——笑为化食糖呀——而外，恐怕任什么也没有了。

有上面这一点粗略的分析，我们现在或者清楚一些了：反语是似是而非，借此说彼；幽默有时候也有弦外之音，但不必老这个样子。讽刺是文艺的一格，诗，戏剧，小说，都可以整篇的被呼为 a satire；幽默在态度上没有讽刺这样厉害，在文体上也不这样严整。机智是将世事人心放在 X 光线下照透，幽默则不带这种超越的态度，而似乎把人都看成兄弟，大家都有短处。闹戏是幽默的一种，但不甚高明。

拿几句话作例子，也许就更能清楚一些：

今天贴了标语，明天中国就强起来——反语。

君子国的标语："之乎者也"——讽刺。

标语是弱者的广告——机智。

张三把"提倡国货"的标语贴在祖坟上——滑稽；再加上些贴标语时怎样摔跟头等等招笑的行动，就成了闹戏。

张三把"打倒帝国主义走狗"贴成"走狗打倒帝国主义"——幽默；这个张三贴一天的标语也许才挣三毛小洋，贴错了当然要受罚；我们笑这种贴法，可是很可怜张三。

这几个例子摆在纸面上也许能帮助我们分别的认清它们，但在事实上是不易这样分划开的。从性质上说，机智与讽刺不易分开，讽刺也有时候要利用闹戏；至于幽默，就更难独立。从一篇文章上说，一篇幽默的文字也许利用各种方法，很难纯粹。我们简直可以把这些都包括在幽默之内，而把它们看成各种手法与情调。我们这样分析它们与其说是为从形式上分别得清楚，还不如说是为表明幽默——大概的说——有它特具的心态。

所谓幽默的心态就是一视同仁的好笑的心态。有这种心态的人虽不必是个艺术家，他还是能在行为上言语上思想上表现出这个幽默态度。这种态度是人生里很可宝贵的，因为它表现着心怀宽大。一个会笑，而且能笑自己的人，决不会为件小事而急躁怀恨。往小了说，他决不会因为自己的孩子挨了邻儿一拳，而去打邻儿的爸爸。往大了说，他决不会因为战胜政敌而去请清兵。褊狭，自是，是"四海兄弟"这个理想的大障碍；幽默专治此病。嬉皮笑脸并非幽默；和颜悦色，心宽气朗，才是幽默。一个幽默写家对于世事，如入异国观光，事事有趣。他指出世人的愚笨可怜，也指出那可爱的小古怪地点。世上最伟大的人，最有理想的人，也许正是最愚而可笑的人，吉珂德先生即一好例。幽默的写家会同情于一个满街追帽子的大胖子，也同情——因为他明白——那攻打风磨的愚人的真诚与伟大。

# 语言大师·风格巨匠

## ——解读《言语与风格》

《言语与风格》（老舍的"言语"即语言）是《老牛破车》集中的最后一篇，谈的还是技巧问题。

按说，老舍本人作为语言大师和风格巨匠，是最有权在这两方面立说的；但是，他丝毫没有摆"谱"，而是实实在在、从从容容就这两方面中的重要内容写出自己的看法。

在语言方面，他选择了用字、比喻、句、节段、对话等五个方面陈述；而这五方面，都统一在开篇中提出的"小说是用散文写的，所以应当力求自然"，"我们很可以把小说中的每一段都写成一首散文诗，但是，文字之美不是小说的唯一的责任"基础上展开的。

在"用字"上，老舍强调的是要"极谨慎"。乍一看，也许有人会质疑：为什么不是思想要谨慎，而是用字要谨慎呢？再一看，原来老舍是在要求找到最"自然"、"恰当"、"现成"的字。他阐释得多么到位："用字与其俏皮，不如正确；与其正确，不如生动"。他力戒青年人穿戴古代衣冠，因为这样会"适见其丑"。原来老舍的良苦用心在此！

关于"比喻"，老舍重点要说明的是，没有一个最精当的比喻更能给读者留下对作家作品更深刻印象的艺术手法，也没有比一个可有可无的比喻使人更感到累赘的。如果我们看遍了老舍的文论，就会领略到他对《红楼梦》有多次极高的评价；但是在这篇《言语与风格》中，他却提出批评了，批评这部中国古典文学巨著中对女主人公林黛玉的一些比喻。这里笔者不全照引，只说曹雪芹在比喻黛玉的"眉"与"目"时，用了"泪光点点"、"闲静似娇花照水"这两处比喻。老舍认为，并不是这比喻本身欠妥，而是感到要真实地表现，就须顾及全面，因为黛玉"没有不泪光点点的时候么？她没有闹气而不闲静的时候么？"只要是看过《红楼梦》的读者，都会感到老舍这批评站得住。林黛玉愁苦坎坷的悲剧一生，要害远远超过了"泪光"和"闲静"。在论及"比喻"时，他从"表现能力"上把比喻分为"表露的"和"装饰的"两种。他自己认为"散文"（他一开篇就把小说归入散文）适宜用"表露"。他用了一个精当的"比喻"，就是庄子最善用的方法，具体的比喻就是"庖丁解牛"。我们应该知道，老舍本人虽然是个杰出的作家，但他对古今中外的著名作家作品是熟知的。"庖丁解牛"见于《庄子·养生主》，庖丁是个名厨师，"解牛"是为文惠君掌勺做牛肉，"解牛"的技能传诸后代。老舍在这里随手拈来，他所说的"表露"的，不仅是个技巧，而且提升到了"把抽象的哲理作成具体的比拟，深入浅出的把道理讲明"，以比喻化为行动，而不是讲道说教。他最终的目的，是要说明优秀的作者才能找到最好的比喻，也就是事物的精髓，一语道破，不靠装饰。

　　关于"句"，老舍分为长、短两种。长句，他认为宜表现"缠绵"（也含"复杂"的意思）的情感；而"短句"（甚至只有一两个字的）能有戏剧的效果。句子不论长短，都应有独立的内容和价值。动作多的句子应"短悍"，要"一句完成一个动作"。老舍以《水浒传》中"血溅鸳楼"武松杀嫂为例（此处不引原文），武松从"一不作，二不休"起，到割下那妇人的头，字数不多，却写了杀嫂的全过程。句子长短相补，这期间如果都用长句，不可能表现得"急速火炽"，只有长短相间，读者才能有"缓一缓气"的余地。他认为只有造出"平匀美好"的复句，并在创作中发挥祖国语言之美，不要说"废话"及"套话"，不作无聊的装饰，力求自然，才是最重要的。老舍一贯主张要将写出来的高声朗读一遍，这里也如此提倡。

对"节段"，老舍提出，写作是要叙述思路的变化，这思路如果有形体，就要"分段清楚，合适"。他认为，小说的分节虽然比较容易，但也有难处，那就是一节一段所写出的事实与行动，都应恰当生动，"如有声电影中的配乐"。这个问题，他写得比较简略。

关于"对话"，是这篇文论中写语言问题最成功的一个部分。

实际上，任何小说都是一种"对话"，或可称为"潜对话"。因为小说与其他文学样式是不同的，它作为叙事文学，从诞生之日起，就不是自诉，不是独白，而是一种希望得到应答的表达——也就是一种对话。老舍在《言论与风格》这篇文论中述及对话时，首先强调对话要自然，要用日常生活中的语言，要把最平凡的话写得生动有力。什么人说什么话，什么时候说什么话，怎样把最普通的对话用在最合适的时间和地方，才能把作品中人物的"人格"显露出来，使人物不像在"演说"，而是作品中许多场面的"联接物"；"对话"不只要"过得去"，还要"真实"，要"简短"。这真实，是对人物典型的真实，对人物个人的真实。这简短，还要有说话的"神气"、"手势"，还包括"听者"的神色。如果有"答话"，不一定要直答所问，或"旁引"，或"反诘"，但应该有所变化。老舍特别强调对话应该像日常的普通谈话，但这谈话中必须显露出人物的感情，而不是一般的"一问一答"，要"给事实一些强烈的感情与色彩"——总之，"要不说空话"。在老舍其他的文章中，我们也能找到与这篇文论中关于"对话"的呼应或主张。如在《我怎样学习语言》（见《解放军文艺》1卷3期，1951年8月16日出版），他主张人物的一切（包括对话）"不能象由作家包办的"，也就是要由人物自身做主。在《文学概论讲义》中，他提出人物（也包括对话），作家必须"设身处地的，像被别人的灵魂附了体的样子"。还在《文学概论讲义》中写了，当我们读一本好小说时，"我们不但觉得其中人物是活泼的，还看得出背后有个写家"。呼应着这篇《言论与风格》，老舍决不主张在小说中由"作者自己说话"。总之，要能做到作者自己的人格伏在作品里，是万万离不开成功的"对话"的。

"风格"部分，显然是因为老舍谈得太多，也因为老舍这个"人"，本人就体现了一种独特的活生生的"风格"，所以在《言论与风格》这篇文论中，占的篇幅反而很少。但篇幅少却内蕴丰厚。他提出的四项要求，就像他自己说的"风格"很难"规定"一样，要做到确实很难。首先，他要求"无论说什么"都必须"真诚"，不要故弄玄虚，乱用典故，他本人就是这样实践的。其次，晦涩是创作的致命伤。老舍自己的全部创作，包括他早期个别不够成功的，以及后来有过一些失误的作品，其不够成功和失误，都不在"晦涩"上。再次，也是最精彩的部分，他提出风格是"心灵的音乐"。他的意思很明白，好的风格是应该由"心"炼制出来的。他借用叔本华的话，"形容词是名词的仇敌"，也是为了奉劝一切作者不要用"泛泛的"形容词和"生僻的"字句去敷衍读者，因为这样做是不会带来美好的风格的。最后，也是很重要的，他认为有没有风格是"绝对"的，因为风格首要的不是作家作品中文字的特异，而是作家作品"思想的力量"，他强调思想要"清楚"，文字要"清楚"；要先求清楚、周密、明白，才能为风格打下良好的基础。

在结束这篇解读文字时，笔者愿意用自己多年来阅读老舍其文，学习老舍其人的感受，写出三点不成熟的看法：第一，老舍一贯认为，风格即人格，风格必须有健全的人生理想和美学理想作为先导。第二，好的风格，必须语言自然、匀净、和谐、统一、文雅、精炼；如果还能赋有哲学意味，更为上乘。第三，风格应该是不露痕迹的、自然本色的，而不是刻意去"追求"来的。好的风格，应是简确明快的，老舍其人其文，就是如此。

附：

# 言语与风格

小说是用散文写的，所以应当力求自然。诗中的装饰用在散文里不一定有好结果，因为诗中的文字和思想同是创造的，而散文的责任则在运用现成的言语把意思正确的传达出来。诗中的言语也是创造的，有时候把一个字放在那里，并无多少意思，而有些说不出来的美妙。散文不能这样，也不必这样。自然，假若我们高兴的话，我们很可以把小说中的每一段都写成一首散文诗。但是，文字之美不是小说的唯一的责任。专在修辞上讨好，有时倒误了正事。本此理，我们来讨论下面的几点：

（一）用字：佛罗贝说，每个字只有一个恰当的形容词。这在一方面是说选字须极谨慎，在另一方面似乎是说散文不能象诗中那样创造言语，所以我们须去找到那最自然最恰当最现成的字。在小说中，我们可以这样说，用字与其俏皮，不如正确；与其正确，不如生动。小说是要绘色绘声的写出来，故必须生动。借用一些诗中的装饰，适足以显出小气呆死，如蒙旦所言："在衣冠上，如以一些特别的，异常的，式样以自别，是小气的表示。言语也如是，假若出于一种学究的或儿气的志愿而专去找那新词与奇字。"青年人穿戴起古代衣冠，适见其丑。我们应以佛罗贝的话当作找字的应有的努力，而以蒙旦的话为原则——努力去找现成的活字。在活字中求变化，求生动，文字自会活跃。

（二）比喻：约翰孙博士说："司微夫特这个家伙永远不随便用个比喻。"这是句赞美的话。散文要清楚利落的叙述，不仗着多少"我好比"叫好。比喻在诗中是很重要的，但在散文中用得过多便失了叙述的力量与自然。看《红楼梦》中描写黛玉："两湾似蹙非蹙笼烟眉，一双似喜非喜含情目。态生两靥之愁。娇袭一身之病。泪光点点。娇喘微微。闲静似娇花照水，行动如弱柳扶风。心较比干多一窍，病如西子胜三分。"这段形容犯了两个毛病：第一是用诗语破坏了描写的能力；念起来确有诗意，但是到底有肯定的描写没有？在诗中，象"泪光点点"，与"闲静似娇花照水"一路的句子是有效力的，因为诗中可以抽出一时间的印象为长时间的形容：有的时候她泪光点点，便可以用之来表现她一生的状态。在小说中，这种办法似欠妥当，因为我们要真实的表现，便非从一个人的各方面与各种情态下表现不可。她没有不泪光点点的时候么？她没有闹气而不闲静的时候么？第二，这一段全是修辞，未能由现成的言语中找出恰能形容出黛玉的字来。一个字只有一个形容词，我们应再给补充上：找不到这个形容词便不用也好。假若不适当的形容词应当省去，比喻就更不用说了。没有比一个精到的比喻更能给予深刻的印象的，也没有比一个可有可无的比喻更累赘的。我们不要去费力而不讨好。

比喻由表现的能力上说，可以分为表露的与装饰的。散文中宜用表露的——用个具体的比方，或者说得能更明白一些。庄子最善用这个方法，象庖丁以解牛喻见道便是一例，把抽象的哲理作成具体的比拟，深入浅出的把道理讲明。小说原是以具体的事实表现一些哲理，这自然是应有的手段。凡是可以拿事实或行动表现出的，便不宜整本大套的去讲道说教。至于装饰的比喻，在小说中是可以免去便免去的。散文并不能因为有些诗的装饰便有诗意。能直写，便直写，不必用比喻。比喻是不得已的办法。不错，比喻能把印象扩大增深，用两样东西的力量来揭发一件东西的形态或性质，使读者心中多了一些图像：人的闲静如娇花照水，我们心中便于人之外，又加了池畔娇花的一个可爱的景色。但是，真正有描写能力的不完全靠着这个，他能找到很好的比喻，也能直接的捉到事物的精髓，一语道破，不假装饰。比如说形容一个癞蛤蟆，而说它"谦卑的工作着"，便道尽了它的生活姿态，很足以使我们落下泪来：一个益虫，只因面貌丑陋，总被人看不起。这个，用不着什么比喻，更用不着装饰。我们本可以用勤苦的丑妇来形容它，但是用不着；这种直写法比什么也来得大方，有力量。至于说它丑若无盐，毫无曲线美，就更用不着了。

（三）句：短句足以表现迅速的动作，长句则善表现缠绵的情调。那最短的以一二字作成的句子足以助成戏剧的效果。自然，独立的一语有时不足以传达一完整的意念，但此一语的构成与所欲给予的效果是完全的，造句时应注意此点；设若句子的构造不能独立，即是失败。以律动言，没有单句的音节不响而能使全段的律动美好的。每句应有它独立的价值，为造句的第一步。及至写成一段，当看那全段的律动如何，而增减各句的长短。说一件动作多而急速的事，句子必须多半短悍，一句完成一个动作，而后才能见出继续不断而又变化多端的情形。试看《水浒传》里的"血溅鸳鸯楼"：

"武松道：'一不作，二不休！杀了一百个也只一死！'提了刀，下楼来。夫人问道：'楼上怎地大惊小怪？'武松抢到房前。夫人见条大汉入来，兀自问道：'是谁？'武松的刀早飞起，劈面门刴着，倒在房前声唤。武松按住，将去割头时，刀切不入。武松心疑，就月光下看那刀时，已自都砍缺了。武松道：'可知割不下头来！'便抽身去厨房下拿取朴刀。丢了缺刀。翻身再入楼下来……"

这一段有多少动作？动作与动作之间相隔多少时间？设若都用长句，怎能表现得这样急速火炽呢！短句的效用如是，长句的效用自会想得出。造句和选字一样，不是依着它们的本身的好坏定去取，而是应当就着所要表现的动作去决定。在一般的叙述中，长短相间总是有意思的，因它们足以使音节有变化，且使读者有缓一缓气的地方。短句太多，设无相当的事实与动作，便嫌紧促；长句太多，无论是说什么，总使人的注意力太吃苦，而且声调也缺乏抑扬之致。

在我们的言语中，既没有关系代名词，自然很难造出平匀美好的复句来。我们须记住这个，否则一味的把有关系代名词的短句全变成很长很长的形容词，一句中不知有多少个"的"，使人没法读下去了。在作翻译的时候，或者不得不如此；创作既是要尽量的发挥本国语言之美，便不应借用外国句法而把文字弄得不自然了。"自然"是最要紧的。写出来而不能读的便是不自然。打算要自然，第一要维持言语本来的美点，不作无谓的革新；第二不要多说废话及用套话，这是不作无聊的装饰。

写完几句，高声的读一遍，是最有益处的事。

（四）节段：一节是一句的扩大。在散文中，有时非一气读下七八句去不能得个清楚的观念。分节的功用，那么，就是在叙述程序中指明思路的变化。思想设若能有形体，节段便是那个形体。分段清楚、合适，对于思想的明晰是大有帮助的。

在小说里，分节是比较容易的，因为既是叙述事实与行动，事实与行动本身便有起落首尾。难处是在一节的律动能否帮助这一段事实与行动，恰当的，生动的，使文字与所叙述的相得益彰，如有声电影中的配乐。严重的一段事实，而用了轻飘的一段文字，便是失败。一段文字的律动音节是能代事实道出感情的，如音乐然。

（五）对话：对话是小说中最自然的部分。在描写风景人物时，我们还可以有时候用些生字或造些复杂的句子；对话用不着这些。对话必须用日常生活中的言语；这是个怎样说的问题，要把顶平凡的话调动得生动有力。我们应当与小说中的人物十分熟识，要说什么必与时机相合，怎样说必与人格相合。顶聪明的句子用在不适当的时节，或出于不相合的人物口中，便是作者自己说话。顶普通的句子用在合适的地方，便足以显露出人格来。什么人说什么话，什么时候说什么话，是最应注意的。老看着你的人物，记住他们的性格，好使他们有他们自己的话。学生说学生的话，先生说先生的话，什么样的学生与先生又说什么样的话。看着他的环境与动作，他在哪里和干些什么，好使他在某时某地说什么。对话是小说中许多图像的联接物，不是演说。对话不只是小说中应有这么一项而已，而是要在谈话里发出文学的效果；不仅要过得去，还要真实，对典型真实，对个人真实。

一般的说，对话须简短。一个人滔滔不绝的说，总缺乏戏剧的力量。即使非长篇大论的独唱不可，亦须以说话的神气，手势，及听者的神色等来调剂，使不至冗长沉闷。一个人说话，即使是很长，另一人时时插话或发问，也足以使人感到真象听着二人谈话，不至于象听留声机片。答话不必一定直答所问，或旁引，或反诘，都能使谈话略有变化。心中有事的人往往所答非所问，急于道出自己的忧虑，或不及说完一语而为感情所阻断。总之，对话须力求象日常谈话，于谈话中露出感情，不可一问一答，平板如文明戏的对口。

善于运用对话的，能将不必要的事在谈话中附带说出，不必另行叙述。这样往往比另作详细陈述更有力量，而且经济。形容一段事，能一半叙述，一半用对话说出，就显着有变化。譬若甲托乙去办一件事，乙办了之后，来对甲报告，反比另写乙办事的经过较为有力。事情由口中说出，能给事实一些强烈的感情与色彩。能利用这个，则可以免去许多无意味的描写，而且老教谈话有事实上的根据——要不说空话，必须使事实成为对话资料的一部分。

风格：风格是什么？暂且不提。小说当具怎样的风格？也很难规定。我们只提出几点，作为一般的参考：

（一）无论说什么，必须真诚，不许为炫弄学问而说。典故与学识往往是文字的累赘。

（二）晦涩是致命伤，小说的文字须于清浅中取得描写的力量。Meredith（梅雷迪思）每每写出使人难解的句子，虽然他的天才在别的方面足以补救这个毛病，但究竟不是最好的办法。

（三）风格不是由字句的堆砌而来的，它是心灵的音乐。叔本华说："形容词是名词的仇敌。"是的，好的文字是由心中炼制出来的；多用些泛泛的形容字或生僻字去敷衍，不会有美好的风格。

（四）风格的有无是绝对的，所以不应去摹仿别人。风格与其说是文字的特异，还不如说是思想的力量。思想清楚，才能有清楚的文字。逐字逐句的去摹写，只学了文字，而没有思想作基础，当然不会讨好。先求清楚，想得周密，写得明白；能清楚而天才不足以创出特异的风格，仍不失为清楚；不能清楚，便一切无望。

# 创作是永久的·理论是短暂的

## ——解读《论创作》

老舍的全部作品，既是创作，也是在"论"创作；当然，《论创作》这篇文论，则是集中的；它"集中"在全文总的是在说明"创作是永久的，理论是短暂的"这一命题。这个命题，也是一个坚实的理念。

一开篇，老舍就提出，要创作，首先就要"解除一切旧势力的束缚"；笔者认为，用我们当前的语言，就是要"解放思想"。他引用托尔斯泰的话来说明自己对创作的认识；他以每个人以自己"奇异""复杂"的"病"为出发点，并通过托尔斯泰的话来说明。这些"病"，是机体不调而产生的，连医生都不一定晓得。谁晓得呢？自己！言外之意，笔者认为自己是自己的医生；所以，创作也是自己的；所以，文学创作也是自己的，"是高于一切"的，这个道理，专家教授未必懂得，就如同医生未必懂得一切复杂的病一样。

紧接着，他就集中到创作是永久的，理论是短暂的这一重要命题上来（这不是作家的原话，而是笔者的理解）。他明确提出："读一本伟大的创作，便胜于读一百本关于文学的书"，如同读十几篇考证《红楼梦》文章，不如你自己去读几回（"段"）《红楼梦》原作；因为"文学批评""不是一字一句的改证"，而是读者自己去欣赏品味，这样才能"估定"你所读的创作的价值。

然后，他提出了这篇文论又一个重要命题：真诚，是创作的第一"要件"。笔者理解，这真，是真善美的真，是心灵的真，包括借风花雪月来写我们的心情，也要使读者读后理解作者的"心"，而看不出作者心灵与文学的分歧。但要达到这种境界是十分不易的，因为作家所使用的文字只是符号，重要的是这符号传达出的作者的思想感情是否真诚，是否经过了作者"个人"的、"内心"的浸洗和历练。如果作者在写风花雪月，也应该是由作者心灵"吹"出来的风花雪月，要使读者能听到风的响和花的香，甚至能迷恋和醉倒在这风花雪月中。这样的境界，必须要求作者的思想感情是由你内心发出的、你个人的思想感情。用老舍的话说，要让读者"似醉非醉，似梦非梦的迷恋在这诗境之中"。这样的作品，才称得上是成功的。

随后，老舍又回到"创作是永久的，理论是短暂的"这一颠扑不破的真理。用老舍的话说，是"批评家可以不会创作，而没有一个创作家不会批评的"。这里，老舍又再次提出了他在自己写的文论，以及自己全部创作中，无数次提出或隐含"生命"的问题。这篇文论，既是在论创作，更不会遗忘这个命题。他提出（应该说是"再次"提出）作家在下笔创作之前，必须是对"生命"有了极"详细的观察"，"极严格的批评"，这样，他才能够动笔。他自己毕生的创作——尤其是那些最成功的作品，就是如此。以《骆驼祥子》为例，当他从一位朋友处偶然听到朋友家用过的一个人力车夫"三起三落"，最终还是受穷的血泪史之后，又听到另一个车夫被军队抓去后"因祸得福"地偷回来了三匹骆驼后，他像着了迷似的，从春天想到夏天，想一个人力车夫可能有关的"一切"，从内心到外表，从生活到感情，一直想到怎样通过这车夫的所有遭遇，去写出一个劳苦社会。再以话剧《龙须沟》为例，作家以解放初期北京一条有名的臭水沟——龙须沟，由北京市政府和广大民众彻底整治重修的真实"故事"为写作素材，歌颂人民新政权真正为人民的伟大业绩。剧本从旧中国写起，写天桥东边一条有名的臭沟，臭沟的两岸，住的都是各色卖力气、耍手艺的穷苦劳动人民，饱受这条臭沟的淫虐……，直到可爱天真的小妞子不幸被臭水沟淹死！这又是一个"生命"问题，又是一部真诚的写实。而《龙须沟》的成功上演，不但轰动了全国，甚至走向了世界。毛泽东、周恩来等国家领导人也在中南海怀仁堂观看了该剧的演出，同时接见了老舍一家人。而且在1951年底由北京市政府决定，公开表彰了《龙须沟》和老舍，并颁发了由当时北京市长彭真签字的奖状。更光荣的是，为此授予了老舍以"人民艺术家"的光荣称号。这是老舍在撰写《论创作》这篇文论时万万没有想到的！但我们这些读者，却可以从活生生的事实中，进一步加深对老舍文论的认识。

再回到《论创作》，老舍对"文学批评"的理解是很到位的。有了创作，必有批评，他鲜明地提出："批评不是专为挑剔毛病，要在指导"，"指导"还应包括新文字的应用。他提出，"文字呆板，加以因袭的毛病，文学便成了少数人的玩艺，而全无生气"。造成这种现象的原因，老舍认为除了我们白话文本身还不够完善以外，最大的毛病在于我们的作者"不肯吃苦"，于是便"偷几个古字来撑门面"，他风趣地把这种坏毛病说成"二荤铺添女招待，原来卖得还是那些菜"。

要怎样呢？这时老舍提出"美"是最重要衡量标准——固然，思想是创作最重要的要求，但这并不矛盾。如果只有好思想，而没有千锤百炼的美的表现，写出来的只能是"报告"，而不是文艺！创作要真实，但"怎样利用真实，比是不是真实还重要"。所以，不在文字美上下一翻切实的功夫，我们的创作就不可能"高贵"。

《论创作》是一位作家在"论",而不是一位批评家在"论";所以,更使它没有任何"八股气",而且能结合现实。比如,创作一定要写"事";老舍提出:"凡是一件事的发生,不会被喊打倒的打倒,也不会因有喊万岁而万岁";所以,文学家的态度应该是细细地观察生活,才能指导生活。反之,发现不了问题,创作就可能渐渐成了"消闲解闷之品",而失去了文学感人的力量;所以,伟大的创作,应该是"由感动渐次的宣传了主义";而拙劣的"宣传",只能从"标语"而破坏了"主义"。

最后,老舍回到了中国的现实,从二三十年来中国和中国人所受到的耻辱、变动、痛苦,而没有产生一部伟大的创作,这是我们的"麻木"。他从论创作而进一步呼吁国人不可再麻木下去,少看点《说文解字》,而要回到现实,看社会,看民众,看苦难的同胞,看贪官污吏如何鱼肉人民。总之,要看"生命",要领略"生命",解释"生命";既要看别人,也要看自己!

《论创作》的结束语,言简意赅:"创作!不要浮浅,不要投机,不计利害。活的文学,以生命为根,真实作干,开着爱美之花"。在这里,老舍再次强调了:生命!

**附:**

# 论创作

要创作当先解除一切旧势力的束缚。文章义法及一切旧说,在创作之光里全没有存在的可能。

对于旧的文艺,应有相当的认识,不错,因为它们自有它们的价值。但是不可由认识古物而走入迷古；事事以古代的为准则，便是因沿，便是消失了自身。即使摹古有所似，究是替古人宣传。即使考古有所获，究是文学以外之物，不是文学的本身。

托尔司太说："每人都有他的特性，和他独有的，个人的，奇异的，复杂的疾病。这点疾病是医学中所不知道的，它不是医书中所载之肺病，肝病，皮肤病，心脏病，神经病；它是由这各种机关的不调和而成的。这个道理是医生所不能晓得的。"这段话很好拿来说明文学的认识：好考证的，好研究文章义法的，好研究诗词格律的，好考究作家历史的，好玩弄版本沿革的，都足以着书立论，都足以作研究文学的辅助；但这些东西都不是文学的本身，文学的本身是高于这一切，而不是这些专家所能懂的。

在旧书中讨生活的可以作学者，作好教授；但是往往流于袒古，心灵便滞塞了；往往抱着述而不作的态度，这个态度便是文学衰死的先兆。

抱着"松花"是不会孵出小鸡的。想孵出小鸡，顶好找几个活卵。

读一本伟大的创作，便胜于读一百本关于文学的书。读过几段《红楼梦》，便胜于读十几篇红楼考证的文字。文学是生命的诠解，不是考古家的玩艺儿。

文学的批评不是一字一句的考证，是欣赏，是估定文学的价值。我们"真"读了杜甫，便不再称他为"诗圣"，因为还要拿他与世界上的大诗人比一比，以便看出他到底怎么高明。这样看出短长，我们便不复盲从，不再迷信自家古物。承认杜甫没有莎士比亚伟大，决不是污蔑杜甫，我们要知道的是世界上最好的作品；世界！抱着几本黄纸线装书便不能满足我们了！

孔子说：读诗可以迩之事父，远之事君，多识于鸟兽草木之名。

在文学史中，这些话便是好材料。从文学上看，孔子对于诗根本是外行。真要多识鸟兽草木之名，动植物教科书岂不更有用，何必读诗？我们今日还拿孔子的话说诗，便是糊涂。以孔子的话还给孔子，以我们自己的眼光认识文学，才真能有所了解。

不因沿才有活气，志在创作才有生命。

我们的《红楼梦》节翻成英文，我们的《三国志演义》也全部译成外国语，对于外国文学有什么影响？毫无影响！再看看俄国诸大家的作品，一经翻译，便震动了全世界！不要自馁，我们的好著作叫人家比下去，不是还有我们吗？努力创作，只有创作是发扬国光，而利泽施于全世的。

我们自有感情，何必因李白、白乐天酒后牢骚，我们也就牢骚。我们自有观察力，何必拿"盈盈宝靥，红酣春晓之花；浅浅蛾眉，黛画初三之月"等等敷衍。我们自有判断，何须借重古句古书。因袭偷巧是我们的大毛病，这么一个古国，这么多的书籍，真有高超思想，妙美描写的，可有几部？真诚是为文第一要件，藉风花雪月写我们的心情，要使读者，读了文字，也读心情，看不出文字与心灵的分歧处。文字是工具，是符号；思想感情是个人的，是内心的。文字通过心灵的锻炼，便成了个人的。风花雪月是外面的，经过心灵的浸洗，便是由心灵吹出来的风花月雪的现象，使读者看见，同时也闻到花的香，听到风的响，还似醉非醉，似梦非梦的迷恋在这诗境之中，这便是文学作品的成功。

批评家可以不会创作，而没有一个创作家不会批评的。在他下笔之前，对于生命自然已有了极详细的视察，极严格的批评，然后才下笔写东西。读文者是由认识而批评而指导，正如作者之由认识而批评而指导。

反之，作者是抄袭摹拟，读者是挑剔字句的毛病，这作者读者便该捆在一处，各打四十大板。

对于生命与自然由认识批评指导，才能言之有物。批评不是专为挑剔毛病，要在指导。胡适先生批评旧文字的弊病，同时他指导出新文字的应用，于是这几年来文学界中才有一些生气。指导是积极的，对于文学的发展，效力最大。

文字的限制是中国文学不伟大的一因。文字呆板，加以因袭的毛病，文学便成了少数人的玩艺，而全无生气。抄袭旧辞，调弄平仄是瓦匠砌墙，不是大建筑家的计划。现在好了，文字的束缚除解了许多，我们可以用活文字写东西了。可是毛病还有：第一，白话的本身是很穷窘的，句的结构太少变化，字的太少伸缩，文法的太简单，用字的简少，都足以妨碍思想发表的自由。但是这文字本身的恶劣，我们既不打算采用某种外国语来代替，也就只好努力利用这不漂亮的国货。第二，白话已是成形的东西，可是白话文学还在萌芽期中，这便是我们的责任来创筑一座新的金塔。我们最大的毛病便是不肯吃苦，每当形容景物，便感觉到白话的简陋不够用，而去偷几个古字来撑门面。有的更聪明一点，便把偷来的辞句添上个"吗"，"呢"，"哟"来冒充自造。这便是二荤铺添女招待，原来卖得还是那些菜。

有思想自是作文最重要的事，但是不要忘了文学是艺术中的一个星球，美也是最要的成分。假如我们只有好思想，而不千锤百炼的写出来，那便是报告，而不是文艺。文学的真实，是真实受了文学炼洗的；文学家怎样利用真实比是不是真实还要紧。在文字上不下一番工夫，作品便不会高贵。我们应有作八股文的态度，字字句句要细心配对，我们的作品，要成为文字的结晶，要使读者不再想引用古句，而引用我们自己的话。我们不能改变过去，但将来的历史是由我们造成的！使将来的人们忘了《离骚》，诸子，而引据我们，是我们应有的野心。有人说：兴会所至，下笔万言，不增删一字。这或者是事实，可是我不敢这样信，更不敢这样办。"他永远是作文章，点，冒号，分号，惊叹号，问号永远在他的眼前"这是乔治姆耳称赞沃路特儿拍特儿的话，也是我们当遵从的。

要看问题：凡是一件事的发生，不会被喊打倒的打倒，也不会因有喊万岁而万岁。文学家的态度是细细看问题，然后去指导。没有问题，文学便渐成了消闲解闷之品；见着问题而乱嚷打倒或万岁，便只有标语而失掉文学的感动力。伟大的创作，由感动渐次的宣传了主义。粗劣的宣传，由标语而毁坏了主义。

创作：抛开旧势力的重负，抱着批评的态度，有了自己的思想，用着活的文字，看着一切问题，我们的国家已经破产，我们还甘于同别人一块儿作梦吗？我们忠诚于生命，便不能不写了。在最近二三十年我们受了多少耻辱，多少变动，多少痛苦，为什么始终没有一本伟大的著作？不是文人只求玩弄文字，而精神上与别人一样麻木吗？我们不许再麻木下去，我们且少掀两回《说文解字》，而去看看社会，看看民间，看看枪炮一天打杀多少你的同胞，看看贪官污吏在那里耍什么害人的把戏。看生命，领略生命，解释生命，你的作品才有生命。看，看便起了心灵的感应，这个感应便是生命的呼声。看，看别人，也看自己；看外面，也用直觉；这样便有了创作的训练。

创作！不要浮浅，不要投机，不计利害。活的文学，以生命为根，真实作干，开着爱美之花。

# 又是"幽默"

## ——解读《〈老舍幽默诗文集〉序》

这篇文论，可以和前面我们解读过的《谈幽默》连读，它们可说是姐妹篇；但这篇，短小精悍，而且本身就写得十分幽默。

对于老舍这位幽默大师，肯定常有人来向他请教什么是幽默、怎样幽默等问题；其实，《老舍幽默诗文集》就是回答，这两篇相关联的文论也是回答。在解读《谈幽默》时，笔者从文化心理和人格心态的深层蕴含，作了一个总的概括，这篇文集序，似更偏重于对不同的人、不同的"提问"的回答，而这些"回答"，本身都很幽默。

短短的篇幅，囊括了至少六人的提问，老舍没有再提"字典上有十来个不同的定义"，而是从这六人的提问一一道来。

第一个人说，幽默就是讽刺，讽刺是不应该的，所以幽默的文字应禁止，写这样文字的人该杀头。老舍的回答是：杀头是好玩的事，虽然有痛苦，可是死后就什么都不知道了。所以，这个说法"很有理"。

第二个人竟然把幽默说成是以后"世界大战"的原因！老舍的回答还是"很有理"。

第三人是位朋友，他告诉老舍，幽默就是开心，并且将世界笑星胖哈台与瘦劳莱（今天的观众可能不熟悉），和中国的《打沙锅》及《瞎子逛灯》为代表人与代表作，因为他们与它们都能让人开心。而老舍的回答照样是"很有理"。

第四人也是位朋友，恶作剧地"揭露"了他去年借了老舍五十块钱，至今未还；他直截了当地把幽默定义为"贪嘴恶舌"，和说相声一样"下贱"。对此，老舍照说"很有理"，否则，怕他更不还钱。

第五人是王二哥。这位王二哥说的真很有理——他说"幽默是伟大文艺的一特征"。明明很有理，而老舍却说自己在"怀疑"，虽然内心是觉得很有理——偏偏要说"怀疑"，这本身就是幽默的说法。

第六人是个学生，他对幽默的解释——"是种人生的态度，是种宽宏大量的表现"，这使老舍真正感到很有理了。但是当学生问他为什么有理时，他"想了半天"，真正幽默地反问这个学生："为什么没有理呢？"这是没有回答的回答，却更有理。这是在呼应《谈幽默》中提出的幽默的心态、是一视同仁的好笑心态，是宽厚的心态等众多精彩的观点。

接着，老舍还写下他听到"西班牙的某人"和"东班牙的某太太"对幽默的研究，也都"很有理"，因为不说"很有理"是不行的。"你"和"我"都要被人说成"胡涂"！更幽默的是，他给读者介绍他"近几日"在"某画报"上看到一段题为《老舍》的文字，特别介绍了其中说自己（老舍）"性情非常胡涂"，而且"抽经"抽得厉害。一个把"筋"字居然写成"经"的人也敢胡乱批评人，得到的"回报"和反击是老舍说不记得自己"抽"过《书经》还是《易经》；至于说老舍"胡涂"，更让受批评者高兴，因为他认为"如今文明的世界"，人们见了面，有几个不是"嘴里说好话，脚底下使绊儿"的?！所以，老舍受到这样的"批评"，实在是自己要走"好运"的先兆。老舍用最幽默的文字，在给自己的幽默诗文集作"序"，让我们都会发出由衷的钦佩，而老舍自己也在快乐地期待着由此"走好运"。

至此，人们也不需要再问老舍什么是幽默了，他的回答（一个"胡涂东西"的回答）就是如此击中要害！

在结束这篇短小的文论时，老舍还不忘"幽默"一下，告诉读者：他家的猫小球（老舍家极爱养猫）"昨天"与"情郎"同逃，这真是"胡涂人"有"胡涂猫"！

结合《谈幽默》来解读这篇短文论，更加深了我们对幽默的认识。

附：

# 《老舍幽默诗文集》序

不断的有人问我：什么是幽默？我不是美国的幽默学博士，所以回答不出。

可是从实际上看，也能看出一点意思来，虽然不见得正确，但"有此一说"也就不坏。有人这么说："幽默就是讽刺，讽刺是大不该当；所以幽默的文字该禁止，而写这样文字的人该杀头。"这很有理。杀头是好玩的事。被杀者自然也许觉到点痛苦，可是死后或者也就没什么了。所以说，这很有理。

也有人这么说："幽默是将来世界大战的总因；往小处说，至少是文艺的致命伤。"这也很有理。凡是一句话，就有些道理，故此语也有理。

可是有位朋友，大概因为是朋友，这么告诉我："幽默就是开心，如电影中的胖哈台与瘦劳莱，如国剧中的《打沙锅》与《瞎子逛灯》，都是使人开心的玩艺。笑为化食糖，所以幽默也不无价值。"这很有理，因为我自己也爱看胖哈台与瘦劳莱。

另一位朋友——他去年借了五十块钱去，至今没还给我——说："幽默就是讨厌，贫嘴恶舌，和说'相声'的一样下贱！"这很有理。不过我打算告诉他："五十块钱不要了。"这也许能使他换换口气。可是这未必实现；那么，我得说他有理；不然，他更不愿还债了。万一我明天急需五十元钱呢？无论怎样吧，不得罪人为妙。

这些都很有理。只有王二哥说的使我怀疑。他是喝过不少墨水的人，一肚子莎士比亚与李太白。他说："幽默是伟大文艺的一特征。"我不敢深信这句话，虽然也觉得怪有理。

更有位学生，不知由哪里听来这么一句："幽默是种人生的态度，是种宽宏大度的表现。"他问我这对不对。我自然说，这很有理了。学生到底是学生，他往下死钉，"为什么很有理呢？"我想了半天才答出来："为什么没有理呢？"

以上各家之说，都是近一二年来我实际听到的，按公说公有理，婆说婆有理的公式，大家都对——说谁不对，谁也瞪眼，不是吗？

此外我还见到一些理论的介绍，什么西班牙的某人对幽默的解释，什么东班牙的某太太对幽默的研究，……也都很有理；西班牙人说的还能没理么？

我保管你能明白了何为幽默，假如你把上面提到那些说法仔细琢磨一下。设若你还不明白，那么，不客气的说，你真和我一样的胡涂了。

说起"胡涂"来，我近几日非常的高兴，因为在某画报上看见一段文字——题目是《老舍》，里边有这么两句："听说他的性情非常胡涂，抽经抽得很厉害。从他的作品看来，说他性情胡涂，也许是很对的。""抽经"的"经"字或者是个错字，我不记得曾抽过《书经》或《易经》。至于"性情非常胡涂"，在这个年月，是很不易得的夸赞。在如今文明的世界，朋友见面有几个不是"嘴里说好话，脚底下使绊儿"的？彼此不都是暗伸大指，嫉羡对方的精明，而自己拉好架式，以便随时还个"窝里发炮"么？而我居然落了个"非常胡涂"，我大概是要走好运了！

有了这段胡涂论，就省了许多的麻烦。是这么回事：人们不但问我，什么是幽默；而且进一步的问：你怎么写的那些诗文？你为什么写它们？谁教给你的？你只是文字幽默呢，还是连行为也幽默呢？我没法回答这些问题，可是也没法子只说"你问的很有理"，而无下回分解。现在我有了办法："这些所谓的幽默诗文，根本是些胡涂东西——'从他的作品看来，说他性情胡涂，也许是很对的。'"设若你开恩，把这里的"也许"除去，你也就无须乎和个胡涂人捣乱了。你看这干脆不？

这本小书的印成，多蒙陶亢德与林语堂两先生的帮忙，在此声谢；礼多人不怪。

舍猫小球昨与情郎同逃，胡涂人有胡涂猫，合并声明。

# 笑与笑是不同的

## ——解读《滑稽小说》

《滑稽小说》这篇文论，实质是进一步谈幽默。

老舍一开篇就论说了，所谓《滑稽小说》与"政治小说"、"爱情小说"等一样是不能成立的分类；如果要勉强分，或应还有"社会"、"军事"、"家庭"小说。而一部小说的优劣，并不在于它的材料是什么；如果要勉强地"分类"，或应还要有"半滑稽小说"、"先滑稽后悲惨小说"等等。而且，滑稽小说虽然招笑，但不一定有喜剧的结局。在招笑中，这"笑"是很不同的：既有天真的"大笑"，也有冷隽的"微笑"……这样，老舍再次回到他最重视的"心态"问题，告诉人们滑稽并不是写什么固定的材料，归根到底是一种"心态"；滑稽写家不论写什么都是可笑的，正因为有这种心态。一个作家如果他的心态是幽默的，不论他是哪一"派"，也不论他写什么，总是能表现出幽默的"心境"（即"心态"）。

虽然老舍认为"滑稽小说"不能单独存在，但滑稽的"心态"在文学作品中仍占有重要的地位。为了便利起见，老舍用"幽默"去代替滑稽，虽然特别提出"滑稽"不如"幽默"深广，但二者都是一种"心态"。显然，他更重视幽默。我们可以看到，在这篇关于滑稽小说探讨的文论中，老舍再次对幽默作了很高的评价：他认为有幽默感的人，在生活和工作中，都"不叫骂呼号，以别人为不对，而是由事事中看出可笑之点"，能赋有罕见的"观察天才"！他们虽然看出了世人的"愚笨可笑"，同时也看出他们的"郑重与诚恳"。他认为一个幽默家的世界"不是个坏鬼的世界，也不是个圣人的世界，而是个个人有个人的幽默的世界"。

这样看来，《滑稽小说》这篇文论，实质还是再次谈幽默，谈不同的"笑"，谈"笑"的可贵。

随后，他特别讲到幽默与小说的关系。因为小说是语言的艺术，而讲的又是人和事，幽默恰好是有"人"才会有的，人是会笑的动物，只是笑的时候，他必须要有"反响"——人笑己亦笑，或自己笑时也愿意别人笑，所以笑是人世"最宝贵的东西"，"最能表现人情的东西"。在这个意义上说，狄更斯和卓别林是世人的"恩人"。有事实为证：狄更斯这位伟大的作家死后能使威斯特敏思特这所英国名人国葬的大教堂三天不能关门；而一次世界大战也抵不了一个卓别林这样将笑送给了广大世人的杰出演艺家。老舍也没忘记美国著名作家马克·吐温，赞颂他的作品以美国商业化后种种人情世态为素材所创作的幽默小说贡献给世人。马克·吐温不是只为了"招笑"，同时也是为近代文明"担忧"。这些例证，都极贴切，远远超出了"滑稽小说"所能做到——虽然他们的作品和表演也覆盖了一些滑稽。

老舍还开掘幽默绝不是一种"胡闹"，而幽默之所以能引人发笑是基于人的一种"天性"，当然是好的天性。一个艺术家可以在生活中找到许多笑料，甚至可以"象哲理似的去找社会的死化之点"，"只有艺术家才能看透宇宙间的种种可笑的要素，而后用强烈的手段写画出来"。这里，老舍贡献出了一句名言："泪可以不觉的落下，笑永远是自觉的"，值得我们深长思之。

篇末，老舍又贡献出一个极重要的观点（虽然他写的是"说一句"）："笑是有时候能发生危险的"，只有自由国家的人民才会出现狄更斯那样的作家。在老舍的眼光中，在自由的国家和社会里，人民才会笑，会欣赏幽默，会笑别人，也会笑自己，"才会用幽默的态度接受幽默"。反之，"在专制与暴动"的社会国家中，人人眼光如豆，是不会欣赏幽默的。

品读这篇"短小"（内容却极精深）的文论后，我们可以问问自己："我能欣赏幽默吗"?!"我能辨别不同的笑吗"?!

**附：**

# 滑稽小说

滑稽小说这个名词与政治小说，爱情小说等一样的不能成立。政治与爱情等不过是材料的选取；而这种选材不能是很简单的，多数的小说的穿插含有许多的不同兴趣，如要严格的分别，恐怕一部小说便要有个极长的类名，象某小说为政治爱情社会军事家庭小说，或不止于此。况且小说的成败，根本不在它的材料是什么。滑稽小说也是如此，假如要勉强的成立，势必弄成勉强的类分，如半滑稽小说，先滑稽后悲惨小说，一人滑稽而多数人严重等等；因为滑稽小说的内容虽可笑，可是未必有喜剧的结局，象狄更斯的作品，有许多是悲剧的，而不失为幽默的；在普通小说中设一两个有幽默的角色也是常有的事。况且滑稽小说普通以为是可笑的作品；但笑与笑便不同：有的是引起天真的大笑，有的引起冷隽的微笑；滑稽二字便不能包括这一切。而且滑稽小说一名词所含的意味又与政治小说等不同。政治小说等是由取材上看，而滑稽不是这样固定的材料，而是一种心态。一个写家惯于采用某种材料，往往被人称为某种小说写家，如张资平的被称为三角恋爱小说写家。但是这并不能限制住张资平不跑到"爱力圈外"去。滑稽小说家的名称，并不因为他写的什么而得这个徽号，而是因为他无论写什么也是可笑的。这足以说明滑稽是写家的心态，不是他抱定什么一定的材料而后才能滑稽。文学中分派，也没有滑稽派，虽然文学家有被称为滑稽家或幽默家的。一个人如果他的心态是幽默的，不论他是那派的，不论他写什么东西，他总可以表现出那幽默的心境与觉得的。

滑稽小说虽不成立，我们可是不能不讲一讲这个滑稽的心态，因为它在文学中占有很重要的地位。为便利与清楚起见，我们采用时行的"幽默"二字来代替它，因为"滑稽"的意义是没有"幽默"那样广的。

幽默这个字在字典上有十来个不定的定义，我们所要说的是文学作品中的幽默。它是一种心态。我们知道有许多人是神经过敏的，以过分的情感看事，而不肯容人；这样的人假若是文艺的作者，作品中必是含着过度的兴奋与刺激，看别人不好，使别人随着自己走；或是对自己的遭遇不满，作颓丧的自弃。反之，有幽默的人便不这样，他不叫骂呼号，以别人为不对，而是由事事中看出可笑之点，照样的写出来时他有那罕有的观察天才；他看世人是愚笨可笑，可是也看出他们的郑重与诚恳；有时正因为他们爽直诚实才可笑，就好象我们看小孩子的天真可笑，但这决不是轻视小孩子。一个幽默家的世界不是个坏鬼的世界，也不是个圣人的世界，而是个个人有个人的幽默的世界。幽默指出那使人可爱的古怪之点，小典故，与无害的弱点。他是好奇的观察，如入异国，凡事有趣。

这似乎是专就幽默家的心态而言，我们再问，幽默与小说的关系怎样呢？博格森说，幽默是不能离人的范围而存在的，我们不笑山水树木，而笑人的动作。由这一点上看，要在音乐上与图画上表现幽默是极难的事，而在文艺上是很合宜的，因为言语的运用可以充分的把幽默表现出来的。至于小说，差不多都是讲述人事的，而幽默恰好是有人而后有幽默的。因此，就是说幽默是小说的特有物也无所不可吧。

小说最适宜于表现幽默，假如人是不会笑的东西，自然幽默无从说起，但是人是会笑的动物，而且是最愿笑的，而且是只有笑的时候，他必须要反响，人笑己亦笑，或己笑也愿别人笑；这种需要使笑成为人世最宝贵的东西，最能表现人情的东西，于是幽默也便在文艺中占有重要的地位。假如有人能引触大家都笑，他便是人类的恩人，所以狄更斯与卓别林便是世人的恩人，狄更斯的死时，能使 Westminster Abbey 三日不能关上门，足以证明人们怎样爱戴他。卓别林在欧战后，不复受未加入战场的责骂，而反有人说，幸而他没有去从军，因为一个欧战也抵不了一个卓别林，也足以证明这个道理。笑是有益于身体的，自然是人人知道的，笑是有益于精神上的，谁也不能否认。以招笑为写作的动机决不是卑贱的。因笑而成就的伟业比流血革命胜强多少倍，狄更斯的影响于十九世纪的社会改革是最经济的最有价值的。马克·吐温的以美国商业化的观识作幽默的材料，不仅是招笑，而是也替近代文明担忧。

那么，幽默的表现是否成为艺术的呢？假如我们不能回答此点，我们便只能承认上面所说的——幽默的实用——而不能解释它在艺术里的功能了。从艺术上说，有博格森作我们的证人，幽默决不是一种胡闹。幽默之引人发笑是基于人类天性的。笑是多方面的：笑是与情绪隔开的，所以他近乎天真。笑是机械的固定性，习惯应如此而忽然中止则招笑，一个艺术家在人生上可以找到许多这样的材料。笑是我们的活动成为机械的时候而发生的，这个在艺术家的眼里可以象哲理似的去找社会的死化之点。最后，夸大是招笑的主因之一，但这决不是艺术的目的，而是艺术家把所见的畸形的胚胎扩大而使我们注意，这是漫画的原理，也是一班幽默艺术家的天才所在。只有艺术家才能看透宇宙间的种种可笑的要素，而后用强烈的手段写画出来。有人以为这种夸大是没有什么的，最好是请他夸大一下试试，看别人笑不笑。笑自有它的逻辑，情绪活动时笑即停止，因为哭与笑不过是一物的两端，那么，要使人笑的，必须有天才把人们的笑的逻辑维持住，一个猴子读马克·吐温的幽默笔记而悲啼，是使他引为奇耻的。因为笑有它的定律与逻辑，它不许一切的东西有不匀妥的地方，于是写家才会利用它的想象去适应这个定律与逻辑；空泛的讲几句贫话是不成功的。况且一个艺术家须有经验，而世界上奇物自多，正可拿我们自己的经验断定事实的可能性。泪可以不觉的落下，笑永远是自觉的。

最末后我们要说一句：只有自由国家的人民才会产生狄更斯与阿里斯托芬那样的人，因为笑是有时候能发生危险的。在自由的国家社会里，人民会笑，会欣赏幽默，才会笑别人也笑自己，才会用幽默的态度接受幽默。反之，在专制与暴动的社会国家中，人人眼光如豆，是不会欣赏幽默的。

幽默的根源须由笑之原理找出来。矛盾与对照为招笑之源。关于此点，看博格森的《笑之研究》。

说法与看法可以有幽默，并不一定有多么可笑的事。

# 一位作家评另一位作家

## ——解读《读巴金的〈电〉》

　　一位作家评另一位作家的一部作品，的确不是很多见，但是我们眼前就有这么一篇——老舍评巴金的《电》。全文很短，毫无"理论气"，却有书香气。老舍称巴金为"兄"，同时又确认为自己的朋友，透着一股喜爱和尊重之情，令人感动。

　　在谈这位朋友的作品之前，先坦言这位朋友是个"可爱的人"，因为这朋友"坦真忠诚，脸上如是，心中也如是"，这使我们这些巴金的读者和崇拜者完全认同。因为巴金是四川人，他说出来的普通话，在"老北京"的老舍听来，最高也高不过"六十分"——但这毫无贬意，却透着亲切。对巴金的笑，老舍评价很高，因为"那么亲热"，能够"打入你的心里"，无怪乎老舍要称他为"兄"，为"朋友"。

　　这篇短小的评论最大的优点，是同时写出朋友一部作品的两面——优点和缺点。在老舍笔下，优点不是吹捧，缺点不是贬损，读后能使朋友愉悦，令读者信服。

　　饶有兴味的是，在正式进入评价作品之前，老舍先点出巴金的外貌——他在评《电》前，毫无顾忌（正因为是朋友，是兄）地写出自己在读巴金作品前，会"想"到他一定是个"漂亮的人"，但结果是

"他的文字的魅力在他身上是找不到的"，"他那敦厚的样子与他文字风格好象中间隔着一层打不通的墙壁"，但他却写出了那么理想和漂亮的故事！在老舍看来，巴金的近视眼是"仿佛向内看着他的心"，所以他要把心里的理想都写出来。在老舍看来，巴金的心是透明的（原话是"内心净炼"），所以他写的人物，都"顺着他画好的白道上走"，"个个人都是透明的"。这是很高的评价，笔者认为，这同时也是对巴金这个"人"的评价。因为作家自己透明，他写出来的人物也透明，透明到简单可爱，令老舍说这些人物是"理想"。

巴金在《电》的序言中，说自己要表现性格；而老舍认为巴金没有做到，因为小说中的人物心中都被理想"牵系"着，到了没有"自己"的地步。他们都不怕死，都愿为理想牺牲；这样写下来，是不用多管"个性"的。小说中的男男女女，甚至怕因恋爱耽误了更重要的工作而不敢谈恋爱！所以小说中的人物，包括小说整体，就脱离了"才子佳人"的老套，人物成了"另一种"才子佳人。笔者个人理解，这并不是"批评"，而是一种肯定。因为老舍紧接着提出的《电》中重要的女角色佩珠，"简直不是个女人，而是个小天使"；"她有了一切，只剩一死"。小说中其他人物，也是很重事业的；巴金是在把自己笔下的人物"一齐送到理想的目的地去。"

前面笔者提到，老舍这篇文论的优点（至少是"之一"）在于"论"出小说的两面——优点和缺点。缺点在于读者只能从小说中看到"高尚的希翼，而得不到实际的教训与指导"。笔者个人认为，谈到《电》的缺点，真正做到了知无不言，言无不尽，言简意赅，随笔写来，发人深省。

在文字方面，老舍评价颇高："非常的利飕，清锐可喜"；他认为巴金的作品，透明到"象块水晶"；巴金用笔简敛，点到就完，而不拖泥带水，"没有恣肆的地方"。老舍只此一笔，也不全是赞美，他又看到了两面，那就是"得到了完整，可是同时也失去了不少的感力"。

在文论篇末，老舍又回到了巴金的外貌与内心：他看到巴金的外貌——粗短的身材、结实沉重，但有颗"极玲珑的浪漫的心"。在老舍看来，这是因为巴金的内心，"另开辟"了一个"热烈的，简单的，有一道电光的"世界；为此，巴金作品的"不自然"与"美好"，都因为这样。

我们当前多么需要这样粗小精炼，没有"理论气"的文学批评啊！

附：

# 读巴金的《电》

巴金兄——无论如何，这个"兄"是不能减去的，他确是我的朋友；我希望我的意见不被这个"兄"给左右了——是个可爱的人。他坦直忠诚，脸上如是，心中也如是。我只会过他四五次，可是头一次见面就使我爱他。他的官话，要是叫我给打分数，大概过不去六十分。他匆匆忙忙的说，有时候我听不明白他的话，可是我老明白他话中夹着的笑；他的笑是那么亲热，大概无论谁也能觉到他那没能用话来表现清楚的一些热力，他的笑打入你的心里。

设若我没见过他，而只读了他的作品，我定会想到他是个漂亮的人。不，他的文字的魅力在他的身上是找不到的。他那敦厚的样子与他的文字风格好象中间隔着一层打不通的墙壁。可是，在事实上，他确是写了那些理想的漂亮故事。对了，我捉住他了，理想，他是个理想者。他那对近视眼仿佛向内看着他的心，外面的刺激都在他心内净炼过，而后他不惜用全力顺着他的理想来表现。他的人物——至少是在《电》里——简直全顺着他画好的白道上走，他差不多不用旁衬的笔法，以小动作揭显特性，他一直的写来，个个人都是透明的。他也少用个人的心理冲突来增高写实的色彩，他的人物即使有心理的冲突，也被理想给胜过，而不准不为理想而牺牲。因此，这篇不甚长的东西——《电》——象水晶一般的明透，而显着太明透了。这里的青年男女太简单了，太可爱了，可是毛病都坏在这个"太"上。这篇作品没有阴影，没有深浅，除了说它是个理想，简直没法子形容它。他的笔不弱，透明到底；可是，我真希望他再让步一些，把雪里换上点泥！他的一致使我不敢深信他的人物了，虽然我希望真有这么洁白的一群天使。

他说——在序言里——要表现性格。这个，他没作到。他把一个理想放在人物们心里，大家都被这个理想牵系着；已经没有了自己，怎能充分的展示个性呢？他不许他们任意的活动。他们都不怕死，都愿为理想而牺牲；他不是写个人的生活，而是讲大家怎样的一致。他写的是结果，自然用不着多管个性。恋爱，在这群可钦佩的男女心中，是可怕的；怕因恋爱而耽误了更重要的工作。真的，这使此书脱离开才子佳人的旧套；可是在理想上还是完成才子佳人们，不过这是另一种才子佳人罢了。

最重要的角色，佩珠，简直不是个女人，而是个天使；我真希望有这样的女子！可是哪儿去找呢？她有了一切，只剩一死。别的角色虽然比她差着些，可也都好得象理想中人物那么好。他们性格与事业的关系，使他们有了差别，可是此书的趣味不在写这些差别；假如他注意到此点，这本书必会长出两倍，而成了个活的小世界。他没这么办。一气呵成，他把角色们一齐送到理想的目的地去。他显着有点匆忙。

是呀，他并没敢忘了这群男女在工作上遇到困难，可是这些困难适足以完成他们个人的光荣与死。那些困难与阻力完全没有说明，好象只为预备这么点东西，好反衬出他们是多么纯洁。读者对于黑暗方面只看到一个黑影，不能看到黑影里藏着多少东西，和什么东西。我们从这篇东西只得到高尚的希冀，而得不到实际的教训与指导。这个，据我看，是个缺点，可是也许作者明知这是个缺点。而没法不这样办；他不愿再增多书中的黑点。

在文字方面，作者的笔下非常的利飕，清锐可喜。这个风格更使这篇东西透明，象块水晶。他不大段的描写风景，也不大段的描写人物；处处显着匀调，因为他老用敛笔，点到就完，不拖泥带水。这个使巴金兄的充满浪漫气味的作品带着点古典主义的整洁完美。他把大事与小事全那样简洁的叙出，不被大事把他扯了下去：所以他这篇——连附着的那篇《雷》——没有恣肆的地方。他得到了完整，可是同时也失去了不少的感力。

假如上面的话都正确，我似乎更明白了巴金兄一些。他的忠厚的面貌与粗短的身体是那么结实沉重，而在里面有颗极玲珑的浪漫的心。在创造的时节，大概他忘了一切，在心中另开辟了一个热烈的，简单的，有一道电光的，世界。这世界不是实在经验与印象的写画，而是经验与印象的放大，在放大的时候极细心的"修版"，希望成为一个有艺术价值的作品。它的不自然，与它的美好，都因为这个。

# 一位对老舍"影响"和"印象"
# 都最深的外国作家

## ——解读《一个近代最伟大的境界与
## 人格的创造者》

被老舍称道并有好评，又受过影响的外国作家不止一人（仅在他的文论中即如此），但提升到"最伟大"的，只有约瑟·康拉德一位。（文论中老舍书写为"康拉德"）。

老舍之所以将康拉德引为"我最爱的作家"，笔者认为：一是因康拉德"严重热烈"；二是康拉德与海分不开；三是康拉德的写实有自己写实的道德标准与人生哲理；四是康拉德是一位为艺术拼命的人；五是康拉德是一位最会说故事的人；六是康拉德能把神秘而浪漫的风"吹"到写实里；七是康拉德笔下的景物都是"有感情"的。下面，让我们开始解读。

一开始，老舍就将康拉德评价为一位"怪杰"，笔者理解这是褒而不是贬，要把他的特色——亦即与众不同，加以突出，也就是上述的七个方向。

一看"严重热烈"。这是指康拉德的文字，从文字谈起，也是老舍与众不同的。怎样严重热烈呢？那就是他要字字推敲，句句思索，写了再改，改到还不满意的时候甚至会"绝望"。康拉德从不将写作当作一种游戏，他要"借着文字的力量，使你听到，使你觉到——首要的是使你看到"。解读到这里，我们终于明白了："严重热烈"已超出了文字本身，材料和结构，都在其中，严重热烈到了自己是"殉了艺术"，他就是这样累死的！至于有的"文法家"和"修辞家"批评过他的许多"错误"，但老舍认为那都不足以遮掩他的伟大。由于康拉德本来是个波兰人、英国人如果从文法与结构上来取笑他，只会暴露出自己的"藐小"！

二看康拉德的与海分不开。他本人就是位船员船长，又是位海上的诗人，对海有着长期的细心的观察。用老舍的话说，康拉德对海上星星的列岛，"从飘浮着一个枯枝，到那无限的大洋，他提取出他的世界，而给予一些浪漫的精气，使现实的一切都立起来，呼吸着海上的空气"。康拉德像他的小说《漂泊者》中的人物，将从海上劫取到的金钱偷偷地缝在自己的帆布背心里一样，将海上的"一切"偷来装在自己的心里！这是画龙点睛之笔！他将自己在海上品味到的点点滴滴，包括奇闻怪事，都逼真地写进作品中，"他的写实手段有时候近于残酷"。但康拉德不是个冷酷的观察者，而是"有自己的道德标准与人生哲理"。他对海以及自己所写的一切，不但"描写"，还要"解释"。老舍从康拉德和他的作品中，得到的教训是："美是艰苦的"，"诗是情感的自然流露"。而一个波兰人用英文写作的困难，以及他的成就，使老舍进一步深悟了什么是"严重热烈"。

这样，老舍已经把"三看"——即他的写实是有自己的道德标准和人生哲理，局部地写出来了。老舍认为，康拉德虽然不是个大思想家（用老舍的原话说，是"不敢"这样说），而且他也不是个"寓言家"，先有了哲理再去寻找写与这哲理"平行"的故事材料，而是心中先有了"故事"和"经验"，才去下"结论"——虽然这结论可能是错的，但他的故事总是能鲜活地"立"在读者面前，让读者去想象，去丰富我们自己和他人的经验；这"经验"，包括精神的，还有物质的。

至于"四看"——康拉德是个"为艺术拼命的"人，几乎不用太多地论说了；老舍自己也是个为艺术拼命的人！两位大作家的所"写"与所"为"，都是在为艺术拼命，不同的只是一位拼命"拼"得将自己"累"死，一位是"拼"得走向了太平湖底！为此，一位（或两位）伟大境界与人格的创造者，虽然早已先后离我们而去，但那境界与人格是永存的：这是多少篇文论和解读都说不完、道不尽的！读了这篇文论，我们要呼唤更多为艺术拼命的人，但不能让他们累死，更不能眼看着他们沉于任何一个湖底。我们要呼唤的是活生生地为艺术拼命的作家！

"五看"康拉德是个会讲故事的人。老舍非常关注康拉德作品的结构方法——非但关注，简直是迷住了！老舍以自己的长篇小说《二马》为例，举出倒叙的结构方法。这种倒叙，显然是刻意为之的，是将作品中的每个细节都早早想好。老舍认为，这种结构方法在康拉德那里，有时难免"显得破碎"，但不会使自己陷在事前设计好的"迷阵"里。这种结构方法，是很要艺术功力的，不是一般的刻意设计就能达到的。这样的说故事，往往能给自己的创作带来一种传奇的色彩。郑西谛就说过老舍的短篇小说很有传奇气味，为此老舍承认：如果真是如此，他"将永忘不了康拉德的恩惠"！但紧接着他又说到，自己并没有长期被这种方法迷住，而且康拉德的伟大，也不是寄托在这种方法上。他看出来康拉德惯用的结构方法有两个：一个是传统的老方法，即创作中的故事叙述人物把自己放在里面；另一个是将故事的进行程序"割裂"即忽前忽后地叙说，这样会加强故事的曲折性，也能使故事有些神秘的色彩；但老舍同时又指出，康拉德的"直述"也是很有力的。他甚至在想，康拉德是在电影中获得了许多新的描写的方法，在描写海上的风暴中船员用尽力量要保住性命时，作家会适时地写出他们的妻子儿女，"他毫不费力的，轻松的，引出读者的泪"！无论是写人写景，康拉德的描写能力是"惊人"的。写人，他写出了东方人与白种人没有公平的待遇；写景，他把人与环境打成一片，很注意写出神秘气味。写人，他要写出海员的道德使他们如何成为英雄；写景，他要写出景的灵魂。总之，他要把浪漫的气息"吹"入写实中去，这样的人和景，怎能不是带着感情的呢?!

这样，康拉德的"六看"与"七看"，也都和"五看"水乳交融在一起了。

在老舍对康拉德的"三看"中，他佩服康拉德作品中的人生哲理；事实上，老舍对康拉德的这一"看"，无形中也"坦露"了自己的哲理。那就是他对康拉德作品"结局"的透析，康拉德于无声中看出了"Nothing"——什么都没有！这是于无声中看出有声，是杰出的艺术家之间自然的精神相通。他评价康拉德是一位从航员而"变"为哲学家的人，但如果老舍本人不懂哲理，他"看"不到这个"什么都没有"，也看不到康拉德为什么会爱海，爱冒险，明知困难有多少但不退缩，包括对作品中的"失败"者，康拉德和他的人物一起不退缩。老舍于七"看"之外，最后还看出了这伟大——虽然康拉德可能并没有特别伟大的思想，也更不会去教训人，但他作品的中心情调，可能这情调的"主音"是虚幻，但作品中不乏纯洁高尚的人物，却取得了海阔天空的胜利，这就是"nothing"！这就是康拉德为什么能成就为近代最伟大的境界与人格的创造者。

康拉德对老舍的影响远不止于思想上和创作上的，还有实际行动上的。在这篇文论中，老舍明确承认自己"因着他的影响我才想到南洋去"。他使自己（老舍）闭上眼睛都能"看见"那风暴中的船，看得见南洋各色各样的人，甚至能闻到那咸的海和海上飘来的花香。虽然海并不是老舍的"爱人"，由于故土的原因，他更爱山，但他渴望亲眼看到康拉德所写的人、事、生活，所以自己才去了南洋。老舍别无选择，因为康拉德是"海王"！

这篇文论结尾处，老舍没有忘记写出康拉德一点"小小的毛病"，那就是出于康拉德的"严重热烈"（这无疑主要是个优点），也带来了弊病，那就是因为作家太热衷于"给予艺术的刺激"，而不惜用尽方法去创作出境界与效力，从而有时会"利用那些人为的不自然的手段"，那就是在人物争斗得最紧张时利用电闪，象电影中的"助成恐怖"，只有这一点"小小的毛病"。

在结束这篇"解读"前，笔者还想作一点短小的"补遗"。除了这篇《一个近代最伟大的境界与人格的创造者》集中而高度评价了康拉德以外，老舍在其他文字中，还多处提到康拉德对自己的影响和印象。限于篇幅，这里只举一二。仅以短篇小说为例。老舍在30年代就对康拉德小说中成功运用电影手法极度称羡。他认为在描写上，康拉德从电影中得到了许多新方法，这些方法是可喜的。老舍在《"火车"》中，有不少片断就是学了康拉德用电影镜头的迅速切换来表现列车的动感以及车上人急切焦躁的心情，同时用短语描写火车上"火"的燃烧。他认为这种描写能"使读者也身入其境的去感觉；读者由旁观者变成故事中的人物了。"再看短篇小说《哀启》，写到大利被撕票，老冯的眼前一刹那只有一片红，"他看不见路，看不见人"。这些，都是经过加工处理的电影蒙太奇画面的转换组合。这些，也都是老舍在《一个近代最伟大的境界与人格的创造者》中所认可的。老舍自认他之所以能成为一个"好的说故事者"，将永远忘不了康拉德的"恩惠"。这样的佐证，还能找出许多。这些

都使我们当前的读者，想到黑格尔的话："于无足轻重的东西之中见出最高度的深刻意义"。(见黑格尔：《美学》第二卷)

**附：**

# 一个近代最伟大的境界与人格的创造者

—— 我最爱的作家——康拉得

对约瑟·康拉得（Joseph Conrad 一八五七——一九二四年）的个人历史，我知道的不多，也就不想多说什么。圣佩韦的方法——要明白一本作品须先明白那个著者——在这里是不便利用的；我根本不想批评这近代小说界中的怪杰。我只是要就我所知道的，不完全的，几乎是随便的，把他介绍一下罢了。

谁都知道，康拉得是个波兰人，原名 Feodor Josef Conrad Korzeniowski；当十六岁的时候才仅晓得六个英国字；在写过 Lord Jim（一九〇〇）以后还不懂得 cad 这个字的意思（我记得仿佛是 Arnold Bennett 这么说过）。可是他竟自给乔叟，莎士比亚，狄更斯们的国家增加许多不朽的著作。这岂止是件不容易的事呢！从他的文字里，我们也看得出，他对于创作是多么严重热烈，字字要推敲，句句要思索；写了再改，改了还不满意；有时候甚至于绝望。他不拿写作当种游戏。"我所要成就的工作是，借着文字的力量，使你听到，使你觉到——首要的是使你看到。"是的，他的材料都在他的经验中，但是从他的作品的结构中可以窥见：他是把材料翻过来掉过去的布置排列，一切都在他的心中，而一切需要整理染制，使它们成为艺术的形式。他差不多是殉了艺术，就是这么累死的。文字上的困难使他不能不严重，不感觉艰难，可是严重到底胜过了艰难。虽然文法家与修辞家还能指出他的许多错误来，但是那些错误，即使是无可原谅的，也不足以掩遮住他的伟大。英国人若是只拿他在文法上与句子结构上的错误来取笑他，那只是英国人的藐小。他无须请求他们原谅，他应得的是感谢。

他是个海船上的船员船长，这也是大家都知道的。这个决定了他的作品内容。海与康拉得是分不开的。我们很可以想象到：这位海上的诗人，到处详细的观察，而后把所观察的集成多少组，象海上星星的列岛。从飘浮着一个枯枝，到那无限的大洋，他提取出他的世界，而给予一些浪漫的精气，使现实的一切都立起来，呼吸着海上的空气。Peyrol 在 The Rover 里，把从海上劫取的金钱偷偷缝在帆布的背心里；康拉得把海上的一切偷来，装在心里。也正象 Peyrol，海陆上所能发生的奇事都不足以使他惊异；他不慌不忙的，细细品味所见到听到的奇闻怪事，而后极冷静的把它们逼真的描写下来；他的写实手段有时候近于残酷。可是他不只是个冷酷的观察者，他有自己的道德标准与人生哲理，在写实的背景后有个生命的解释与对于海上一切的认识。他不仅描写，他也解释；要不然，有过航海经验的固不止他一个人呀。

关于他的个人历史，我只想提出上面这两点；这都给我们一些教训："美是艰苦的"，与"诗是情感的自然流露"，常常在文学的主张上碰了头，而不愿退让。前者作到极端便把文学变成文学的推敲，而忽略了更大的企图；后者作到极端便信笔一挥即成文章，即使显出点聪明，也是华而不实的。在我们的文学遗产里，八股匠与所谓的才子便是这二者的好例证。在白话文学兴起以后，正有点象西欧的浪漫运动，一方面打破了文艺的义法与拘束，自然便在另一方面提倡灵感与情感的自然流露。这个，使浪漫运动产生了伟大的作品，也产生了随生转灭，毫无价值的作品。我们的白话文学运动显然的也吃着这个亏，大家觉得创作容易，因而就不慎重，假如不是不想努力。白话的运用在我们手里，不象文言那样准确，处处有轨可循；它还是个待炼制的东西。虽然我们用白话没有象一个波兰人用英文那么多的困难，可是我们应当，应当知道怎样的小心与努力。这个，就是我爱康拉得的一个原因；他使我明白了什么叫严重。每逢我读他的作品，我总好象看见了他，一个受着苦刑的诗人，和艺术拼命！至于材料方面，我在佩服他的时候感到自己的空虚；想象只是一股火力，经验——象金子——须是先搜集来的。无疑的，康拉得是个最有本事的说故事者。可是他似乎不敢离开海与海的势力圈。他也曾写过不完全以海为背景的故事，他的艺术在此等故事中也许更精到。可是他的名誉到底不建筑在这样的故事上。一遇到海和在南洋的冒险，他便没有敌手。我不敢说康拉得是个大思想家；他绝不是那种寓言家，先有了要宣传的哲理，而后去找与这哲理平行的故事。他是由故事，由他的记忆中的经验，找到一个结论。这结论也许是错误的，可是他的故事永远活跃的立在我们面前。于此，我们知道怎样培养我们自己的想象，怎样先去丰富我们自己的经验，而后以我们的作品来丰富别人的经验，精神的和物质的。

关于他的作品，我没都读过；就是所知道的八九本也都记不甚清了，因为那都是在七八年前读的。对于别人的著作，我也是随读随忘；但忘记的程度是不同的，我记得康拉得的人物与境地比别的作家的都多一些，都比较的清楚一些。他不但使我闭上眼就看见那在风暴里的船，与南洋各色各样的人，而且因着他的影响我才想到南洋去。他的笔上魔术使我渴想闻到那咸的海，与从海岛上浮来的花香；使我渴想亲眼看到他所写的一切。别人的小说没能使我这样。我并不想去冒险，海也不是我的爱人——我更爱山——我的梦想是一种传染，由康拉得得来的。我真的到了南洋，可是，啊！我写出了什么呢?！失望使我加倍的佩服了那《台风》与《海的镜》的作家。我看到了他所写的一部分，证明了些他的正确与逼真，可是他不准我摹仿；他是海王！

可是康拉得在把我送到南洋以前，我已经想从这位诗人偷学一些招数。在我写《二马》以前，我读了他几篇小说。他的结构方法迷惑住了我。我也想试用他的方法。这在《二马》里留下一点——只是那么一点——痕迹。我把故事的尾巴摆在第一页，而后倒退着叙说。我只学了这么一点；在倒退着叙述的部分里，我没敢再试用那忽前忽后的办法。到现在，我看出他的方法并不是顶聪明的，也不再想学他。可是在《二马》里所试学的那一点，并非没有益处。康拉得使我明白了怎样先看到最后的一页，而后再动笔写最前的一页。在他自己的作品里，我们看到：每一个小小的细节都似乎是在事前准备好，所以他的叙述法虽然显着破碎，可是他不至陷在自己所设的迷阵里。我虽然不愿说这是个有效的方法，可是也不能不承认这种预备的工夫足以使作者对故事的全体能准确的把握住，不至于把力量全用在开首，而后半落了空。自然，我没能完全把这个方法放在纸上，可是我总不肯忘记它，因而也就老忘不了康拉得。

郑西谛说我的短篇每每有传奇的气味！无论题材如何，总设法把它写成个"故事"。这个话——无论他是警告我，还是夸奖我——我以为是正确的。在这一点上，还是因为我老忘不了康拉得——最会说故事的人。说真的，我不信自己在文艺创作上有个伟大的将来；至好也不过能成个下得去的故事制造者。就是连这点希冀也还只是个希冀。不过，假设这能成为事实呢，我将永忘不了康拉得的恩惠。

刚才提到康拉得的方法，那么就再接着说一点吧。

现在我已不再被康拉得的方法迷惑着。他的方法有一时的诱惑力，正如它使人有时候觉得迷乱。它的方法不过能帮助他给他的作品一些特别的味道，或者在描写心理时能增加一些恍忽迷离的现象，此外并没有多少好处，而且有时候是费力不讨好的。康拉得的伟大不寄在他那点方法上。

他在结构上惯使两个方法：第一个是按着古代说故事的老法子，故事是由口中说出的。但是在用这个方法的时候，他使一个 Marlow，或一个 Davidson 述说，可也把他自己放在里面。据我看，他满可以去掉一个，而专由一人负述说的责任；因为两个人或两个人以上述说一个故事，述说者还得互相形容，并与故事无关，而破坏了故事的完整。况且象在 Victory 里面，述说者 Davidson 有时不见了，而"我"——作者——也没一步不离的跟随着故事中的人物，于是只好改为直接的描写了。其实，这个故事颇可以通体用直接的描写法，"我"与 Davidson 都没有多少用处。因为用这个方法，他常常去绕弯，这是不合算的。第二个方法是他将故事的进行程序割裂，而忽前忽后的叙说。他往往先提出一个人或一件事，而后退回去解析他或它为何是这样的远因；然后再回来继续着第一次提出的人与事叙说，然后又绕回去。因此，他的故事可以由尾而头，或由中间而首尾的叙述。这个办法加重了故事的曲折，在相当的程度上也能给一些神秘的色彩。可是这样写成的故事也未必一定比由头至尾直着叙述的更有力量。象 Youth 和 Typhoon 那样的直述也还是极有力量的。

在描写上，我常常怀疑康拉得是否从电影中得到许多新的方法。不管是否如此吧，他这种描写方法是可喜的。他的景物变动得很快，如电影那样的变换。在风暴中的船手用尽力量想从风浪中保住性命时；忽然康拉得的笔画出他们的家来，他们的妻室子女，他们在陆地上的情形。这样，一方面缓和了故事的紧张，使读者缓一口气；另一方面，他毫不费力的，轻松的，引出读者的泪——这群流氓似的海狗也是人哪！他们不是只在水上漂流的一群没人关心的灵魂啊。他用这个方法，把海与陆联上，把一个人的老年与青春联上，世界与生命都成了整的。时间与空间的距离在他的笔下任意的被戏耍着。

这便更象电影了："掌舵的把桨插入水中，以硬臂用力的摇，身子前俯。水高声的碎叫；忽然那长直岸好象转了轴，树木转了个圆圈，落日的斜光象火闪照到木船的一边，把摇船的人们的细长而破散的影儿投在河上各色光浪上。那个白人转过来，向前看。船已改了方向，和河身成了直角，船头上雕刻的龙首现在正对着岸上短丛的一个缺口。"（The Lagoon）其实呢，河岸并没有动，树木也没有动，是人把船换了方向，而觉得河身与树木都转了。这个感觉只有船上的人能感到，可是就这么写出来，使读者也身入其境的去感觉；读者由旁观者变为故事中的人物了。

无论对人物对风景，康拉得的描写能力是惊人的。他的人物，正象南洋的码头，是民族的展览会。他有东方与西方的各样人物，而且不仅仅描写了他们的面貌与服装，也把他们的志愿，习惯，道德……都写出来。自然，他的欧洲人被船与南洋给限制住，他的东方人也因与白人对照而没完全得到公平的待遇。可是在他的经验范围里，他是无敌的；而且无论如何也比 Kipling 少着一点成见。

对于景物，他的严重的态度使他不仅描写，而时时加以解释。这个解释使他把人与环境打成了一片，而显出些神秘气味。就我所知道的，他的白人大概可以分为两类：成功的与失败的。所谓成功，并不是财富或事业上的，而是由责任心上所起的勇敢与沉毅。他们都不是出奇的人才，没有超人的智慧，他们可是至死不放松他们的责任。他们敢和台风怒海抵抗，敢始终不离开要沉落的船，海员的道德使他们成为英雄，而大自然的残酷行为也就对他们无可如何了。他们都认识那"好而壮的海，苦咸的海。能向你耳语，能向你吼叫，能把你打得不能呼吸"。可是他们不怕。Beard 船长，Mao Whirr 船长，Allistoun 船长，都是这样的人。有这样的人，才能与海相平衡。他的景物都有灵魂，因为它们是与英雄们为友或为敌的。Beard 船长到船已烧起，不能不离开的时候才恋恋不舍的下了船，所以船的烧起来是这样的：

> 在天地黑暗之间，她（船）在被血红火舌的游戏射成的一圈紫海上猛烈的烧着；在闪耀而不祥的一圈水上。一高而清亮的火苗，一极大而孤寂的火苗，从海上升起，黑烟在尖顶上继续的向天上灌注。她狂烈的烧着；悲哀而壮观象夜间烧起的葬火，四面是水，星星在上面看着。一个庄严的死来到，象给这只老船的奔忙的末日一个恩宠，一个礼物，一个报酬。把她的疲倦了的灵魂交托给星与海去看管，其动心正如看一光荣的凯旋。桅杆倒下来正在天亮之前，一刻中火星乱飞，好似给忍耐而静观的夜充满了飞火，那在海上静卧的大夜。在晨光中她仅剩了焦的空壳，带着一堆有亮的煤，还冒着烟浮动。

类似这样的文字还能找到许多，不过有此一段已足略微窥见他怎样把浪漫的气息吹入写实里面去。他不能不这样，这被焚的老船并非独自在那里烧着，她的船员们都在远处看着呢。康拉得的景物多是带着感情的。

在那些失败者的四围，景物的力量更为显明："在康拉得，哈代，和多数以景物为主体的写家，'自然'是画中的恶人。"是的，他手中那些白人，经商的，投机的，冒险的，差不多一经失败，便无法逃出——简直可以这么说吧——"自然"给予的病态。山川的精灵似乎捉着了他们，把他们象草似的腐在那里。Victory 里的主角 Heyst 是"群岛的漂流者，嗜爱静寂，好几年了他满意的得到。那些岛们是很安静。它们星列着，穿着木叶的深色衣裳，在银与翠蓝的大静默里；那里，海不发一声，与天相接，成个有魔力的静寂之圈。一种含笑的睡意包覆着它们；人们就是出声也是温软而低敛的，好象怕破坏了什么护身的神咒。"Heyst 永远没有逃出这个静寂的魔咒，结果是落了个必不可免的"空虚"（nothing）。

Nothing，常常成为康拉得的故事的结局。不管人有多么大的志愿与生力，不管行为好坏，一旦走入这个魔咒的势力圈中，便很难逃出。在这种故事中，康拉得是由个航员而变为哲学家。那些成功的人物多半是他自己的写照，爱海，爱冒险，知道困难在前而不退缩。意志与纪律有时也可以胜天。反之，对这些失败的人物，他好象是看到或听到他们的历史，而点首微笑的叹息："你们胜过不了所在的地方。"他并没有什么伟大的思想，也没想去教训人；他写的是一种情调，这情调的主音是虚幻。他的人物不尽是被环境锁住而不得不堕落的，他们有的很纯洁很高尚；可是即使这样，他们的胜利还是海阔天空的胜利，nothing。

由这两种人——成功的与失败的——的描写中，我们看到康拉得的两方面：一方面是白人的冒险精神与责任心，一方面是东方与西方相遇的由志愿而转入梦幻。在这两方面，"自然"都占据了重要的地位，他的景物也是人。他的伟大不在乎他认识这种人与景物的关系，而是在对这种关系中诗意的感得，与有力的表现。真的，假如他的感觉不是那么精微，假如他的表现不是那么有力，恐怕他的虚幻的神秘的世界只是些浮浅的伤感而已。他的严重不许他浮浅。象 The Nigger of the "Narcissus" 那样的材料，假若放在 W. W. Jacobs 手里，那将成为何等可笑的事呢。可是康拉得保持着他的严重，他会使那个假装病的黑水手由恐怖而真的死去。

可是这个严重态度也有它的弊病：因为太热心给予艺术的刺激，

他不惜用尽方法去创作出境界与效力，于是有时候他利用那些人为的不自然的手段。我记得，他常常在人物争斗极紧张的时节利用电闪，象电影中的助成恐怖。自然，除去这小小的毛病，他无疑的是近代最伟大的境界与人格的创造者。

# 又一篇谈幽默的短文

## ——解读《"幽默"的危险》

都知道老舍是位幽默大师，也就可以理解他为何一而再、再而三地在自己的文论中来说幽默。

但这篇《"幽默"的危险》，之所以要在幽默两字上特别打上一个引号，自有他良苦的用心。这篇文论很短（短于他谈幽默的另几篇文论），目的就在突出其"危险"。危险在什么时候发生？危险在革命的时期。至于幽默者自身，当然也有危险，那就是他们只会悲观。老舍在此再谈幽默，与其他几篇相关的文论比起来，特点在于文字本身更幽默，但在这幽默的文字中，却寄寓了郑重和严肃。

文论一开篇，就很幽默地写下，他在这里所说的"危险"，并不是"祸国殃民"的那一套。其实不然，在革命时期去舞弄幽默，不但"祸国殃民"，而且要祸及谈幽默、用幽默者自身！这还不危险吗？相当危险！

老舍认为，幽默的人，会"郑重地"去思索，但不会"郑重地"写出来，所以他们只能写实而不能浪漫。但是，浪漫的人只会悲观，有时也会乐观；而幽默的人，是只会悲观的。笔者认为，所谓的幽默大师老舍，笑，只是他的外壳，而他毕生的精神和艺术之魂，实在是悲剧和悲剧美；他把笑声给了别人，而将悲苦留给了自己。为此，他在《"幽默"的危险》这篇文论中，含意深刻地写下："幽默的人只会悲观：因为他最后的领悟是人生的矛盾——想用七尺之躯，战胜一切，结果却是躺在不很体面的木匣里。""他真爱人爱物，可是人生这笔大账，他算得也特别清楚。笑吧，明天你死。"这难道不是老舍"危险"的自我写照吗?! 在他离世的三十年前，他似乎已经在预言这种"危险"，预言别人的以及自己的"危险"，预言那"革命"时期的危险。

但他在写这篇文论时，还幽默到天真的程度，引出文艺复兴时期法国著名作家拉伯雷，强调了他的"顽皮"和"不会扯谎"；当自己惹起了教会的厌恶而要架火烧死他的时候说：不用再添火了，我已经够热的了！老舍从拉伯雷等人的言语和事迹中，看出了他们（其实也包括了他自己）的"悲观"、"顽皮"、"诚实"、"能容让人"，就是在自己的作品中，也不肯"赶尽杀绝"。他们看清了"革命"是怎么回事，但依然故我。

这难道不危险吗?!

这篇短小的文论，难道不是虽短而不"小"吗?!

**附：**

# "幽默"的危险

这里所说的危险，不是"幽默"足以祸国殃民的那一套。

最容易利用的幽默技巧是摆弄文字，"岂有此埋"代替了"岂有此理"，"莫名其妙"会变成了"莫名其土地堂"；还有什么故意把字用在错地方，或有趣的写个白字，或将成语颠倒过来用，或把诗句改换上一两个字，或巧弄双关语……都是想在文字里找出缝子，使人开开心，露露自家的聪明。这种手段并不怎么大逆不道，不过它显然的是专在字面上用工夫，所以往往有些油腔滑调；而油腔滑调正是一般人所谓的"幽默"，也就是正人君子所以为理当诛伐的。这个，可也不是这里所要说的。

假若"幽默"也会有等级的话，摆弄文字是初级的，浮浅的；它的确抓到了引人发笑的方法，可是工夫都放在调动文字上，并没有更深的意义，油腔滑调乃必不可免。这种方法若使得巧妙一些，便可以把很不好开口说的事说得文雅一些，"雀入大水化为蛤"一变成"雀入大蛤化为水"仿佛就在一群老翰林面前也大可以讲讲的。虽然这种办法不永远与狎亵相通，可是要把狎亵弄成雅俗共赏，这的确是个好方法。这就该说到狎亵了：我们花钱去听相声，去听小曲；我们当正经话已说完而不便都正襟危坐的时候，不知怎么便说起不大好意思的笑话来了。相声，小曲，和不大好意思的笑话，都是整批的贩卖狎亵，而大家也觉得"幽默"了一下。在幽默的文艺里，如 Aristophanes，如 Rabelais，如 Boccaccio，都大大方方的写出后人得用××印出来的事儿。据批评家看呢，有的以为这种粗莽爽利的写法适足以表示出写家的大方不拘，无论怎样也比那扭扭捏捏的暗示强，暗透消息是最不健康的。（或者《西厢记》与《红楼梦》比《金瓶梅》更能害人吧?）有的可就说，这种粗糙的东西，也该划入低级幽默，实无足取。这个，且当个悬案放在这里，它有无危险，是高是低，随它去吧；这又不是这里所要说的。

来到正文。我所要说的，是我自己体验出的一点道理：

幽默的人，据说，会郑重的去思索，而不会郑重的写出来；他老要嘻嘻哈哈。假若这是真的，幽默写家便只能写实，而不能浪漫。不能浪漫，在这高谈意识正确，与希望革命一下子就成功的时期，便颇糟心。那意识正确的战士，因为希望革命一下子成功，会把英雄真写成个英雄，从里到外都白热化，一点也不含糊，象块精金。一个幽默的人，反之，从整部人类史中，从全世界上，找不出这么块精金来；他若看见一位战士为督战而踢了同志两脚，似乎便有点可笑；一笑可就泄了气。幽默真是要不得的！

　　浪漫的人会悲观，也会乐观；幽默的人只会悲观，因为他最后的领悟是人生的矛盾——想用七尺之躯，战胜一切，结果却只躺在不很体面的木匣里，象颗大谷粒似的埋在地下。他真爱人爱物，可是人生这笔大账，他算得也特别清楚。笑吧，明天你死。于是，他有点象小孩似的，明知顽皮就得挨打，可是还不能不顽皮。因此，他有时候可爱，有时候讨人嫌；在革命期间，他总是讨人嫌的，以至被正人君子与战士视如眼中钉，非砍了头不解气。多么危险。

　　顽皮，他可是不会扯谎。他怎么笑别人也怎么笑自己。Rabelais，当惹起教会的厌恶而想架火烧死他的时候，说：不用再添火了，我已经够热的了。他爱生命，不肯以身殉道，也就这么不折不扣的说出来。周作人（知堂）先生的博学，谁不知道呢，可是在《秉烛谈序言》中，他说："今日翻看唱经堂杜诗解——说也惭愧，我不曾读过全唐诗，唐人专集在书架上是有数十部，却都没有好好的看过，所有一点知识只出于选本，而且又不是什么好本子，实在无非是《唐诗三百首》之类，唱经之不登大雅之堂，更不用说了，但这正是事实……"在周先生的文章里，象这样的坦白陈述，还有许许多多。一个有幽默之感的人总扭不过去"这是事实"，他不会鼓着腮充胖子。大概是那位鬼气森森的爱兰·坡吧，专爱引证些拉丁或法文的句子，其实他并没读过原书，而是看到别人引证，他便偷偷的拉过来，充充胖子。这并不是说，浪漫者都不诚实，不过他把自己一滴眼泪都视如珍宝，那么，假充胖子也许是不可免的，他唯恐泄了气。幽默的人呢，不，不这样，他不怕泄气，只求心中好过。这么一来，他可就被人视为小丑，永远欠着点严重，不懂得什么叫作激起革命情绪。危险。

他悲观，他顽皮，他诚实；哼，他还容让人呢，这就更糟。按说，一个文人应当老眼看六路，耳听八方，有个风声草动，立刻拔出笔来，才象那么一回子事。战斗的时候，还应当撒手就是一毒气弹，不容来将通名，就给打闷了气。人家只说了他写错一个字，他马上发现那个人的祖宗写过一万个错字，骂了祖宗，子孙只好去重修家谱，还不出话来。幽默的人呀，糟心，即使他没写错那个字，也不去辩驳；"谁没有个错儿呢?"他说。这一说可就泄了大家的劲，而文坛冷冷清清矣。他不但这样容让人，就是在作品之中也是不肯赶尽杀绝。他看清了革命是怎回事，但对于某战士的鼻孔朝天，总免不了发笑。他也看资本家该打倒，可是资本家的胡子若是好看，到底还是好看。这么一来，他便动了布尔乔亚的妇人之仁，而笔下未免留些情分。于是，他自己也就该被打倒，多么危险呢。

这就是我所看出来的一点点意思，对与不对都没关系。

# 最有资质和经历论说这个
# 问题的人是老舍

## ——解读《教育与文艺》

　　1929 年夏，老舍结束了在英国的教书生活，去巴黎，在法国、德国、意大利游历了三个月后又去新加坡。1930 年回国，于七月受聘于济南齐鲁大学，任文化学院文学教授兼国学研究所文学主任，讲授了"文学概论"、"近代文艺批评"、"小说作法"、"世界名著研究"等课。1934 年 7 月，老舍因本来想做职业作家而辞去齐鲁大学教职，但随即改变了决定，在这年的初秋又接受了山东大学文学院的邀请，去青岛任该校中国文学系教授，主讲了"欧洲文艺思潮"、"外国文学史"、"高级作文"等课程。直到 1936 年 7 月中旬辞去山东大学教职，开始了《骆驼祥子》的写作。算起来，老舍有整整六年的教龄，对教书育人积累了不少经验和心得，是很有条件来探讨教育与文艺诸多关系的一位大作家。

　　《教育与文艺》这篇文论虽短，但触及的要害问题却不少，难能可贵。

　　其一，文艺作家和教育家可以成为"最好的朋友"。作家要塑造人物，必须由社会、家庭、遗传、心理等方向去认识人，综合了许多人，才能写出想象中的这"一个"。而教育家，是由观察和分析才能提出教育的理论，也要对社会生活、教育对象的心理等因素有所了解，才能去教育更多的人。作家的成败在于他塑造人物的成败；教育家的成败，与人——他们朝夕相处的青年有更直接的关系，他们一旦失败，是要"毁"了许多人的！作家和教师虽然事业不同，但都以人为"对象"，"人"是他们的先生而不是他们的弟子，这个"共同点"决定了他们应该成为朋友，多多交流。

其二，作家和教师都最关心人类的幸福，为了事业，为了民族，都应携手并进。而在他们之间，也应该是有最亲切的关系，相互贡献关于人的知识，用老舍的原话说，"这种交换与互助无疑是极可宝贵的"。

其三，比起教师来，作家更大胆，因为他们比较"自由"；而教师则应比较慎重。他们，虽然前者容易因"自由"有时难免偏激，后者因"慎重"而难免脆弱。这样，就更应成为朋友，才能"迎上前去，不甘落伍"，才能获得最新的思想。

其四，教师，应该是教育家，应该成为"师之时者"，而不应该成为教书匠。所以，更应与文艺和文艺工作者成为朋友。而作家能和教师多往来，可以多知道一些生活中的困难，不至于以虚无的态度，创作出虚无的人和事，这对教师和作家都是有利的。

其五，老舍这篇文论写于 1938 年，所以他特别提出了在全民抗日战争中，作家与教师成为朋友，这友谊是更为可贵的。这时，老舍的眼睛一直瞄准着青年人。从理智上看，青年正应当多读些书，多一些知识和技能；但从感情上看，哪个有为的青年不想投笔从戎，战死沙场？这"一动一静，一热一冷，颇难调和。"而作家，更要用自己的作品去打动人。教师应当"按部就班"、"不动声色"，继续着自己培育人才的事业；而作家则要用作品去刺激人，感动人。其实，双方的目的，特别是在抗战时期，更是共同的。

其六，也是最后的，老舍提出，在神圣的"今天"，教育家应该多从文艺作品中去认识了解青年，而作家应该从教育上去想一些解决青年人苦闷的方法。怎样能使青年人的苦闷，不至于成为青年人的毁灭，这才是朋友双方共同的重大责任。

只有像老舍这样身兼作家和教师的人，才可以成为这样有理有据，有事实同时又能提出解决方法的人，才能写出这样的好文章。

**附：**

# 教育与文艺

一个文艺作家的最大努力处，恐怕就在人物的创造上吧。因此，即使他不必一定怀抱着益世教民的志愿，可是他可以成为教育家的最好的朋友。一个文艺家在创造人物之前，必定由社会、家庭、遗传、心理等等方面，去认识人物，而后由这各方面的复杂错综的关系中，找到他所欲创造的那个人的生活条件与方式，从而决定了他的命运。他是由观察与分析，进而为具体的创造。他是借用许多人来帮忙造成"一个"想象的人。在另一方面，一个教育家，却是由于对社会，心理等等方面的认识，而去以身作则的教育许多人。他是由观察与分析而提出教育的理论，或者承认别人家的理论，而后以这种理论去决定教育的实施：他要怎么样削减他所看出的人类的缺点，和培养他所相信的人类所应具的美德。这样，文艺家的成败大半是因着他所创造的人物而定，创造得成功，他便借着这想象的人得到左右群众的威权，成为大家的导师。反之，创造得失败，他便一无所得，白费了工夫。教育家的成败呢，比这还有更直接的关系。他心目中的想象的人也就是他朝夕所接触的那群活泼的青年。

他失败不得！一失败，他便毁了许多人。这倒并非是说，教育者应比文艺者，或文艺者应比教育者，更当努力，丝毫不可敷衍随便。这是说他们都应当同样的努力，虽然他们的事业不同，工作的方法不同，可是他们都以人为对象，人是他们的先生，他是他们的弟子。所以他们应当常常到一处谈谈，结为朋友。一位律师也许很喜欢植物学，交结几位植物学家为友。但这是他自己的事。只要他不把植物标本都贴在诉状上，代替了法律的第几条第几款，就不会出什么毛病。反之，他若是不喜欢植物学，也不至于损失了他的威严，或不便于他的事业。教育家与文艺家可并不这样。他们为了事业，为了民族，都应当携起手来。只有教育家能最亲切的批评文艺者的产品，因为教育家是最明白人类心理的。只有文艺家能最亲切的批评教育家的工作，因为文艺者是最关心人类幸福的。他们两家若能成为朋友，教育家必须贡献给文艺家以关于人的知识，文艺家必能贡献给教育家以很好的意见。这种交换与互助无疑的是极可宝贵的。

　　一般的说来，文艺者比教育者更大胆，因为他较为自由。他可以不顾一切的写出他心中的话，听不听在你，写不写在我。因此，他的思想往往是前进的，他想一下子把人们都引领到新的世界去。这种自由与热诚使他冒险，有时候也就偏激不实。教育家呢，无论怎样，他不能把昨天用的方法与工具完全放下，今天忽然另换一套。事实上的限制使他不得不慎重，不得不渐进。今日新兴的教育理论，也许在十年八年后，或几十年后，才得到实际试验的机会。他的热诚也许与文艺者一样，可是他不能无所顾虑；在他的良心上他也觉到急进会有危险，而不能随便拿教育当作儿戏，随时改换。文艺者的大胆使他前进，教育者的慈善使他慎重。前进，往往忽略了事实上的困难，或有时候以极脆弱的论证支持着极沉重的结论。慎重，往往趋于保守；把事业看成职业，率由旧章的作下去，由不敢改善而入于不便多事。二者都有好处，也都有弊病。只有二者能常接近，然后慎重的人才能见到最新的思想，虽然不能马上采用，究竟要迎上前去，不甘落伍；即使不能一时全盘变更，至少在思想上能更与新时代接近，可能明白新时代的青年的心理与问题。每个教师都当成为"师之时者"，不当成为教书匠。所以，他必须以文艺及文艺者为友。同时，文艺者若能与教育者往来，便也知道这些事实的真困难在哪里，而不至于抱着个虚的理论与理想，创造出虚无的人物与事实。这是两有益的事。

在神圣的抗战中，这种友谊更成为必要的。一般的说，今日青年学生的苦闷，实由情绪与理智的冲突而来。在情绪上，哪个青年不想投笔从戎，效命沙场呢。可是，在理智上，谁也明白抗战与建国是该双管齐下，那么，青年正该努力去读书，去得到建国的知识与技能。这二者，一动一静，一热一冷，颇难调和。文艺者的作品，用不着说，是首要的要刺激，要从情绪上感动人的。教育者呢，也用不着说，自然要按部就班的，不动声色的，继续着培植人才的事业。这样，学生们自己既不能决定到底往哪里去，而由文艺与教育所获到的又是那么冷热不同，见仁见智，他们当然就更不知如何是好了。为使学子们安心，必须给予适当的教育。这就是说，教育者必当设法在教育中满足学生的要求。在教学上，在训育上，都须使学子相信他们不是怕死贪生，而是积极的预备着救国的知识与技能，和锻炼着能为国牺牲的身体与气魄。在今天，教育者应多从文艺上认识青年，文艺者应从教育上去想实际解决青年苦闷的办法。青年的苦闷能渐变为青年的毁灭，这是当前极重要的一个问题。

# 六十多年前老舍对鲁迅的认识

## ——解读《鲁迅先生逝世两周年纪念》

老舍这篇《鲁迅先生逝世两周年纪念》，发表于 1938 年 10 月 16 日，距今已有六十多年，离老舍辞世也有二十九年了。在当前浩如烟海、林林总总的鲁迅研究成果中，老舍这篇文章也许不算是理论水平最高的，但是将它放在当时那个具体的时代和年月，我们如果认真解读，真不能不由衷赞叹它所达到的广度、深度、以及它的精华。

精华之一，在于老舍当时就明确认识到鲁迅的影响是"普遍"的；而后起的作家，不论他有没有找到自己创作的路子，可是他良心上必定承认他欠鲁迅先生一笔债"。在老舍写这篇文章的四年前，他在上海与鲁迅失之交臂，错失见面的良机。他曾在一本文学史著作中，见到过大意如此的一句话："鲁迅自成一家，后起摹拟者有老舍等人"。他认为这话说得对，但也不对。对，因为像《阿 Q 正传》那样的作品，后起的作家不能不受其影响，"他良心上必定承认他欠鲁迅先生的一笔债"。说不对，是因为老舍是在读了英国的一些文艺作品后，才开始"试笔"的；受了狄更斯等作家的影响，一拿起笔，便管不住自己"向幽默这边滑下来了"。这是完全符合事实的。

精华之二，老舍精准地捕捉到鲁迅的高伟、渊博、全能。他认为，鲁迅笔下虽然不是没有任何"不尽要确"的地方，但这一点也不妨碍他的高伟。这高伟是极不容易的，老舍用泰山来比拟鲁迅的高伟——即使鲁迅也有看错人与事的那么几点，但并碍于他泰山的高伟！对于鲁迅的渊博，老舍说得很多。他看到过有些人虽然博览群书，出经入史，但却不敢明确说出自己的主张，而将自己所知道的那点滴心得视为前无古人，后无来者；他们"作"而不"创"，结果"牺牲"在自己的"研究"中。但鲁迅不是这样，他博古通今，却没有被古今中外的学问"吓住"。他的古诗古文写得很好，但并不"尊唐""崇汉"，把自己列入某宗某派以自尊自限。不论古体新体，他都能站在最前面；无论理论与实践，他都能随时创新，而不使自己陷入"学究的掉书袋"。老舍还认为，像鲁迅这样渊博的，虽然以前有过，以后也还会有，而像鲁迅这样随时随事都能处在领导地位的，一个世纪也难见到一两位，事实不正是如此吗？

精华之三，老舍认为鲁迅既疑古，也能创新，是一个时代的纪念碑（着重号为引者所加）。他在以自己的成就，实践着"十字路口警察的职责"，"指挥着全部交通"。也许有人可能会在某一点上突破他，"可是有谁敢和他比比'全能'比赛呢"！也许有人会说，鲁迅在文艺理论方面尽了一些"介绍"的责任，而他自己建树无多。老舍对这样的"圣人"毫不留情地提出批评，以"自策自励"。他认为，像鲁迅那样，既能整理国故，还能介绍、翻译，"就已经是难能可贵的事"。老舍高度赞扬了鲁迅精神——永远不屈不挠，不自满，不自馁；而那些抓住一位英雄的"弱点"来"开心自慰"，这样的人和事，是无损于英雄，又无益于自己的。老舍对此，很幽默地慨叹："何苦来呢"！还有一些人，做出一副可惜鲁迅后期的著作"只是一些小品文"的姿态。对此，老舍旗帜鲜明地反驳："是的，鲁迅先生也许能那样的写出更伟大的作品，可是，那就不成其为鲁迅先生了"！

精华之四，在于赞扬了鲁迅的"爱护青年与好管闲事"。鲁迅的爱护青年早已成为美谈；这里，老舍认为鲁迅的这一长处，"有时近于溺爱"，像母亲；正因"母亲的伟大往往使她溺爱儿女；这只有母亲自己晓得其中的意义"。他宁可自己少写些文章，而替青年们看稿子；他宁可少享受一些，而替青年们掏钱印书……。这也许是很傻的事吧？可是最智慧的人似乎都有这种傻气。这就是鲁迅的"爱管闲事"！

精华之五，老舍用了不少文字，集中赞扬了鲁迅后期所写的小品文（即杂文）。"据我看，鲁迅先生最大成就便是小品文"。老舍说的在五十年内不可能有第二个人来与鲁迅争光，实际情况是，老舍如此高度评价鲁迅杂文，至今七十多年过去了，又有谁、又有什么文章，能与当年的鲁迅相比呢？在这一点上，老舍显得有些保守了。他说鲁迅会怒，而且越怒文字越好，事实正如此。他说鲁迅能用最简单的语言，但却"跌宕多姿，永远新鲜，永远清晰，永远软中透硬，永远厉害而不粗鄙"，这四个"永远"，恐怕在当前的鲁迅研究成果中，也少见如此的击中要害。至于他将鲁迅杂文的力量——能将感情、思想、文字、容纳在一两千字中，"象块玲珑的瘦石，而有手榴弹的作用"，"的确是前无古人，后无来者的"。我们今天的读者和鲁迅研究者，是不能不佩服当年老舍眼光的穿透力的！

精华之六，老舍看出了由于鲁迅的"爱管闲事"使他得罪了不少人；他说的"爱管闲事"也就是后来人说的"嬉笑怒骂"，对活着的鲁迅丝毫无损，反倒是一种颂扬。崇尚中国传统的有些人是不会愤怒，也不敢愤怒的。老舍用了"挂火"这样极通俗、也极形象的词语赠送给了鲁迅："鲁迅先生却是最会挂火的人"。被他"刺"中的那些不会怒，也不肯牺牲的人，在鲁迅辞世后也许会暗中庆幸

"那个家伙死了",但老舍却以极真挚的感情写出"我们上哪里去找另一个鲁迅呢?"为此,在纪念鲁迅逝世两周年之时,才会写出如此有真情实感、有理有据、至今使我们由衷敬佩的文字!

最后,老舍还不忘强调,在抗日战争中纪念鲁迅时,呼吁青年人"燃起我们的怒火,""以学识,以正义感,以最有力的文字",去从事抗战建国的事业,我们必须有这个决心!

看一看,想一想,比一比,1938年时的老舍,对鲁迅的认识和感念,使他在不长的篇幅中,已概括出了鲁迅的精华。

附:

# 鲁迅先生逝世两周年纪念

我所认识的鲁迅先生,是从他的著作中见到的,我没有与他会过面。当鲁迅先生创造出阿 Q 的时候,我还没想到到文艺界来作一名小卒,所以就没有访问求教的机会与动机。及至先生住沪,我又不喜到上海去,故又难得相见。四年前的初秋,我到上海,朋友们约我吃饭,也约先生来谈谈。可是,先生的信须由一家书店转递;他第二天派人送来信,说:昨天的信送到的太晚了。我匆匆北返,二年的工夫没能再到上海,与先生见面的机会遂永远失掉!

在一本什么文学史中(书名与著者都想不起来了),有大意是这样的一句话:"鲁迅自成一家,后起摹拟者有老舍等人。"这话说得对,也不对。不对,因为我是读了些英国的文艺之后,才决定也来试试自己的笔,狄更斯是我在那时候最爱读的,下至于乌德豪司与哲扣布也都使我欣喜。这就难怪我一拿笔,便向幽默这边滑下来了。

对，因为象阿Q那样的作品，后起的作家们简直没法不受他的影响；即使在文学与思想上不便去摹仿，可是至少也要得到一些启示与灵感。它的影响是普遍的。一个后起的作家，尽管说他有他自己的创作的路子，可是他良心上必定承认他欠鲁迅先生一笔债。鲁迅先生的短文与小说才真使新文艺站住了脚，能与旧文艺对抗。这样，有人说我是"鲁迅派"，我当然不愿承认，可是决不肯昧着良心否认阿Q的作者的伟大，与其作品的影响的普遍。

我没见过鲁迅先生，只能就着他的著作去认识他，可是现在手中连一本书也没有！不能引证什么了，凭他所给我的印象来作这篇纪念文字吧。这当然不会精密，容或还有很大的错误，可是一个人的著作能给读者以极强极深的印象，即使其中有不尽妥确之处，是多么不容易呢！看了泰山的人，不一定就认识泰山，但是泰山的高伟是他毕生所不能忘记的，他所看错的几点，并无害于泰山的伟大。

看看鲁迅全集的目录，大概就没人敢说：这不是个渊博的人。可是渊博二字还不是对鲁迅先生的恰好的赞词。学问渊博并不见得必是幸福。有的人，正因其渊博，博览群籍，出经入史，所以他反倒不敢道出自己的意见与主张，而取着述而不作的态度。这种人好象博物院的看守者，只能保守，而无所施展。有的人，因为对某种学问或艺术的精究博览，就慢慢的摆出学者的架子，把自己所知的那些视为研究的至上品，此外别无他物，值得探讨，自己的心得是前无古人，后无来者；假若他也喜创作的话，他必是从他所阅览过的作品中，求字字句句有出处，有根据；他"作"而不"创"。他牺牲在研究中，而且牺牲得冤枉。让我们看看鲁迅先生吧。在文艺上，他博通古今中外，可是这些学问并没把他吓住。他写古文古诗写得极好，可并不尊唐或崇汉，把自己放在某派某宗里去，以自尊自限。古体的东西他能作，新的文艺无论在理论上与实验上，他又都站在最前面；他不以对旧物的探索而阻碍对新物的创造。他对什么都有研究的趣味，而永远不被任何东西迷住心。他随时研究，随时判断。他的判断力使他无论对旧学问或新知识都敢说话。他的话，不是学究的掉书袋，而是准确的指示给人们以继续研讨的道路。

学问比他更渊博的，以前有过，以后还有；象他这样把一时代治学的方法都抓住，左右逢源的随时随事都立在领导的地位，恐怕一个世纪也难见到一两位吧。吸收了五四运动的"从新估价"的精神，他疑古反古，把每时代的东西还给每时代。博览了东西洋的文艺，他从事翻译与创作。他疑古，他也首创，他能写极好的古体诗文，也热烈的拥护新文艺，并且牵引着它前进。他是这一时代的纪念碑。在文艺上，事事他关心，事事他有很高的成就。天才比他小一点的，努力比他少一点的，只能循着一条路线前进，或精于古，或专于新；他却象十字路口的警察，指挥着全部交通。在某一点上，有人能突破他的纪录，可是有谁敢和他比比"全能"比赛呢！

也许有人会说：在文艺理论方面，鲁迅先生只尽了介绍的责任，并未曾建设出他自己的有系统的学说；而且所介绍的也显着杂乱不纯。假若这话是对的，就请想想看吧，批判别人的时候，不是往往忘却别人的努力，而老嫌人家作得不够吗？设若能看到这一点，我们不是应当看看自己，我们自己假如也把研究、创作、翻译，同时并作，象鲁迅先生那样，我们的成绩又能有多少呢？我们就是对于一位圣人，也应不客气的批评，可是我们也应当晓得批评不仅是发威，而是于批评中，取得被批评者的最良最崇高的精神，以自策自励。鲁迅先生能于整理国故而外，去介绍，去翻译，就已经是难能可贵的事。一个人的精力与天才永远不能完全与他的志愿与计划相配合，人生最大的苦痛啊！只有明知这苦痛是越来越深，而杀上前去，以身殉志的，才是英雄。鲁迅先生的精神便是永远不屈不挠，不自满，不自馁。鲁迅先生的精神能以不死，那就靠后起者也能死而后已的继续努力。抓住一位英雄的弱点以开心自慰，既无损于英雄，又无益于自己，何苦来呢！

还有人也许说，鲁迅先生的后期著作，只是一些小品文，未免可惜，假若他能闭户写作，不问外面的事，也许能写出比阿Q更伟大的东西，岂不更好？

是的，鲁迅先生也许能那样的写出更伟大的作品。可是，那就不成其为鲁迅先生了。希望鲁迅先生去专心著作的人，虽然用着惋惜的语调，可是心中实在暗暗的不满意！不满意他因爱护青年，帮忙青年，而用去许多时间；不满意他因好管闲事而浪费了许多笔墨。

我不晓得假若鲁迅先生关上屋门，立志写伟大的作品，能够有什么贡献；我不喜猜想。我却准知道鲁迅先生的爱护青年与好管闲事是值得钦佩的事，他有颗纯洁的心，能接近青年；他有奋斗的怒火，去管闲事。是的，先生的爱护青年，有时候近于溺爱了；可是佛连一个蚂蚁也爱呢！母亲的伟大往往使她溺爱儿女；这只有母亲自己晓得其中的意义，旁观者只能表示惋惜与不满，因为旁观者不是母亲，也就代替不了母亲，明白不了母亲，自己不是母亲，没有慈心，觉得青年们都应该严加管束，把青年们管束得象羊羔一样老实，长者才可逍遥自在的为所欲为。为长者计，这实在是不错的办法。可是，青年呢？长者的聪明往往把"将来"带到自己的棺材里去，青年成了殉葬者。鲁迅先生不是这样的长者，他宁可少写些文章，而替青年们看稿子；他宁可少享受一些，而替青年们掏钱印书，他提拔青年，因为他不肯只为自己的不朽，而把青年们活埋了。这也许是很傻的事吧？可是最智慧的人似乎都有点傻气。

至于爱管闲事，的确使鲁迅先生得罪了不少的人。他的不留情的讽刺讥骂，实在使长者们难堪，因此也就要不得。中国人不会愤怒，也不喜别人挂火，而鲁迅先生却是最会挂火的人。假若他活到今日，我想他必不会老老实实的住在上海，而必定用他的笔时时刺着那些不会怒，不肯牺牲的人们的心。在长者们，也许暗中说句："幸而那个家伙死了。"可是，我们上哪里去找另一个鲁迅呢？我们自惭；自惭假若没有多少用处，让我们在纪念鲁迅先生的时候，挺起我们的胸来吧！

只写了些小品文吗？据我看，鲁迅先生的最大成就便是小品文。我敢说，他的学问限制不了后起者的更进一步，他的小说也拦不住后起者的猛进直前。小品文，在五十年内恐怕没有第二把手，来与他争光。他会怒，越怒，文字越好。文字容易摹仿，怒火可是不易借来。他的旧学问好，新知识广博，他能由旧而新，随手拾掇极精确的字与词，得到惊人的效果。你只能摘用他所用过的，而不易象他那样把新旧的工具都搬来应用，用创造的能力把古今的距离缩短，而成为他独有的东西。他长于古文古诗，又博览东西的文艺，所以他会把最简单的言语（中国话），调动得（极难调动）迭宕多姿，永远新鲜，永远清晰，永远软中透硬，永远厉害而不粗鄙。他以最大的力量，把感情、思想、文字，容纳在一两千字里，象块玲珑的瘦石，而有手榴弹的作用。只写了些短文么？啊，这是前无古人，恐怕也是后无来者的，文艺建设！

燃起我们的怒火吧，青年！以学识，以正义感，以最有力的文字，尽力于抗战建国的事业吧！在抗战中纪念鲁迅先生，我们必须有这个决心！

# 对文武双全的将军的赞颂

## ——解读《抗战诗歌集（二辑）序》

冯玉祥将军的业绩，在带兵打仗抗日上是著名的，也是人所共知的；但他的文武双全，尤其是长于写诗，知道的人并不多。

老舍写这篇文章时，流亡到汉口不到两年。本来是住在好友、当时任教于华中大学的游国恩先生之家。消息一经传出，抗日名将冯玉祥将军立即诚邀老舍见面。本来与上层人士比较疏远的老舍这次却痛快地答应了。他的心情，显然是希望通过冯将军的帮助，为抗日救亡多做些事情。随之又因有感于冯玉祥的诚恳，便搬到冯公馆居住。这一住，便有了这篇文章的问世。

我们仔细解读后，会感受到老舍首先不是为肯定其中诗歌的艺术性，而是为了赞扬其人其诗的可贵精神。

首先，他赞扬了把物质食粮和精神食粮看得同等重要的冯先生。冯先生明确号召"现在，武人应摸笔杆，文人应摸枪杆；文武双全，齐作抗战的好汉"（在文艺界抗敌协会成都分会成立大会上的讲话）。老舍没有对这位爱国将领阿谀奉承，而是以一句"这又不是句空话，而是他久已作到的事实"，比"奉承"的力度更大，情意更深。

其次，老舍充分肯定了冯玉祥将军在"万忙"中永远不忘读书，不忘动笔。读书和写作给了他无限的快乐，他愿意与别人共享。他的诗，是"目有所睹，心有所感"，但他没有更多的时间去写更长的散文。老舍认为，冯将军自己这样做，也是希望有更多的人这样做；这"不啻是人生中最大的责任与义务"。

再次，冯将军送给朋友的茶杯上，都写有"非抗日不能救国"的警示。他自己家墙上也贴着"要总动员须自己先动起来"。到他家去做客吃饭，必须自己动手取菜端饭。他每次进茶馆或饭铺，也先找厨师或伙计问：你知道我们为什么要打日本？老舍歌颂了这位抗日名将"他寝食不忘的是抗战，奔走呼号的是抗战"；所以，他写诗是为了抗战，老舍为他写序同样也是为了抗战。

最后，前文虽然已提到过，老舍为冯将军的诗集作序，首先不是为了肯定其中的艺术性，但兴之所至，他还是高度肯定了其诗作的"清浅简明"。因为诗作者知道自己的作品是为了宣传抗战，宣传对象又主要是普通士兵；要让士兵们明白他的诗，也明白了抗战的意义，他不愿意自己的诗写了等于没写。

说到底，老舍为冯玉祥将军的诗集写序，也是为了抗战，和诗作者完全一样。

像这样的诗序，我们几乎没见到过第二篇。

附：

# 《抗战诗歌集》（二辑）序

一

记得，在中华全国文艺界抗敌协会的成立大会上，冯先生说过："士兵的物质食粮与精神食粮是同样重要的，所以兵站不当只供给军粮，也该预备文艺作品，大量的预备文艺作品。"这并不是冯先生对文艺者的赞谀，而是他领兵数十年的真经验；他确实晓得文艺在士兵心中能发生什么效果，并且知道这效果有多么大的价值。

在文艺界抗敌协会成都分会的成立大会上，冯先生又说过："现在，武人应摸笔杆，文人应摸枪杆；文武双全，齐作抗战的好汉。""武人摸笔杆"是冯先生由极度注意士兵的精神食粮问题，更进一步的愿军人也去学习写作。这又不只是句空话，而是他久已作到的事实。他希望别人去作什么，他自己就先去以身作则；作了之后，得到好处，他就更希望别人也因努力而得到好处。他在万忙中永不忘了读书，永不忘了动笔。读书写作永远给他无限的快乐。他愿别人也分享这快乐。读别人所写的，和写给别人去读，在他，不啻是人生中最大的责任与义务——明白别人与使别人明白是每个人所应负的文化使命。因此，他时时的写诗。目有所睹，心有所感，他马上要写出来。诗的体裁既经济又自由，他没有充分的工夫去长篇大论的写文艺的散文。

二

冯先生送给朋友们的茶杯，上面写着"非抗日不能救国"。他约客人们吃饭，壁上先贴好："要总动员须自己先动起来"——客人须自己去取菜取饭。每逢走进一个小茶馆或小饭铺，他先找小伙计或厨师傅去问："你知道我们为什么打日本？"在许多与此类似的事情中，只就上边举出的两三样，已足证明他对抗战是怎样的坚决。他寝食不忘的是抗战，奔走呼号的是抗战。抗战第一，所以作诗也是为了抗战。

三

由前两段所述，再讲到冯先生对抗战文艺的主张就很容易了。抗战第一，所以必须教大家都明白；而经验告诉他，对士兵民众宣传必须清浅简明；不浅明通俗等于没说。因此，他的作品是以宣传抗战为主题，以简明清楚为格调。他希望大家都能明白他的话；明白了他的话，就是明白了抗战的意义；他的诗就是他的话，他不愿他的话说了等于没说。

上列三点的提供，我希望，或者能帮助读者对此集得到点更深的了解——读了诗，也明白了抗战，从而努力于抗战。

# 艺术修养与办事能力都重要

## ——解读《战时的艺术家》

这又是一篇短小的文论，但我们仅从它于 1940 年 2 月在国内重要报刊《新华日报》发表后，3 月就被新加坡的《新洲日报》"繁星"副刊转载这个事实，就证明了其力量实在不小。

我们尚未精确统计老舍围绕抗战写了多少文章，做出了多大的贡献，但知道眼前又是一篇，一篇对抗战时期艺术家的高标准、严要求的好文章。

文章的主旨是在要求抗战时期的艺术家必须兼具修养与能力，这二者是同样重要的！

一个处在那伟大时代的艺术家，如果只顾闭门潜修自己的技艺，老舍认为他只能为自己开个展览会或作个人表演。那必是与抗战无关的行为。他们只是象牙塔中的"艺术家"，他们只有闲情中的灵感，而没有民族，没有国家，只有自己"闹着玩"的"艺术"。老舍旗帜鲜明地号召："今天的一个艺术家必须以他的国民的资格去效劳于国家，否则他既已不算个国民，还说什么艺术不艺术呢？"仅此就可见，他是把国民（特别是抗战时的国民），放在艺术家之上的。他认为"艺术家的心是时代的心"，"青年们是时代之花"，只有把这样的艺术家和青年们的热情"引入"和"表现"在这个大时代中，才是我们的真正责任。

老舍还认为，战时的艺术家应该表现的是伟大的时代精神和民族的光荣，这就需要热情，"技巧不过是帮助表现热情的"。下面这句话，应该是名言："世界上有技巧拙劣的伟大作家，而没有技巧精细而心如死灰的伟大作家"。这是相反相成的名言，老舍要强调的是：热情！他以莎士比亚为例，要说明的是不可能"专靠冷静细腻而成为莎士比亚的"。要说细腻，莫过于但丁的《神曲》，但《神曲》也还是在不断地表现出对民族、宗教和帝国的关切与激励。老舍这时又用了幽默这"武器"写道："假若但丁时代而有个汪精卫，我想但丁会把他放在地狱中。"战时的艺术家如果只有冷静，那就只会"吟花弄月"；用他们的一点小热情，小灵感，小幽情，怎能支持抗战呢？像这样的"艺术家"，如果以为自己能在战后创作出伟大的抗战作品，"岂不是梦想"?! 这里，老舍又抛出掷地有声的名言："情绪是艺术家的发动机，也是艺术所要求的最大效果"。一个艺术家，如果在战时，"心中茫然"，而指望在战后拿出伟大作品，那只是自己欺骗自己！

怎么办？"你须马上去生活，活动"。如果只会"静力旁观"，你就算是知道了一点"事"，而没有"情"，能有什么成就？"事是帐本，情是力量"，这力量，是长江大河的一泻千里，哪怕写得粗糙一些，也不足为"病"的。

全文以大时代不许艺术家去"悠然见南山"，而必须"杀上前去"作为结束，言有尽而意无穷！

附：

# 战时的艺术家

到处有青年在工作着，或正想作抗战宣传的工作。有的会唱歌，有的会画两笔，有的愿演戏，有的想作小说。可是，他们至少有两个困难：（一）他们所喜欢做的，未必就是他们所能做得好的。他们的心是热的，但热心并不能马上使他们得心应手，一做就做到好处。他们在学识与技巧上，都需要有人来指导，也必能热诚的接受指导。（二）去为抗战作宣传，自然要有组织。有组织便须有领导者，在办事上，纪律上，宣传方法上，能领率得起来，使大家诚心悦服，有计划的去工作，不至于乱七八糟，劳而无功。简言之，今日的愿尽力于宣传工作的青年朋友们既需要技术的指教，也需要办事做人的领导。

于是，我们想到，在今日作个艺术家，他的艺术修养与办事才力是同样重要的。一个向来闭户潜修的人，不管他的造诣怎样高深，在今天，他恐怕只能作个人的成绩展览或表演，而无补于抗战宣传工作，因为他一出屋门便也许连方向都迷了，怎能去领导别人呢？况且，他一向是圈在屋里的。碰巧他连抗战是怎回事还不大清楚，那么想教他同情于士兵与百姓，而把艺术的享受与激励给大众一些，恐怕他还感到不屑于呢。

还有，一位习于住在象牙塔内的艺术家，会告诉我们："闲情中方有灵感，风尘中万难创作；为了艺术，大家都须藏起去！"这个态度必会使他对青年们不但冷淡，而且厌恶："小孩子们！打打篮球已经够吵人的了，硬敢说艺术，不要鼻子！"他的心中没有国家，没有民族，只有自己，与自己那点闹着玩的艺术。你若是把他说急了，他会告诉你，艺术是没有国界的。这话里就含着不少愿作亡国奴，而上东京去开开展览会什么的意思。

我说，今天的一个艺术家必须以他的国民的资格去效劳于国家，否则他既已不算个国民，还说什么艺术不艺术呢？最高伟的艺术家也往往是英雄，翻开历史，便能找到。艺术家的心是时代的心，把时代忘了的，那心便是一块顽石，青年们是时代之花，把他们的热情引入艺术中，从而由艺术中表现出，才是今天艺术家的真正责任。

讨厌那打篮球吵人的青年们的艺术家们也许还会说："我们决没有忘了民族国家，不过我们是等着抗战完结，胜利了以后，把材料搜齐，再细心创作。我们决不肯轻易的制造，使抗战破坏了艺术。"

这似乎言之有理，其实并不很对。没有热情，没有艺术；技巧不过是帮助表现热情的。世界上有技巧拙劣的伟大作家，而没有技巧精确而心如死灰的伟大作家。艺术每逢专重技巧，便到了她的末日。是的，若是莎士比亚少写一些也许更好，可是我还没看见一个专靠冷静细腻而成为莎士比亚的。以言热情，翻开世界艺术史看看，哪一出伟大的戏剧，哪一幅伟大的图画，不是表现那伟大的时代精神，不是对民族的光荣有所发扬？就是那最细腻的《神曲》，也还是随时的揭露对民族，对宗教，对帝国的关切与激励或警劝？假若但丁时代而有个汪精卫，我想但丁会把他放在地狱中，正如同把在他那时代还活着的教皇放在地狱中一样。冷静的看么？热情从何而来呢？把自己放在美丽的小园里，你只会吟花弄月。那就是你的一点小小的热情，一点小小的灵感。拿这点幽情支持着抗战期间的生活，而说在抗战后能创作出有关于抗战的伟大作品，岂不是梦想？是的，抗战后必有伟大的作品出现，那可是必出于在抗战"中"尽力的战士之手，决不是旁观者的成绩。情绪是艺术家的发动机，也是艺术所要求的最大效果。今天你心中茫然，抗战后居然能作出有最大效果的作品，你是自己欺骗自己。今日的生活，与生活中的热情，决定你明日的作品的内容与形式。今天你心中空空如也，明天你还是那样。冷静只有观察，没有体验。观察可以漠不关心，研究一个死人的形态，正如研究一条死狗的形态一样。

把你的英勇同胞，战死沙场的同胞，当作一具十成十的死尸看待，而会写出一个民族英雄来，我不信！体验才能得到全部的真实，才能于真实中领会到别人的感情，才能自己有所动于衷。你须马上去生活，活动；否则静立旁观，你就只知道了"事"，而得不到"情"；事是帐本，情是力量。帐本非精确不可，情绪正不怕要长江大河的一泻千里——就是写得粗莽一些，也不足为病。

　　出来吧，艺术家们！青年们热情的等着你们，呼唤你们呢！大时代不许你们"悠然见南山"，得杀上前去啊！

# 一篇很有现实意义的文论

## ——解读《青年与文艺》

老舍七十五年前发表的这篇《青年与文艺》，虽然只有五千余字的篇幅，但提出和解决的问题，对今天的青年学子来说，都极具现实指导意义——虽然先生非常自谦，但在篇末还是特别说明自己是从来不说谎话的。

据笔者的解读所得，作家提出了六个重要问题（他自己并未如此归类）。

其一，老舍提出，青年人爱文学是好事；用他的原话说，不是"怪事"，也不是"坏事"。因为血气方刚的青年，正需要通过文艺创作的感动和感化，爱好和欣赏力，对毕生的做人处世都大有益处；还能通过自己的努力，去提高社会的文化水平。

其二，老舍认为，对文艺的认识，不是一件容易的事；而文艺批评比创作则更难。如果因为自己读了几部文艺作品，就以"文艺青年"自居，那就不仅浮浅河笑，还可能误己误人。他诚恳地希望青年学子不要以"文学家"自居。

其三，老舍认为青年人容易犯这样一个"很大很大的错误"——因为只想到在文艺上有所成就，而放松了其他的功课，而且用为了文艺可以牺牲其他一切来为自己辩护并自慰。老舍说："生在今日的社会里，不明白物理正如同不明白文艺一样可耻"。他忠告青年人，必须具备"现代人"的基本知识，才能谈到个人的发展天才。他又忠告青年"自然科学而外，社会科学更是今日文艺作家必须知道的。"否则，你只会吟花月，不论你吟得多么"漂亮巧妙"，"那也不过是些小玩艺儿，简直与现代的社会人生无关！"同时，老舍以自己亲身经历告诫青年人，他在抗战前常常被约去帮着看大学生的国文试卷，看的结果才发现，投考理科的语文成绩，往往比投考文学系的好。这的确是事实，鲜活的事实！

其四，老舍提醒青年，中外不少名作家并不是学文学的人，他们可能是医生，是律师等等，而大学文学系毕业的反而写不出什么。老舍并没有点出具体的人名，但看到这里，一个伟人的名字呼之即出，那就是：鲁迅！鲁迅不是先学医，然后弃医从文的吗？不说在中国至今没有第二个鲁迅，但世界上，恐怕也没有一个至少不多吧?！

其五，老舍"说到这里，就不妨提出文艺青年这一名词了"。老舍告诫文艺青年，应该先去认认真真地上学读书，"顶好是在大学毕业后，有了学识，有了经验，再谈文艺创作。"老舍对历史上确有没有读过什么书而能写出好文章的人，是非常尊重的，但这样的人并不多。最能获得成功的，还是那些在学问、经验、修养、努力，再加上自己的文艺天赋，才能成就一个作家。他提醒那些在"摩登时代"里有"发表欲"的人，就算你发表了一些什么，但其中可读的究竟有多少，"发表了不就是成功了"。为此，青年人必须永远虚心、忍耐，不投机取巧。老舍这句话说得多好："一个文艺青年必须活到八十岁还是青年"！

其六，老舍非常谦虚地以自己为例，他说："……以我的学问、经验、天才，公公道道地道说，我只能作个相当好的小学校长或初中的国文教员，文艺写家差得太多，太多了!"的确，老舍从来只承认自己是个"写家"。在他写这篇《青年与文艺》文论时，他的众多出色的创作（包括各种形式体裁的）在 1940 年前早已问世，但他还是自谦地说自己"终年拿着笔而写不出任何高明东西来"，并称自己是在"自误误人"，是"学问不够，生活不够"，这都是自己的"致命伤"! 他极诚恳地对文艺青年祝愿："我知道自己空虚，所以希望你充实"，"我知道自己藐小，所以希望你伟大"!

篇末的一句，不仅值得当前的青年人珍惜，同时值得不同年龄、不同职业的读者永远铭记："假若你不相信我，我说，你将来的后悔与苦痛也不减于我，我向来不说谎话!"

一位多么可敬可爱的老舍先生，并没有离我们远去，而仍鲜活地立在我们眼前!

附:

# 青年与文艺

青年们喜爱文学是当然的，不是怪事，也不是坏事。从学校教育上说，青年们血气方刚，正需要文艺作品来感动感化；从社会教育上说，文艺既然是社会的自觉与人生的镜鉴，大家若能从年轻的时候有些文艺上的爱好与欣赏力，必能对将来作人处世大有裨益，而且能慢慢地把社会上一般的文化水准提高，所以说，青年们喜爱文艺不是怪事，也不是坏事。

不过，读了几本小说或戏剧可不许马上就以文艺青年自居。在一个教育发达的国家里，读书正如同游泳或旅行，是每个公民在生活上必然要作的事，只有在不懂得运动的社会里，才会有一人游水，大家站在一旁看热闹的现象；同样的，只有教育不发达的社会里，才会有一人读书，大家莫名其妙，而这一位先生也很容易自命不凡，以秀才或文艺青年自居了。要知道，对文艺的认识并不是件很容易的事；说到文艺批评与创作就更难了。假若只因为读了几册文艺作品而自称为文艺青年，不但仅仅落个浮浅可笑，而且有时候足以耽误了自己。比如说，甲是个高中的学生，有相当的聪明，在课外喜读文艺书籍；因为他比别的同学多读了几本小说、诗集、剧本，同学们也许就呼之为文学家；当办壁报什么的时候，大家也许就推举他主编。自傲心是最普遍的毛病，甲既受人推重，也许就难免傲然以文学家自居了。从此他也许就感觉到学校里的文艺教育不足，从而为了加紧文艺的自修，而把别项功课放松，甚至到考试的时候，代数或物理不能及格；功课不及格是多么难堪的事，可是在难堪之中他往往爽性鄙视一切，而说为了文艺可以牺牲一切，以自慰。这是很大很大的错误，要知道，教育是整个的，生在今日的社会里，不明白物理正如同不明白文艺一样可耻，每个人都须在中学里得到足以够作个现代人的基本知识：在有了种种基本知识以后，才能谈到个人的天才发展。就是还以文艺作品来说吧，近三十年来的西洋小说，甚至于诗的里边，都不可避免的谈到科学，或应用天文、物理、化学中的道理阐明或设喻；假若你不明白科学，你就连这样的小说或诗也读不懂，还说什么自己成为文艺家呢?! 自然科学而外，社会科学更是今日文艺作家必须知道的，否则你连今日社会现象中所含蕴的科学真理还不知道，怎能捉到那些问题呢?! 假若一个青年读了些古时候的吟风弄月之作，而就放下代数与经济学，他至好也不过只能照样的吟风弄月，即使他有些天才，能把风与月吟弄得相当的漂亮巧妙，那也不过是些小玩艺儿，简直与现代的社会人生无关！

在抗战前，我屡屡被约去帮忙看大学生试验的国文卷子，虽然我没有正式的作过统计，可是在我这一点经验中我的笔发现了这个事实——国文卷子好的往往是投考理科的，投考文学系的反倒没有很好的国文成绩。

还有一件事也正好乘这个机会提出来，就是无论中外许多有名的文艺写家都并不是学文学的人；医生、律师……都有成为名写家的，而大学文学系毕业生反倒不一定能创作出什么来。

上面这两个事实使我们知道文艺的天才并不象稻粒可以煮饭，麦粒可以磨面，那么只有一个用处，而是象一块肥美的地土，可以出麦，也可以出别的粮食。一个好的医生可以成为一个好的作家，行医与写文的才能并无根本的妨克；反之，行医的经验反能使写作的资料丰富。

想想看吧，假若一位十七八岁的青年便抛弃了其他的一切，而醉心于文艺；一天到晚什么也别管，只抱着几本小说什么的读念，他能有什么用呢？不错，小说或戏剧中能给他一些人生经验与指示，可是那些经验都是间接的、过去的，并不能算作读者自己的、当时的。不错，读文艺的名著确能使他明白一些词字的遣使，和结构的方法等等；但是文艺并没有一成不变的作法，每个作家都有他自己的手段与方法，照猫画虎决不是好法子。

说到这里，就不妨提出文艺青年这一名词了。首先要问，谁是文艺青年？假若他是初中的学生，据我看，他就该去入高中，同样，他若是高中的学生，就该入大学，顶好是在大学毕业后，有了学识，有了经验，再谈文艺创作。不错，在历史中的确有没有读过什么书而能写出很好文章来的人，但是这样的人并不很多，而且他所写的也都是积多年的经验与困苦而成，并非偶然。一个渔夫，一个樵子，一个乞丐，都能写出打鱼打柴讨饭的真经验，可是他们须先得到那经验，不能胡说。至于打算写一些更广遍更重要的社会问题，恐怕又不是去打二十年鱼，或作五年乞丐，所能办到的了。学问、经验、修养、努力，加上文艺天才，方能产生一个作家。此中的任何一项也不是可以偶然获得的。因此，假若文艺青年这名词而能存在的话，他们必定是为了文艺而对其他的学科热烈地进攻，他们要对一切进攻，不是逃避。为了文艺，他们要去参加一切所能参加的工作与活动，以获得直接的经验。为了文艺，他们虚心忍耐。发表欲，在这摩登时代里，几乎可与食色之欲并列了；但是，从古至今，发表过的文章是那么多，可有几篇值得一读的呢？发表了不就是成功了，要虚心！为了文艺，须抱定永远学习、永远不自满的态度。忍耐，不许急，不许取巧，不许只抱着一本批评理论假充行家。一个文艺青年必须活到八十岁还是青年！

那么，一个文艺青年就太不容易当了？是的，连拉洋车也并不容易；把事情看得太容易的人大概不易成功。今天，大家都吵嚷没有伟大的作品啊！在许多原因之中，恐怕大家把文艺看得太轻而易举也是个重要的原因。我不敢批评别人，只说我自己吧，我根本就不够格：以我的学问、经验、天才，公公道道的说，我只能作个相当好的小学校长或初中的国文教员，文艺写家差得太多，太多了！论文艺的教养，我少年时和方唯一先生学过诗文，不能说开口乳吃的不好；对西洋文学，我看过不少名作，从十三四岁到今天已经三十年，我可以夸口说：我始终在努力自修。可是，我知道什么？除去读过的那些文艺书籍，我什么也不懂！不懂而假充懂，是可耻的事，我晓得。但是，生活已经入了轨，既走入文艺一途，改行就大不容易；结果呢，终年拿着笔而写不出任何高明东西来，自误误人莫甚于此！学问不够，生活不够，是我的致命伤！

文艺青年！即使你的读书能力比我大着十倍，我三十年中所读过的书，你也须三年才能看完。假使你能苦读三年，还不是和我一样，所读的不过是些文艺书籍，知道了科学吗？知道了社会上任何一桩事吗？我知道自己空虚，所以希望你充实，决没有怕你抢去我的饭碗的意思；我知道自己藐小，所以希望你伟大，伟大不伟大是由种种条件决定，不是由心中一想便能成功的。你喜爱文艺，好事，你常动动笔，好事，你爱谈论文艺，好事，可是，万万不可因此而放弃了别的学科，万万不可因发表了一篇小立而想马上成为个职业的写家。假若你不相信我，我说，你将来的后悔与苦痛也必不减于我，我向来不说谎话！

# 似谈人物，实谈作家

## ——解读《略谈人物描写》

老舍这篇只有一千多字的《略谈人物描写》，题目是谈人物，但人物是要作家去写的，所以实为作家怎样描写人物之谈。

他将作家描写人物分为三种。

第一种，是工笔画式的。这种描写，一手一眼都要细中加细，下死功夫。老舍不赞成这种写法，理由很正确，因为一手一眼，写得无论多么细致逼真，并不能代表全人。而且，要使所写人物写得鲜活生动，应重在性格与行动，重在内心的呈现，否则只能是"解剖"，而不可能是真正的创造，不可能成为艺术作品。所以，老舍否定了这种工笔画式的"描写"。

第二种，是偏重心理描写。老舍也不能完全肯定。他认为，即使能洞见肺腑，不无可取之处，但往往会因"入骨三分"而流于"纤弱细巧"，忽略了人物与社会、与人生的关联。而且，这种描写人物的方法，"以剖析为手段，视繁琐为重大，自难健康"；而且，由于"食色性也"是很多人的认识；这种描写人物的方法，很容易流于"淫秽琐碎"，有失于健康。虽然可能得到少数人的欣赏，但于社会人生，不可能有重大的意义。

第三种，是老舍肯定的，他称之为"戏剧的描写法"——不是写戏剧，而是取写戏剧的艺术手法。那就是，在动笔之前，就要将人物的家庭、性格、职业、习惯等，一一细想，烂熟于心，呼之欲出。因为戏剧是必须有活人活事立在观众事前的；写小说等等也一样，要"以最精到简洁的手段，写出人物的形貌，以呈露其性格与心态"。这样，就能去除第一种、第二种手法的病垢，将健康的作品呈现在读者面前，我们细加解读，老舍肯定这种方法，确为有理有据。

附：

# 略谈人物描写

对于人物的描写，我看到过三种：第一种，我管它叫作工笔画的。这就是说，它如工笔画的人物，一眼一手都须描上多少多少笔，细中加细，一笔不苟，死下工夫。我不喜欢此法。因一眼一手并不足代表全人，设为一眼而写万字，则是浪费笔墨，使人只见一眼，而失其人。且欲求人物之生动，不全在相貌的特殊，而多赖性格与行动的揭露与显示。性格与处境相值，逼出行动；行动乃内心的面貌。以此面貌与眉目口鼻相映，则全人毕显矣。反之，若极求外貌描写之精详，而无法使之活动，是解剖工作，非创造矣。且艺术作品中之描写，要在以经济的手段，扼要提出，使读者一目了然，且得深刻印象。若尽意刻画一眼一鼻，以至全身衣冠带履，而失其全人生活力量，是小女儿精心刺绣，纵极工致，不能成为艺术作品。

第二种是偏重心理的描写，把人的内心活动，肆意揭发。人之独白，人之幻想，人之呓语，无不细细写出，以洞见其肺肝。此种描写，得心理之助，亦不无可取之处。但过于偏重，往往因入骨三分，致陷于纤弱细巧——只有神经，而无骨骼。且致力于此者，最易追求人的隐私，而忘人生与社会的关系。"食色性也"，欲揭破人心之秘，势必先追求"性也"之私，因而往往堕于淫秽琐碎。此种写法，以剖析为手段，视繁琐为重大，自难健康。且出发点在"心"，则设计遣材势必随此而定，细巧轻微的末屑，尽成宝贵的材料；忘去社会，乃为必然——可以博得少数人的欣赏，殊难给人生以重大的训教与指导。

第三种，我管它叫作戏剧的描写法。写戏剧的人应当把剧中人物预先想好，人物的家世，性格，职业，习惯，……都想了再想，一闭目便能有全人立于眼前。然后，他才能使这些人遇到什么样的事件，便立刻起决定的反应。所以，戏剧虽仅有对话，而无一语不恰好的配备着内心的与身体上的动作。写小说，虽较戏剧方便，可以随时描写人物的一切，可是我以为最好是采取戏剧的写法，把人物预先想好，以最精到简洁的手段，写出人物的形貌，以呈露其性格与心态。这样，人物的描写既不繁琐——如第一种，复无病态——如第二种；而是能康健的，正确的，写出人与事之联结，外貌与内心的一致或相反。健康的作品中，其人物的描写或多用此法。

# 一篇实事求是的工作小结

## ——解读《略谈抗战文艺》

《略谈抗战文艺》一文，原载于 1941 年 10 月出版的《抗战四年》；当时，中华全国文艺家抗敌协会已成立了近四年，作为这一重要组织的实际负责人老舍亲自撰文，小结文艺工作成绩的种种正反面的成绩和欠缺，是非常及时的。文章最大的特点是：实事求是，知无不言，言无不尽。

他先称赞抗战文艺"已找着它的正路"；但却不先谈成就，而是检讨了抗战文艺的消极面。他说的"消极"，不是文艺作品自身的消极，而是它涉及的消极内容面（随后的"积极"的，也同此）。"消极"的内容有三：大体是不再造谣生事；不再由私情所好去吟风弄月；不再追随欧西文艺而自鸣得意。"积极"的也有三：将抗敌救国的伟业放在文艺工作者的肩头，颇有爱国家爱民族的诚意；因爱国爱民而把自己的"私事"置于一旁；文艺工作者对自己有了信心，取得光荣的战绩，而且能用自己的语言、风格、形式写出来。这就是老舍说的找到了"正路"。老舍诚挚地期望抗战文艺能顺着这条正路走下去，因为这样才能使我们的抗战文艺"由狭小而伟大，由笑笑而严肃，由薄弱而深厚，由摹仿而自创"。

随后，老舍以主要的笔力，转向探讨抗战四年以来，文艺界还未能产生伟大作品的主、客观原因。他充分估计到"开路"的工作十分艰苦；时代的伟大，社会的剧变，文艺工作者不是短时间内可以洞察的。用他自己的原话："问题太多了，即使他是个聪明绝顶的人也不能马上解决一切"，"抗战以来所有的文艺著作都是试验品"，这怎么能没有困难和毛病呢？于是，老舍就提问题和分析问题了。

先从作家的生活上看，抗战不允许他们去做"梦"，而必须把个人的私生活抛到一边，建立起为国家为社会的"公生活"，即为国效劳。老舍分析得很到位："他们简直是走入另一个世界，一切是新异的，他们所不习惯的。因此，他们的作品就不能不是热情的流露，而内容非常的空洞"，甚至难免浮浅。而从文字上看，老舍认为，五四运动以后，作家使用的文法难免"欧化"；而抗战文艺的作者必须深入民间，向广大普通民众宣传抗日，"想把新旧雅俗熔为一炉"去创作抗战新文艺，是要付出艰辛的努力的，文艺家必须充分发现本国语言的美。与此同时，作家也是生活在全民抗战的现实生活中的，文艺界抗敌协会限于条件，不能解决他们一日三餐的问题，以致使作家们往往不能不为眼前的现实需求而"另谋工作"，不能专心一意努力于创作，这是不容忽视的现实问题。与此同时，我们的文艺家也难免不犯一个"毛病"——似乎一喊抗战就必定能胜利，对其艰苦性和长期性估计不足。他们因自身的困苦而又思想准备不足，种种克服困难的主客观条件势必欠缺。对此，老舍恪尽文协负责人的职守，不掩饰，不夸大，正面提醒文艺家："假若这个态度不变，文艺就无从尽其指导社会的责任，而作品便也不会由空洞而渐次充实。"

最后，老舍语重心长地坦言，这篇文章，包括对抗战文艺从内容到文家的指责，都是为了克服"今天的困难"，这样，"明日才有光明"。

所以，我们要说，《略谈抗战文艺》，是一篇实事求是的工作小结。

**附：**

# 略谈抗战文艺

书价日高，无力多买。邮递不便，图书多就地销售，不易流通；虽有钱亦无法收集。因此，本文所谈，万难精到，不过就视线所及，略述印象而已。

自抗战以来，值得称赞的是文艺已找着它的正路。消极的，（一）它不再造谣生事，以骂人捧自己为能事；（二）它不再由私情所好，吟风弄月，或香艳肉感，以博虚名；（三）它不再追随欧西文派，自鸣得意，而实自陷于阱。积极的，（一）它把抗战建国的伟业放在自己肩头上，即使才微力弱，未能胜任，而居心则善，实有爱国家民族的诚意；（二）它因爱国家爱民族而把小小的私事置在一旁，宁可写英雄不象英雄，也不肯真能把老子骂倒而骂老子；文艺工作者都携手作起朋友来，大家只有一个敌人——日寇；（三）它对自己有了信心，尽可以不去摹仿别人，而还能立脚得住；它有自家的光荣战绩，而且可以用自家的语言风格形式写作出来；它的民族是正在争取自由独立，它自己也正在争取自由独立。

所以，我说它已找到它的正路。

顺着这条正路往下走，它将由狭小而伟大，由笑骂而严肃，由薄弱而深厚，由摹仿而自创。现在，我们已微微的看到这个来头。不信，请听一听吧，今天全国到处都有了歌声，在这礼乐久已废弛的国土上，这是多么使人兴奋的事啊！谁的功劳？一半儿是音乐家的，一半儿无疑的是诗人的了。

没有努力，希望是空想。让我们看看四年来抗战文艺的缺欠吧。知道了弱点所在，而去克服它，恐怕比甜蜜的谀美更有意义。

笼统的来说，文艺的各部门还都未曾产生出伟大的作品。但这并不就等于说文艺没有前途。只要文艺顺着正路往前开发，它总会找到自己该去的地方，给后来者留下一条坦平的路子。现在，文艺者是正在作着开路的工作。这工作是十分艰苦的。就文艺者自身而言，战争给予别人的困苦，也照样加在他的身上。他不能安心舒适的工作。同时，时代的伟大，社会的剧变，又都使他心悸头眩，一时很不容易看得清楚。他须理解他的时代与社会，同时还须决定应取何种文字形式来传达他所领悟到的。他是否有充足的文艺修养？对民间文艺，古代文艺，西洋文艺，是否有深刻的认识，以便决定何取何弃？问题太多了，即使他是个聪明绝顶的人也不能马上解决一切。他只能战战兢兢的往前试着步儿走，以他的爱国家爱民族爱文艺的热诚去希望自己能够消极的不走入迷途，积极的多少写出些抗战建国的文艺作品来。明乎此，则抗战以来所有的文艺著作都是试验品，自然不会没有毛病。让我们看看这些毛病吧：

（一）从作家的生活上看，文艺是最自由的东西：有什么样的生活，便可以写出什么样的作品；作梦的写梦，打虎的写虎；只要它有文艺性，便可以算作文艺作品。可是，在抗战期间，主观的客观的都不再允许文人去作梦打虎。而须一致的去抵抗倭寇。这个变动，就是文人须把个人的私生活抛去，而从新建立起一种团体的，以国家社会为家庭的公生活；他须象入伍的兵一样，抛下自己的一切，而去为国效劳。大多数的作家们，当遭遇到这个突变，是兴奋的，热烈的。可是他们也必不可免的有点茫然，旧生活岂是一旦可以脱去，象脱去长衫而换上军装那么容易呢；新生活又怎能够说声

"变"，就变得完完全全呢？他们简直是走入另一个世界，一切是新异的，他们所不习惯的。因此，他们的作品就不能不是热情的流露，而内容非常的空洞。他们只有抗战必胜的信心，而没有深入一切由战争而来的困难与问题。他们绝不愿说谎，可是因为生活经验不足，没法子不疾呼高唱，只落得浮浅而欠深刻。这现象，在抗战初期是最显然的，到今天仍未完全消灭——生活不是一天建立得起的啊！

（二）从文字上说，自"五四"运动以后，文艺的工具——文字——显然的是向着一条新路走去。这就是说，大家感觉到中国文法的有欠精密，而想把它欧化了。这个运动，使中国文字有了新的血脉，可是必不可免的把它弄得生硬艰难。到了抗战时期，大家为了向军民宣传，为了建立起中国本色的文艺，深感到前此的欧化文字确是新文艺未能深入民间的一个原因；同时，因作家们在战时与军民有了接触的机会，晓得了一些民间固有的文艺，于是昔日对欧洲语文的倾心，一变而为对民间语言与文艺的爱慕，而想到提炼自己的语言正是本色文艺应取的策略。由此，对文学的遗产也就有了相当的注意，而想把新旧雅俗熔为一炉，去创造抗建的新文艺。于是，诗歌小说都求能朗诵，对民间文艺形式也想拿来运用。这个趋势，绝非排外或返古，而是因抗战必胜的信心，发生了对创立本色文艺的自信。

首先被发觉的，是欧化文法的生硬不自然，很难一时深入民间。但是，抗战以来所提倡的文艺朗诵，还不止此消极的一面。作家们接触了军民，而且要供给军民以文艺作品，他们自然需要军民的言语——于此，他们发现了本国的语言之美。他们不仅要避免生硬，不仅要供给又未能普遍。至于文人自己，虽有提高稿费运动，但成绩欠佳；文艺界抗敌协会虽然出来倡导，可是无法使之必能有效，因为它毕竟是个民众团体，没有发号施令之权。因此，文艺工作者就往往没法不为三餐而另谋工作，即使还不弃舍了撰写，可究竟不能专心一志的努力于文艺了。

同时，文艺家之在前方者，搜集了不少战争材料，本当如军队之换防，按时撤下来整理材料，以备写作。在后方的，本当按时被派出，去替换他们的久在前线的弟兄。可是，这绝不是私人或文艺界抗敌协会所能办到的。关心此事的人没有能力，有能力的未必关心，结果是文艺家们只好过着他们自己的日子，有材料的写不出，要写的没材料；谈不到写作计划，作品也就深欠丰裕。我们只有精神食粮荒歉的怨声，而没看到人事调整的办法——作家自己的能力是很有限的。

（四）因为抗战救国的热情，就是文艺家们自己，战争初起的时候，不免犯了这个毛病——似乎一喊抗战就必能胜利。及至战争继续下去，作家们因自身的困苦，其耳闻目触的种种现象（有好的，也有坏的），乃高呼抗战一变而为深思默虑，想把种种问题提示出来，以存善除恶，于艰苦中求改善，争取胜利。这，绝对不是悲观，而是任何一个有头脑，有热情的人必当取的态度。可是，不幸有许多人还未改抗战初期的心情。以为一谈问题——不论居心如何——总是"有了问题"的表示。有问题，便怕动摇人心，还不如把灯火熄了，让大家看不到的好。假若这个态度不变，文艺就无从尽其指导社会的责任，而作品便也不会由空洞而渐次充实。文艺家的批评与汉奸的反宣传，是绝对不同的。必须看清楚。

以上开端，包括了对抗战文艺的内容上文字的指摘。并略言作家生活及写作的限制怎样影响到文艺的开展，克服今天的困难，明日才有光明，望国人与文艺工作者共勉之！

# 老舍对这个问题很有发言权

## ——解读《如何接受文学遗产》

一位杰出的现代文学大师，怎么会"常有友人以如何接受文学遗产的问题相质"？让我们先从汉民族的文化模式入手探究。

马克思在《路易·波拿巴的雾月十八日》（见 4 卷本《马克思恩格斯选集》第 603 页）中说道："人们创造自己的历史，但是他们不是随心所欲地创造，而是在直接的、既定的、从过去承续下来的条件下创造。"我们应该明白，从近代到现代，中国的文化问题显得特别尖锐。几代杰出的知识分子和文化人，大多是从文化问题入手，去思考和总结祖国的命运和出路。而老舍作为一位广为人承识的伦理文化型作家，更是如此。他们一个共同的认识——中国要能自立于世界民族之林，要从文化问题入手，吸取营养以图存，立人，治国。老舍，虽然比鲁迅等先觉起步晚了一些，但同样是在"五四运动"中获得一双知人论事的"新眼睛"；但同时也深知，中国新文化、新文学，不是无"根"的，这"根"，是生成于几千年农业社会土壤上的礼俗文化。接受文化文学遗产，以及如何接受，是一个无可回避的问题。为此，必须解决一个"如何"的问题。

要解决这个"如何"的问题，不仅仅只靠否定性思维所能完成的。老舍在《如何接受文学遗产》中，从唐、宋一些大文豪那里开始辨析；因为他们头顶上都有一位"皇上"，不许他们"胡闹"（即胡写），只有一些绝不管"皇上"的人，如《水浒传》、《红楼梦》作者那样，才能写出"自由的"，"像样子"的作品；否则，中国文学遗产只能像一颗"小圆珠子"，圆滑地"滚来滚去"，平凡无奇。我们要解决这"如何"的问题，当然不能以摹仿为满足，首先必须开拓我们的思想，把我们祖先的、把世界上那些"最善最美最真的"文学都要"知道一点"，使自己成为一个会为全世界思想的中国人。由此可知，老舍所说的接受遗产，还包括世界的好作品。他虽然对《红楼梦》评价很高，但他同时提出，它对我们的启发不如托尔斯泰的《战争与和平》；还有但丁，歌德，我们要把"眼睛放开"，看到世界。一个人即使不相信天堂地狱，但没法不承认但丁的伟大，因为但丁能把天堂、地狱、人间，合在一起去指导人生。因为我们要接受世界优秀的文学遗产，老舍告诫人们要学至少一两种外语，用他的话说，是"使我们多长出一两对眼睛来"。他自己就是因此而受益无穷的。总起来说，"用世界文艺名著来启发，用中国文字去练习，是我的意见。"

在《如何接受文学遗产》这篇文论中，老舍对"遗产"的看法，对待"传统"的看法，较少情绪性倾斜；他确认："对过去，我们没法否认自己有很高的文化。……在世界历史上还没有敢轻视中国文化的"。（见老舍：《我有一个志愿》，载 1944 年 2 月 15 日《新民报》晚刊）但他同时看到，正是这很高的文化正在使现代中国人流于消沉、苟安、懒惰；所以，在结束这篇文论前，他提出了一个非常重要的问题，那就是要扩大"遗产"二字的意义，而把活生生的、当前的"社会情形"放在一起——如果我们读过了希腊、罗马、中古文艺复兴以及近代的西方文艺名著，也读过我们自己的李白、杜甫、苏东坡、韩愈的古诗古文，但却不明白当前的实际社会，那我们难免写出"有伟大的企图，而内容空洞的东西"，"那才冤枉"！只有了解活的社会，"下笔乃能有物"。篇末的这段文字，可以看成是全文的灵魂和宗旨："假若我们只闭户读文艺遗产，而不睁眼去看社会，便只认识了死的灵魂，而忘了活的世界，恐怕便要变成唐吉珂德式的写家，而到处闹笑话了"。当前的社会，怎会须要和子虚乌有的"风车"去"博斗"的唐吉珂德式的作家呢?！

八十多年前，老舍能对文化文学遗产，对活的社会，有如此深切而清醒的认知和实践，不能不令后代的我们佩服、敬重！

附：

# 如何接受文学遗产

常有友人以如何接受文学遗产的问题相质。我以为要决定这个问题，须先看看我们要成为什么样的文艺作家。假若我们要成为一个古文家，这就很简单了：我们只须以术为主，确定思想，而后博及群书（古书），以判得失，要浸渍古人为文义法，即能成功，倘不能博及群书，亦可精研六经，旁及史汉，汉魏文章，也自能落笔不凡，有古人气象。黄山谷说过："往年常请问东坡先生作文章之法，东坡云：'但熟读所记《檀弓》当得之'。既而取《檀弓》二篇，读数日过，然后知后世作文章，不及古人之病，如观日月也。"苏黄为宋代两大文豪，书读得很多，而且在思想上都深受佛教影响，可是他们教人作文之法不过简单如此。我以为，假若我们要立志成为一个古文家，我们便须首先假设头上有一位皇上，不管我们相信什么，我们必须在思想上按照孔孟的道理说话，在方法上按照着贾陆韩苏的技巧行文。明乎此，我们就差不多能一以贯之的明白中国的文学史了。中国文学史中，正统的文学是今古一致，思想与技巧大致相似，即使文体有些变化，也不过是平仄上微微的一些波纹而已。因此，我们没有农司奇拉司，也没有莎士比亚。我们并不是没有成为莎士比亚的人才；象太白，子美，东坡，都是了不起的人物，可是他们都有位皇上，不许他们瞎胡闹。只有一些绝对不管皇上的人，象《水浒》，《红楼梦》的作者，才真写出了一些自由的，象样子的东西来，可是这样的东西实在不多见，因为写了出来，既不能取得功名富贵，碰巧了还要被官府及正人君子所检禁，太不上算。作古诗文，应知："老杜作诗，退之作文，无一字无来处，盖后人读书少，故谓韩杜自作此语耳"。字字有来历，皇上与大家才都放心，于是中国文学中乃如一圆珠滚来滚去，老是那么圆滑，那么大小，那么平平无奇，只要我们能以圣贤之心为心，能无一字无来处，我们便也能点铁成金，成为一个小圆珠子。我们能吸收，能摹仿，就够了。因此，我们论诗文，也差不多是千载一致，所不同者不过略有偏重，甲重音节，乙重气势，只在枝节上求技巧的不同，其用心立论则一也。

那么，假若我们要成为一个新文艺家呢，我想我们一定不能只以摹仿为满足。我们似乎第一就该开拓我们的思想，把世界上那些最善最美最真的都须略略知道一点，使我们成为一个会为全人类思想的中国人。我们自然不必放下自己，而去描写别人；但是我们必须在描写自己的时候，也关切到我们的世界。我们的一位抗战士兵，也就是全世界反法西斯蒂战线上的一个弟兄。他的生命即使是特殊的，可是他的苦痛，责任，与问题，都是世界的。我们应以世界文艺作为我们的遗产，而后以我们的文学、材料，写出我们自己的，同时也是世界的作品来。因此，欲治新文艺，就必先预备至少一两种外国语言，使我们多长出一两对眼睛来。假使我们只有一对眼，只能看中国的作品，即使我们专找那些伟大的著作去读，也得不到多少好处。以《红楼梦》来说吧，它的确是一部伟大的作品。但是它并不能启发我们，象《战争与和平》那样。一本书必有它所预期的效果，就是哥哥妹妹的那一点，在这一点上它有极大的成功。我们不能责备它没有《战争与和平》那样的效果。可是，为我们学习起见呢，我们便不应只抱着《红楼梦》，而不去多学几招。无论是但丁，歌德，还是托尔斯泰，他们总把眼睛放开，看到他们所能看到的世界，尽管你一点也不信天堂地狱，但是你没法不承认但丁的伟大。他把天堂地狱与人间合到一处去指导人生。他到今天也使我们崇拜，因为世界文学史中还没有第二个但丁。假若我们只学了汉文，唐诗，宋词，元曲，而不去涉及别国的文艺，我们便永远不会知道文艺的使命与效果会有多么崇高，多么远大，也不会知道表现的方法会有那么多的变化。很明显的，假若"五四"新文艺运动者，都是完全不晓得西洋文艺的人，这二十年来就绝对不会有一篇东西比得上茅盾，曹禺，徐志摩等的作品的。

自然，中国老的作品，并不是与我们毫无关系。我们现在既还用方块字作我们表现的工具，我们就该知道以前的人曾经怎样运用这个工具来着。而且，从前的人们，在思想上既不敢冒险去乱说，他们只好在文字上想办法。所以，文字在前人的手里真讲得起千锤百炼，值得我们去学习。我觉得，能练习练习旧体文，与旧体诗词，对我们并不是件白费功夫的事。

用世界文艺名著来启发，用中国文字去练习，这是我的意见。

其次，我们于上述两点之外，还该扩大"遗产"二字的意思，把社会情形也放在里边。因为，假若我们已读过希腊，罗马，中古文艺复兴，以及近代的西洋文艺名著了，也已从李杜苏韩学过诗文了，可是我们不明白目前的社会是什么，我们便势必写出有伟大的企图，而内容空洞的东西，那才冤枉！社会上的一切自有根源，书是世代相传下来的，我们应把这文化视作遗产，而后下笔乃能有物。我们应当批评，但先须"知道"。《红楼梦》虽不能启发我们什么，但它描写的那一部分的人生的确是中国样子，使人相信。假若我们只闭户读文艺遗产，而不睁眼去看社会，便只认识了死的灵魂，而忘了活的世界，恐怕便要变成唐吉珂德式的写家，而到处闹笑话了。

# 胜过教科书中"大"道理的短文

## ——解读《怎样读小说》

一篇一千两三百字的短文《怎样读小说》，即使以今天的文学理论教科书中相关内容来作比较，从提出问题，到分析问题，再解决问题，都很值得我们重视。

老舍在《怎样读小说》中，实际提出了五个问题；每个问题所占篇幅并不相等，但都值得我仔细解读，认真思考。

第一，老舍开篇很精要地提醒我们：写小说和读小说都不容易。如果认为你手头拿着的是一篇"小说"，随手一看，看完再随手一扔，你不可能有任何心得，只是在浪费时间。

第二，小说与别的书相比，自有别的书不能代替的作用。最重要的是，它是讲人生经验的。读了它，才会懂得人间涉身处世的道理。它和哲学不同之处，在于哲学也能让我们明白这些道理，但不可能使我们感兴趣，不能使我们在不知不觉中受到潜移默化。同样，历史书虽然也是在写人间事，但不可能有小说的生动有趣，活灵活现，在不知不觉中让人懂得人生的意义。小说不是让读者读着玩的，它必须有自己独立的、无可取代的价值与使命。

第三，老舍又不是先写小说内容的重要性，而是写小说的文字问题，因为文字是表现社会人生的工具。有好的文字，就能少而精地形容出复杂的心态物态。好的文字，必须简洁有力，委婉多姿。如果我们想写出好文章，是要通过好文字，"下笔如有神"的文字，能使人闭着眼睛去领悟作者笔下的人生事物，并加以揣摩，怎能说文字不重要呢？以少而好的文字，写出多的内容，这才是真功力。

第四，说了文字，再说内容。由于人世间可供写小说的内容太多，作者要从中分出轻重好坏，是很不容易的。于是，老舍提出一个最重要的标准，就是：关心社会是好的，不关心社会是坏的。同一件事在不同作家笔下，有的就当作一个社会问题，而有的不过当作一件"好玩"的事，这就是对人生态度严肃与否的重大问题了！关心人生的，不但能给我们知识，还能给我们教育；而不关心人生的，只能供读者消遣，浪费我们的时间。这里，老舍多少有点突然地提出了剑侠小说，而有鲜明的倾向性，认为剑侠小说能激励人们的正义感——去除暴安良。这里，老舍阐明这一问题很辩证，那就是明确"侠"必须"义"，也就是打抱不平；而如果只在"剑"上做文章，渲染什么口吐白光、斗了三天三夜还不分胜负，那就是走入了魔道，不但离题太远，而且没有任何正面的意义。青年人爱读小说，也有的爱剑侠小说，这是有道理的；但老舍言外之意，还是希望不论作家还是读者，要关注小说的内容——关心社会（虽然会有不同的关心方法和态度）才是最重要的。

第五，关于小说的"穿插"，不应该是"故作惊奇"，卖关子和要笔调，都是"低卑的技巧"。而一部好的小说，是不能靠这些"花样"来引人入胜的，而应该是：真有的说，真值得说。所以，我们识别一部小说的好与坏，绝不应该以内容穿插的惊奇与否去判断，关键还是要看作家怎样处理内容的态度。

总之，老舍提醒我们：小说不是只供消遣的东西，而是要看它对提高我们的文学修养，让我们懂得更多处世的道理，这才是真正有益的。所以笔者认为，短短一文，胜过教科书中的"大"道理。

**附：**

# 怎样读小说

　　写一本小说不容易，读一本小说也不容易。平常人读小说，往往以为既是"小"说，必无关宏旨，所以就随便一看，看完了顺手一扔，有无心得，全不过问。这个态度，据我看来，是不大对的。光是浪费了光阴？我们要这样去读小说，何不去玩玩球，练练武术，倒还有益于身体呀？再说，小说之所以能够存在，并不见完全因为它"小"而易读，可供消遣。反之，它之所以能够存在，正因为它有它特具的作用，不是别的书籍所能替代的。化学不能代替心理学，物理学不能代替历史；同样的，别的任何书籍也都不能代替小说。小说是讲人生经验的。我们读了小说，才会明白人间，才会知道处身涉世的道理。这一点好处不是别的书籍所能供给我们的。哲学能教咱们"明白"，但是它不如小说说得那么有趣，那么亲切，那么动人，因为哲学太板着面孔说话，而小说则生龙活虎的去描写，使人感到兴趣，因而也就不知不觉地发生了潜移默化的作用。历史也写人间，似乎与小说相同。可是，一般的说，历史往往缺乏着文艺性，使人念了头疼；即使含有文艺性，也不能象小说那样圆满生动，活龙活现。历史可以近乎小说，但代替不了小说。世间恐怕只有小说能源源本本、头头是道的描画人世生活，并且能暗示出人生意义。就是戏剧也没有这么大的本事，因为戏剧须摆在舞台上去，而舞台的限制就往往教剧本不能象小说那样自由描画。于此，我们知道了，小说是在书籍里另成一格，也就与别种书籍同样的有它独立的、无可代替的价值与使命。它不是仅供我们念着"玩"的。

读小说，第一能教我们得到益处的，便是小说的文字。世界上虽然也有文字不甚好的伟大小说，但是一般的来说，好的小说大多数是有好文字的。所以，我们读小说时，不应只注意它的内容，也须学习它的文字：看它怎么以最少的文字，形容出复杂的心态物态来；看它怎样用最恰当的文字，把人情物状一下子形容出来，活生生的立在我们的眼前。况且一部小说，又是有人有景有对话，千状万态，包罗万象，更是使我们心宽眼亮，多见多闻；假若我们细心去读的话，它简直就是一部最好的最丰富的模范文。反之，假若我们读到一部文字不甚好的小说，即使它有些内容，我们也就知道这部小说是不甚完美的，因为它有个文字拙劣的缺点。在我们读过一段描写人，或描写事物的文字以后，试把小说放在一边，而自己拟作一段，我们便得到很不小的好处，因为拿我们自己的拟作与原文一比，就看出来人家的是何等简洁有力，或委宛多姿。而且还可以看出来，人家之所以能体贴入微者，必是由真正的经验而来，并不是先写好了"人生于世"而后敷衍成章的。假若我们也要写好文章，我们便也应该去细心观察人生与事物，观察之后，加以揣摩，而后我们才能把其中的精采部分捉到，下笔如有神矣。闭着眼睛想是写不出来东西的。

文字以外，我们该注意的是小说的内容。要断定一本小说内容的好坏，颇不容易，因为世间的任何一件事都可以作为小说的材料，实在不容易分别好坏。不过，大概的说，我们可以这样来决定：关心社会的便好，不关心社会的便坏。这似乎是说，要看作者的态度如何了。同一件事，在甲作家手里便当作一个社会问题而提出之，在乙作家手里或者就当作一件好玩的事来说。前者的态度严肃，关切人生；后者的态度随便，不关切人生。那么，前者就给我们一些知识，一点教训，所以好；后者只是供我们消遣，白费了我们的光阴，所以不好。青年们读小说，往往喜爱剑侠小说。行侠作义，好打不平，本是一个黑暗社会中应有的好事。倘若作者专向着"侠"字这一方面去讲，他多少必能激动我们的正义感，使我们也要有除暴安良的抱负。反之，倘若作者专注意到"剑"字上去，说什么口吐白光，斗了三天三夜的法而不分胜负，便离题太远，而使我们渐渐走入魔道了。青年们没有多少判断能力，而且又血气方刚，喜欢热闹，故每每以惊奇与否断定小说的好歹，而不知惊奇的事未必有什么道理，我们费了许多光阴去阅读，并不见得有丝毫的好处。同样的，小说的穿插若专为故作惊奇，并不见得就是好作品，因为卖关子，耍笔调，都是低卑的技巧；而好的小说，虽然没有这些花样，也自能引人入胜。一部好的小说，必是真有的说，真值的说；它决不求助于小小的技巧来支持门面。作者要怎样说，自然有个打算，但是这个打算是想把故事拉得长长的，好多赚几个钱。所以，我们读一本小说，绝不该以内容与穿插的惊奇与否而定去取，而是要以作者怎样处理内容的态度，和怎样设计去表现，去定好坏。假若我们能这样去读小说，则小说一定不是只供消遣的东西，而是对我们的文学修养，与处世的道理，都大有裨益的。

# 文艺的真价值之一

## ——解读《文艺的工具——言语》

《文艺的工具——言语》是一篇六百余字的短文，能发表在重庆《新华日报》（1944 年 7 月 10 日）这样重要的媒体上，足见其价值。

老舍在这里说的"言语"，也就是我们通常说的"语言"。这的确只是个"工具"，但用得好或坏是大相径庭的。他首先提出，话虽然人人会讲，但能"出口成章"的人并不多，而遣词用字不恰当的倒是不少。如果只会用"真好看"、"真漂亮"去赞美一个人或一朵花，其实等同于什么也没有说。等到我们拿起笔来写文章，那种什么也没说明的语言必然形同虚设。老舍认为，好文章里的语言，必须要把每一句话写完整，一句就应该是一段文章中的一个"思想单位"，是一个独立的整体，同时又要顾及这一句子与前与后的关联，要像唱歌那样"有板有眼"，而千万不可写出前半句就把后半句"咽在肚子里"，也就是不能要读者到我们肚子里来找那一切尽在不言之中的下半截。这样，才能使我们文章中每句语言都是个清楚的思想单位。

老舍还提出，我们平时说语可以"马虎"一些，但写文章就必须"字字恰当"，用他的原话说，就是"我们要想，想，想了再想"。文艺作品中的语言，是语言的"精华"，因为它不但能向你传达人生经验，而且是用精彩的语言向你传授的。下面这句话，是全文的要害："文艺的价值就是在乎能以最经济的言语道出真理来"。至此，我们可以明确体悟到，老舍在这篇短文中，论及的远远不是个"工具"问题！

他用了一个非常形象的比喻，以"小的钥匙"来比语言，希望并要求每个文艺作家都能将自己的语言制成这样的"钥匙"，因为只要一动，"便打开人们的心锁"。写到这里，老舍还非常风趣地说，如果有人要认为：我所关心的是真理，和文字有什么关系？于是在"哼"了一声后面，接着说"请问：你从那里听到过有真理的废话与糊涂话？"

最后，老舍呼应前文（到咱们肚子里来找那"尽在不言中"的废话），进一步讽刺那些用"真好看"、"真漂亮"的不确切的语言去敷衍读者的人，是"自认无能"。这样的人来到世界上，必定辨别不出什么是美，什么是丑，只是"走马观花"了几十年。幸而有人会看，会听，而且能用好的语言写出来。老舍奉劝所有的文人："要认真的看，去听，去思想"，把世界上的真善美去"告诉"那些走马看花的人。

全文以"我们创造人物，故事，我们也创造言语"作结，又是一个言有尽而意无穷！

**附：**

# 文艺的工具

——言语

言语是文艺的工具。一个文人须会运用言语，正如一个木匠须会运用斧锯。

言语，虽然人人口中会讲，可不见得照样写下来便能成为文章。

能出口成章的人是不多见的。一般地说，在日常讲话的时候，我们往往并不把一句话说完全，而用手式与眼神等将它补足；往往用字遣词都并不恰当，只要听者能听明白大意，就无须再去用力的找合适的字眼儿，往往我们绕着圈子说了许多废话，才把事情说清楚，只要听者不讨厌我们的絮絮叨叨，我们便乐得信口开河；往往我们赞美一个人或一朵花，我们并没有费力去找出最恰当的最生动的，象诗一样的词句，而只顺口搭音的说几个："真好看!""真漂亮!"——这样的词句其实一点也没道出那个人或那朵花到底是怎样好看。

赶到我们一拿起笔来写文章，我们立刻发现了，我们的手式与眼神不再帮忙了，我们须把每一句话都写完全。句子不完整的，永远成不了好文章。一句便是一段里的一思想单位——它自己既须是个独立的整体，同时又与它的前面的和后面的句子有逻辑上的关联。我们的思想和感情必须用句子慢慢的一句一句的说出，如歌唱那样有板有眼似的。我们不能只说出半句，而把下半句咽在肚子里。人家是从纸上读我们的话，我们不能要求人家到咱们肚子里来找那"尽在不言中"的下半截儿。

每句都要成句，每句必是个清楚的思想的单位。

说话的时候可以马马虎虎，不必字字恰当。作文章可就必求字字恰当，我们要想，想，想了再想，怎样设法找到恰当的字，好使读者感到"读你一段文，胜谈十日话"! 文艺中的言语，是言语的精华。文艺的可贵，就是因为它不单报告了宝贵的人生经验，而且是用了言语的精华报告出来的——它的语言象一个一个发亮的铜钉似的，钉入人们心里。

废话，在文艺里，是绝对要不得的。在茶馆里摆龙门阵，废话也许是必需的；但是，没人愿意从文艺中去看废话。文艺的价值就是在乎能以最经济的言语道出真理来。我们要想，想了再想，想怎样能够把语言制成小的钥匙，只须一动，便打开人们的心锁。世界上好的诗，和好的散文，不都是这样么？请不要说："文字有什么关系呢，我所关心的是真理呀？"哼，请问，你从那里听到过有真理的废话与糊涂话？

在说话时，我们可以用"真好看"或"真漂亮"一类不确切的形容去敷衍；在作文章的时候若仍用此法，我们便是自认无能。一般的人，活了一世，并不一定会看会听，辨不出哪是美哪是丑。他们来在世上，只是作了几十年的"走马观花"。幸而有些人，会看，会听，会看出一朵花的美，听出一只啼鸟或一股流泉的音乐。不但会听会看，他们还有用言语把它们写出来的本事。他能使世人，因为他们的精辟独到的形容，睁开了眼，打开了耳。同样的，他们使世人知道了是非曲直。你看，文人的责任有多么重呀！是的，我们要认真的看，去听，去思想，好把世上那最善，最真，最美的，告诉给那些走马看花的人们。我们的形容与描写是对人对事对物的详尽观察与苦心描绘的结果，而并不是"天气很好"的顺口敷衍！

我们创造人物，故事，我们也创造言语！

# 极高的评价与要求

## ——解读《漫画》

老舍的确是多才多艺的，对美术决不陌生，能在六百余字的篇幅中，对漫画和漫画家给出了精准的评价和要求。

很多人（包括笔者自己）都爱看书籍和媒体上登载的漫画，看后会不由自主地发出哈哈大笑，或喜悦的微笑，但有谁会想到像老舍这样静下心来深思熟虑，随之言简意赅地给漫画和画家如此这般的评价和要求呢?!

漫画是绘画的一个分支，一个重要的分支。老舍开篇即强调漫画最大的劳绩是表现思想。可是，他为何突然提出"很少社会意义"呢？笔者的理解，这是指那些与世态人情关系不紧密的风景、花卉、翎毛、人物，而不是针对漫画本身。

漫画，首先是要抓住世态人情的；而且，必须对世间坏人、坏事、坏现象给予有力的讽刺。为此，老舍高度评价漫画家不只是画家，而且是思想家！同时，漫画家的作品，还可以成为革命的武器，它会被受到暴露和鞭挞的对象恐惧，视漫画为"骂人"。老舍旗帜鲜明地站在漫画家这一边，高度评价他们之所以能自成一格，就在于他们"不甘心只用笔墨颜色去代自然之美作宣传，也不甘心只去捧有财有势的人"；他们是要把丑恶的社会现象用"毒辣""简单"的笔法画出来；为此，漫画是民主政治的好朋友。老舍还意味意长地提示：如果是在一个要求人们"莫谈国事"的国家，漫画和漫画家，"也不会有生命了"。

最后，老舍对漫画家提出了很高的要求：艺术修养不限于绘画本身，他们不但要博学多闻，有非常丰富的社会经验，也就是："他既是艺术家，也还须是学者及新闻记者"，其中，不可缺一。

我们看：对漫画的评价，对漫画家的要求，一而二，二而一，都是极高的！

附：

# 漫画

用绘画来表现思想，是漫画最大的劳绩。风景，人物，花卉，翎毛，无论是用西法，还是用中法，去画，它所发出的效果总仿佛偏在悦目怡情：或给我们光色与形象之美，或给我们以诗的意境，而很少社会的意义。漫画，在另一方面，却首先抓住世态，而予以讽刺。它的技巧是图画的，而效果是戏剧的或短篇小说的。因此，漫画家不只是画家，而且须是思想家。假若三年不窥园的书痴写不出济世的文艺来，一个隐居山林，潜心摹古的画家也一定画不出漫画。

有些老顽固也许看不起漫画，因为他们只晓得画中有诗，而不晓得画中可以有思想；他们只晓得欣赏山川花鸟之美，而不晓得绘画可以为革命的武器。另有些人很怕漫画，因为他们以为它会"骂人"。事实上，漫画之所以能自成一格，就是不甘心只用笔墨颜色去代自然之美作宣传，也不甘心只去捧有财有势的人，而是要把社会现象用毒辣的简劲的笔法写画出来，使大家看了笑一笑，而后再想一想：想罢，也许还发抖一下。漫画是民主政治的好朋友。在一个使大家莫谈国事的国家中，恐怕连漫画也不会有生命了。

漫画既负有传播思想的任务，漫画家的修养便不限于绘画本身，而且须博学多闻，有很丰富的社会经验。他既是艺术家，也还须是学者及新闻记者。

龙生与子美两兄在渝举行漫画展览，说这几句外行话使他们高兴一下，并希望社会上不要以为他们是在"骂人"！

# 一篇初步的自我总结

## ——解读《写与读》

老舍这篇《写与读》，发表于 1945 年 7 月，距离他的第一部长篇小说《老张的哲学》的动笔（《老张的哲学》写于 1926 – 27 年），已有十九年了。所以，这篇文论，可以说是他对十九年写作的得失甘苦，作了一个初步"总结"。

他把《老张的哲学》，说成是一部"乱七八糟"的作品；因为那时，他只是读了不多的几部并非"杰作"的文学作品，还没有辨别好坏的能力。但是我们应注意到就在这篇《写与读》中，有一句非常重要的"总结"："我要看真的社会与人生，而不愿老看二簧戏"。包括《老张的哲学》、《赵子曰》等，不论被作家评价为"乱七八糟"、"要不得"、"坏得出奇"，其实都是在嘻笑唾骂的后边"看真的社会与人生"。

他一边写《老张的哲学》，一边看《汉姆雷特》和《浮士德》，怎能不感到自己"乱七八糟"呢？这时，一位好朋友建议他先去读欧洲历史，于是他从古希腊史，古罗马史读起，然后再去看文艺作品，在得到很多好处的同时，也导致他"瞪着眼咽气"。读了半本"伊利亚特"，他先是想把它"扔得远远的"，后来终于明白了，如果自己真有点"才力"的话，大概是在小说方面。

一边读，一边写。当他读到希腊悲剧时，感到人家是"鹤唳高天的东西"，而自己的"仍然是爬伏在地上的"但也有了一个重要的发现——"喜剧更合我的口胃"，他认为自己缺乏高深的思想和组织能力，但是"会开玩笑"，于是开始写《赵子曰》，他认为这是一本"开玩笑"的小说。

在广泛阅读西方的悲剧和喜剧的同时，他还爱上了希腊的短诗，但又觉得自己缺少诗才。在这个过程中，让他收获和受益最大的是但丁和他的《神曲》。在《写与读》问世的三年前，老舍专门写了一篇《神曲》，特别说到"我已受益不浅"。他认为在罗马的史诗中虽然也有人有神，但就是缺少一个"有组织的地狱"；《神曲》却对天、地、人，都有详尽的描写，把读它的人带到光明的天堂，再引入火花如雪的地狱，告诉我们神道与人道的微妙关系，指给人以善、恶、智、愚、邪、正的因果关系和区别。但丁笔下的世界凡是一首诗，一种色彩，一个响声，都安置在最恰当的地方，世界上只有一本无可摹仿的大书，就是《神曲》！在《写与读》中，他自以是个"但丁迷"；《神曲》中的哲理、景物等，都使自己"明白了肉体与灵魂的关系"，"明白了文艺的真正的深度"。正因为读了但丁与文艺复兴时期的文艺作品，老舍心中总有解不开的"矛盾"：既想写出《神曲》那样的完整，又想不要放弃"粗壮"。这时他写了《赵子曰》，这部小说也"会哭会笑"，但不是巨人的啼笑，"用不着为自己吹牛"，而必须公平地给自己"打分"。

接着，老舍在读写的过程中，深感自己的作品"永远不会浪漫"。如果要找自己的特色，他认为"我有一点点天赋的幽默之感"。联系到自己贫寒的出身，他会从世态人情中看出"可怜又可笑"之处。所以，他喜爱十七八世纪的"假古典主义"文艺作品，因为这些作品虽然不如浪漫派作品那样使人"迷醉颠倒"，可也避免了浪漫派的"信口开河","唠里唠叨",而至少具有"平稳""简明"的优点;而且,"它使我知道怎样先求文字上的简明及思路上的层次清楚"。至此,老舍说出了一句名言(不仅是《写与读》的名言,也是老舍的名言):"我要看真的社会与人生,而不愿老看二簧戏"。这"二簧戏"的含意是复杂而微妙的,不但是"真的社会与人生"的对立面,可能还包括欺骗、愚弄、作假等,我们可以从中看出,老舍既是一位不很懂得政治的人,但又往往对政治有自己的体悟,而又不愿意明言。

随后面,老舍"总结"了他是在 20 世纪 20 年代末开始读英国和法国一流作家的代表作品,读了一本还想多读,其中,英国的威尔斯、康拉德、梅瑞狄斯,法国的福楼拜尔、英泊桑,老舍昼夜地读他们的小说,而且归纳出这些大"家"对他的影响,大体是:喜爱这些作家写实的态度和尖刻的笔调,从中悟出小说已经成为社会的指导者和人生的教科书。他爱的作品,未必是自己能摹仿的(老舍一贯不喜欢摹仿)。他有时也很想摹仿,但多读了,多写了,真正明白了摹仿是使自己"吃亏"的事。他总结出那些能传世的作家作品,都是"健康、崇高、真实"的,这六个字,三个内容,表白了极其丰厚的内蕴,也是老舍一生追求和实践的,同时是他做到了的!他真正实在地体会到了要"多读",才能明白怎样把好的内容放到最"合适"的形式里。

在多读了俄国的作品后,"我觉得俄国的小说是世界伟大文艺中的'最'伟大的"。老舍自谦地表白自己"才力"不够去学他们,但也出于这样的"自惭才短",也希望自己"勿甘自弃"。

最后,老舍在批评了大学文学系学生有"光论而不读"的毛病,这是他在山东任教后的切身体会。(笔者认为,老舍这一尖锐批评有很强的现实意义!)老舍不但忠告学子,而且殷切希望作家熟悉社会人生（也就是他反复强调的"看取真正的社会与人生"），语重心长地以自己传世之作《骆驼祥子》为例，说明他是在"读"了人力车夫的生活后才能写出来的，而不是看过另外一本写人力车夫生活的书。

多么好的一篇自我总结！我们希望有更多的作家也来个自我总结！

附：

# 写与读

要写作，便须读书。读书与着书是不可分离的事。当我初次执笔写小说的时候，我并没有考虑自己应否学习写作，和自己是否有写作的才力。我拿起笔来，因为我读了几篇小说。这几篇小说并不是文艺杰作，那时候我还没有辨别好坏的能力。读了它们，我觉得写小说必是很好玩的事，所以我自己也愿试一试。《老张的哲学》便是在这种情形下写出来的。无可避免的，它必是乱七八糟，因为它的范本——那时节我所读过的几篇小说——就不是什么高明的作品。

一边写着"老张"，一边抱着字典读莎士比亚的《韩姆烈德》。这是一本文艺杰作，可是它并没有给我什么好处。这使我怀疑：以我们的大学里的英文程度，而必读一半本莎士比亚，是不是白费时间？后来，我读了英译的《浮士德》，也丝毫没得到好处。这使我非常的苦闷，为什么被人人认为不朽之作的，并不给我一点好处呢？

有一位好友给我出了主意。他教我先读欧洲史，读完了古希腊史，再去读古希腊文艺，读完了古罗马史，再去读古罗马文艺……

这的确是个好主意。从历史中，我看见了某一国在某一时代的大概情形，而后在文艺作品中我看见了那一地那一时代的社会光景，二者相证，我就明白了一点文艺的内容与形式都是事有必至，理有固然。不过，说真的，那些古老的东西往往教我瞪着眼咽气！读到半本英译的《衣里亚德》，我的忍耐已用到极点，而想把它扔得远远的，永不再与它谋面。可是，一位会读希腊原文的老先生给我读了几十行荷马，他不是读诗，而是在唱最悦耳的歌曲！大概荷马的音乐就足以使他不朽吧？我决定不把它扔出老远去了！他的《奥第赛》比《衣里亚德》更有趣一些——我的才力，假若我真有点才力的话，大概是小说的，而非诗歌的；《奥第赛》确乎有点象冒险小说。

希腊的悲剧教我看到了那最活泼而又最悲郁的希腊人的理智与感情的冲突，和文艺的形式与内容的调谐。我不能完全明白它们的技巧，因为没有看见过它们在舞台上"旧戏重排"。从书本上，我只看到它们的"美"。这个美不仅是修辞上的与结构上的，而也是在希腊人的灵魂中的；希腊人仿佛是在"美"里面呼吸着的。

假若希腊悲剧是鹤唳高天的东西，我自己的习作可仍然是爬伏在地上的。一方面，古希腊的三大悲剧家是世界文学史中罕见的天才，高不可及，一方面，我读了阿瑞司陶风内司的喜剧，而喜剧更合我的口胃。假若我缺乏组织的能力与高深的思想，我可是会开玩笑啊，这时候，我开始写《赵子曰》——一本开玩笑的小说。

在悲剧喜剧之外，我最喜爱希腊的短诗。这可只限于喜爱。我并不敢学诗。我知道自己没有诗才。希腊的短诗是那么简洁，轻松，秀丽，真象是"他只有一朵花，却是玫瑰"那样。我知道自己只是粗枝大叶，不敢高攀玫瑰！

赫罗都塔司，赛诺风内，与修西地第司的作品，我也都耐着性子读了，他们都没给我什么好处。读他们，几乎象读列国演义，读过便全忘掉。

古罗马的作品使我更感到气闷。能欣赏米尔顿的，我想，一定能喜爱乌吉尔。可是，我根本不能欣赏米尔顿。我喜爱跳动的，天才横溢的诗，而不爱那四平八稳的工力深厚的诗。乌吉尔是杜甫，而我喜欢李白。罗马的雄辩的散文是值得一读的，它们常常给我们一两句格言与宝贵的常识，使我们认识了罗马人的切于实际，洞悉人情。可是，它们并不能给我们灵感。一行希腊诗歌能使我们沉醉，一整篇罗马的诗歌或散文也不能使我们有些醉意——罗马伟大，而光荣属于希腊。

对中古时代的作品，我读得不多。北欧，英国，法国的史诗，我都看了一些，可是不感兴趣。它们粗糙，杂乱，它们确是一些花木，但是没经过园丁的整理培修。尤其使我觉着不舒服的是它们硬把历史的界限打开，使基督前的英雄去作中古武士的役务。它们也过于爱起打与降妖。它们的历史的，地方的，民俗的价值也许胜过了文艺的，可是我的目的是文艺呀。

使我受益最大的是但丁的《神曲》。我把所能找到的几种英译本，韵文的与散文的，都读了一过儿，并且搜集了许多关于但丁的论著。有一个不短的时期，我成了但丁迷，读了《神曲》，我明白了何谓伟大的文艺。论时间，它讲的是永生。论空间，它上了天堂，入了地狱。论人物，它从上帝，圣者，魔王，贤人，英雄，一直讲到当时的"军民人等"。它的哲理是一贯的，而它的景物则包罗万象。它的每一景物都是那么生动逼真，使我明白何谓文艺的方法是从图象到图象。天才与努力的极峰便是这部《神曲》，它使我明白了肉体与灵魂的关系，也使我明白了文艺的真正的深度。

文艺复兴时期的作品永远给人以灵感。尽管阿比累是那么荒唐杂乱，尽管英国的戏剧是那么夸大粗壮，可是它们教我的心跳，教我敢冒险去写作，不怕碰壁。不错，浪漫派的作品也往往失之荒唐与夸大，但是文艺复兴的大胆是人类刚从暗室里出来，看到了阳光的喜悦，而浪漫派的是失去了阳光，而叹息着前途的黯淡。文艺复兴的啼与笑都健康！

因为读过了但丁与文艺复兴的文艺，直到如今，我心中老有个无可解开的矛盾：一方面，我要写出象《神曲》那样完整的东西；另一方面，我又想信笔写来，象阿比累那样要笑就笑个痛快，要说什么就说什么。细腻是文艺者必须有的努力，而粗壮又似乎足以使人们能听见巨人的狂笑与嚎啕。我认识了细腻，而又不忍放弃粗壮。我不知道站在哪一边好。我写完了《赵子曰》。它粗而不壮。它闹出种种笑话，而并没有在笑话中闪耀出真理来。《赵子曰》也会哭会笑，可不是巨人的啼笑。用不着为自己吹牛啊，拿古人的著作和自己的比一比，自己就会公平的给自己打分数了！

在我作事的时候，我总愿意事前有个计划，而后一一的"照计而行"。不过，这个心愿往往被一点感情或脾气给弄乱，而自己破坏了自己的计划。在事后想起自己这种愚蠢可笑，我就无可如何的名之为"庸人的浪漫"。在我的作品里，我可是永远不会浪漫。我有一点点天赋的幽默之感，又搭上我是贫寒出身，所以我会由世态与人情中看出那可怜又可笑的地方来；笑是理智的胜利，我不会皱着眉把眼钉在自己的一点感触上，或对着月牙儿不住的落泪，因此，我很喜欢十七八世纪假古典主义的作品。不错，这种作品没有浪漫派的那种使人迷醉颠倒的力量；可是也没有浪漫派的那种信口开河，唠里唠叨的毛病。这种作品至少是具有平稳，简明的好处。在文学史中，假古典主义本来是负着取法乎古希腊与罗马文艺的法则而美化欧西各国的文字的责任的；对我，它依样的还有这个功能——它使我知道怎样先求文字上的简明及思路上的层次清楚，而后再说别的。我佩服浪漫派的诗歌，可是我喜欢假古典派的作品，正象我只能读咏唐诗，而在自己作诗的时候却取法乎宋诗。至于浪漫派小说，我没读过多少，也不想再读。假若我在十六七岁的时候就接触了浪漫派的小说，我也许能象在十二三岁时读《三侠剑》与《绿牡丹》那样的起劲入神，可是它们来到我眼中的时候，我已是快三十岁的人，我只觉得它们的侠客英雄都是二簧戏里的花脸儿，他们的行动也都配着锣鼓。我要看真的社会与人生，而不愿老看二簧戏。

　　一九二八年至二九年，我开始读近代的英法小说。我的方法是：由书里和友人的口中，我打听到近三十年来的第一流作家，和每一作家的代表作品。我要至少读每一名作家的"一"本名著。这个计划太大。近代是小说的世界，每一年都产生几本可以传世的作品。再说，我并不能严格的遵守"一本书"的办法，因为读过一个名家的一本名著之后，我就还想再读他的另一本；趣味破坏了计划。英国的威尔斯，康拉德，美瑞地茨，和法国的福禄贝尔与莫泊桑，都拿去了我很多的时间。在这一年多的时间中，我昼夜的读小说，好象是落在小说阵里。它们对我的习作的影响是这样的：（1）大体上，我喜欢近代小说的写实的态度，与尖刻的笔调。这态度与笔调告诉我，小说已成为社会的指导者，人生的教科书；他们不只供给消遣，而是用引人入胜的方法作某一事理的宣传。（2）我最心爱的作品，未必是我能仿造的。我喜欢威尔斯与赫胥黎的科学的罗曼司，和康拉德的海上的冒险，但是我学不来。我没有那么高深的学识与丰富的经验。"读"然后知"不足"啊！（3）各派的小说，我都看到了一点，我有时候很想仿制。可是，由多读的关系，我知道摹仿一派的作风是使人吃亏的事。看吧，从古至今，那些能传久的作品，不管是属于那一派的，大概都有个相同之点，就是它们健康，崇高，真实。反之，那些只管作风趋时，而并不结实的东西，尽管风行一时，也难免境迁书灭。在我的长篇小说里，我永远不刻意的摹仿任何文派的作风与技巧；我写我的。在短篇里，有时候因兴之所至，我去摹仿一下，为是给自己一点变化。（4）多读，尽管不为是去摹仿，也还有个好处：读的多了，就多知道一些形式，而后也就能把内容放到个最合适的形式里去。

回国之后，我才有机会多读俄国的作品。我觉得俄国的小说是世界伟大文艺中的"最"伟大的。我的才力不够去学它们的，可是有它们在心中，我就能因自惭才短的希望自己别太低级，勿甘自弃。

对于剧本，我读过不多。抗战后，我也试写剧本，成绩不好是无足怪的。

文艺理论是我在山东教书的时候，因为预备讲义才开始去读的；读的不多，而且也没有得到多少好处。我以为"论"文艺不如"读"文艺。我们的大学文学系中，恐怕就犯有光论而不读的毛病。

读书而外，一个作家还须熟读社会人生。因为我"读"了人力车夫的生活，我才能写出《骆驼祥子》。它的文字，形式，结构，也许能自书中学来的；他的内容可是直接的取自车厂，小茶馆与大杂院的；并没有看过另一本专写人力车夫的生活的书。

# 客观观察与主观情感的结合

## ——解读《人、物、语言》

　　《人·物·语言》，是《出口成章》这部文集的第一篇。《出口成章》这部文论，大多是讲解文学语言的，充分显示出老舍这位语言大师才华的结晶。在《序》中，老舍自己强调：说了再说，才容易记住。书名之所以用"出口成章"，并不是卖弄自己有这种本领，而是提醒大家——同时也要求自己，要勤学苦练，才能做到文通字顺，出口成章。

　　《人·物·语言》的核心内容，是强调在文学修养中，学习文学语言是非常重要的；客观的观察与主观情感的结合，最终都要通过好的文学语言，才能体现出来。

　　老舍首先强调，语言的学习是写作的"基本功"；而语言是与你笔下人物的性格，生活等分不开的。如果只是死记下一些名词与话语，便只能"鹦鹉学舌"。那么，最重要的是什么呢？最重要的应该是你笔下人物的性格、思想感情、说话时的神情、音调等等。也就是说，要从中体现出人物的生活和性格，这就是老舍说的"那个根儿"。一句话，语言必须"性格化"。

　　随之，老舍以杜甫的两句诗为例，说明文学语言的重要性：一句是"塞水不成河"，另一句是"月是故乡明"。我们很多人都看过读过杜甫的这两句诗，但不一定能像老舍感悟得那般到位。他认为，"塞水不成河"是极普通的五个字，但到了杜甫的笔下，便成了诗人将很普通的景色鲜明化了；鲜明在杜甫替河水说话了，将景色用他自己的诗句道出了塞水的诗意，成不了河；更重要的是诗人的观察，以及"读诗人"的感受。"月是故乡明"，哪里的"月"不明呢，而杜甫因思念和钟情于自己的故乡，才能通过一个"明"字，大大地增强了这句诗的感染力——也就是诗人通过主观的感受道出思乡之苦，连故乡的"月"也更"明"了。这就是客观的观察与主观感情的结合。如果我们只从字面上去看，是感受不到诗人的"见景生情"的。老舍的独到之处，还在于他区别出"塞水不成河"是客观的观察，而"月是故乡明"则是主观的情感，从而表明：我们要从名作名句中去揣摩作家诗人的"情感"的重要性。

最后，老舍告诫我们：学习语言，千万不可忘了观察人，观察事物。要能"见景生情"，应该把自己的感情"加"进去。而且，要了解人，才能了解他的话，从而学会用性格化的语言去表现人。

附：

# 人、物、语言

在文学修养中，语言学习是很重要的。没有运用语言的本事，即无从表达思想、感情；即使敷衍成篇，也不会有多少说服力。

语言的学习是从事写作的基本功夫。

学习语言须连人带话一齐来、连东西带话一齐来。这怎么讲呢？这是说，孤立地去记下来一些名词与话语，语言便是死的，没有多大的用处。鹦鹉学舌就是那样，只会死记，不会灵活运用。孤立地记住些什么"这不结啦"、"说干脆的"、"包了圆儿"……并不就能生动地描绘出一个北京人来。

我们记住语言，还须注意它的思想感情，注意说话人的性格、阶级、文化程度，和说话时的神情与音调等等。这就是说，必须注意一个人为什么说那句话，和他怎么说那句话的。通过一些话，我们可以看出他的生活与性格来。这就叫连人带话一齐来。这样，我们在写作时，才会由人物的生活与性格出发，什么人说什么话，张三与李四的话是不大一样的。即使他俩说同一事件，用同样的字句，也各有各的说法。

语言是与人物的生活、性格等等分不开的。光记住一些话，而不注意说话的人，便摸不到根儿。我们必须摸到那个根儿——为什么这个人说这样的话，那个人说那样的话，这个人这么说，那个人那么说。必须随时留心，仔细观察，并加以揣摩。先由话知人，而后才能用话表现人，使语言性格化。

不仅对人物如此，就是对不会说话的草木泉石等等，我们也要抓住它们的特点特质，精辟地描写出来。它们不会说话，我们用自己的语言替它们说话。杜甫写过这么一句："塞水不成河"。这确是塞外的水，不是江南的水。塞外荒沙野水，往往流不成河。这是经过诗人仔细观察，提出特点，成为诗句的。

塞水没有自己的语言。"塞水不成河"这几个字是诗人自己的语言。这几个字都很普通。不过，经过诗人这么一运用，便成为一景，非常鲜明。可见只要仔细观察，抓到不说话的东西的特点特质，就可以替它们说话。没有见过塞水的，写不出这句诗来。我们对一草一木，一泉一石，都须下功夫观察。找到了它们的特点特质，我们就可以用普通的话写出诗来。光记住一些"柳暗花明"、"桃红柳绿"等泛泛的话，是没有多大用处的。泛泛的词藻总是人云亦云，见不出创造本领来。用我们自己的话道出东西的特质，便出语惊人，富有诗意。这就是连东西带话一齐来的意思。

杜甫还有这么一句："月是故乡明"。这并不是月的特质。月不会特意照顾诗人的故乡，分外明亮一些。这是诗人见景生情，因怀念故乡，而把这个特点加给了月亮。我们并不因此而反对这句诗。不，我们反倒觉得它颇有些感染力。这是另一种连人带话一齐来。"塞水不成河"是客观的观察，"月是故乡明"是主观的情感。诗人不直接说出思乡之苦，而说故乡的月色更明，更亲切，更可爱。我们若不去揣摩诗人的感情，而专看字面儿，这句诗便有些不通了。

是的，我们学习语言，不要忘了观察人，观察事物。有时候，见景生情，还可以把自己的感情加到东西上去。我们了解了人，才能了解他的话，从而学会以性格化的话去表现人。我们了解了事物，找出特点与本质，便可以一针见血地状物绘景，生动精到。人与话，物与话，须一齐学习，一齐创造。

# 又一篇小说创作经验谈

## ——解读《人物·语言及其他》

《人物·语言及其他》是谈小说创作经验的，但更侧重于短篇小说。

老舍首先认为，写短篇小说不要和写通讯报道相混淆，最重要的是以"三言两语"勾画出人物性格。因为它篇幅短，"必须选择了又选择"，把激动人心的精华写出来；更重要的是，集中精力写好一两个人，"以一当十"，万不可见物不见人。中外著名的文学作品都是让事件为人服务，随着人走，而不能让事件控制着人。他除了以自己的《骆驼祥子》为例，还谈到《三国演义》，情节纠葛虽多，但事事都从人物出发。司马懿被诸葛亮的死吓了一大跳，是为了丰富诸葛亮的形象。写什么人物都一样，《水浒传》中的鲁智深、石秀、李逵、武松，都是通过说话和行动来表现性格的，这很高明。刻画人物必须如此，比如写地主，不能只写他凶残的一面，还要写他伪善的一面，并风趣地说："不要小胡同里赶猪——直来直去"；写到戏剧性（也就是冲突性）强的情节时，要注意不去写人物的心理活动和精神面貌，而是直接让他用行动说话。他还以《水浒传》中武松打虎为例，武松当时心里是怕的（谁不怕呢，包括英雄在内），但王少堂在说评书时，进行了很好的"加工"，说武松看见老虎时心里是怕的，但他却说"啊！我不打死它，它会伤人哟！好！打！"老舍认为这是"适当的艺术夸张"，夸张得好，因为英雄人物的性格由此而表现得更加有声有色了。为了写好人物，老舍还提出压缩篇幅的主张。他以自己的中篇小说《月牙儿》为例。发表于1935年4月的《月牙儿》，本来是因为日本侵略者火烧了商务印书馆的图书馆，将他一部十多万字的小说原稿烧毁，后来他将这十多万字压缩成了这部中篇小说，结果反而成了又一部以妓女辛酸生活为题材的名作，提出了"肚子饿是最大的真理"，对那杀人不见血的万恶吃人社会进行了极其有力的控诉和批判；并以此例说明：人，才是主要的，有永存价值的是人而不是事！《月牙儿》"永存"的是那不幸的母女二人，卖淫求生这"事"是其次的。

其次是语言的运用，用老舍的原话说，是"非常重要"的。他多次提到自己写完了一篇作品，"一定要再念再念再念"，念给别人听，以求知道这个"东西"顺不顺？准确不？逻辑性强不？而且风趣地表白这是他的一个"窍门"。对于文字，他要求准确和出奇，然后要朴实。他说的"出奇"和"朴实"并不矛盾，出奇可以吸引人，而朴实也会生动；只有用普通的文字巧妙地安排，巧妙地把话说好——不光是要注意说什么，更要注意怎么说。这"怎么说"才是思考的结果，思考的结晶。在运用语言中，人物的对话很重要，因为对话是人物性格的"索隐"，目的是为了小说中人物性格更鲜明。他认为《红楼梦》中人物的对话就是"活生生"的。在写到语言的运用时，他特别强调学习我们自己的民族语言。而且，作品中的文字一定要"千锤百炼"，不下苦功是做不到的。

最后在人物、语言都谈到了，这篇文论的"其他"是什么呢？那就是；写短篇小说一定要精炼和含蓄，给读者留下回味的余地。他用"宁吃鲜桃一口，不吃烂杏一筐"这中国民间俗语来诠释"精炼"与"含蓄"。老舍以自己传世之作的短篇小说《断魂枪》为例（他没有写出这个篇名，但熟悉他的短篇小说的谁人不知），刻画了一个老拳师（沙子龙）的枪法极好，最拿手的是"断魂枪"。有外地人千里迢迢地来向沙子龙讨教，但他就是不教。那老人不得已地走了。沙子龙把自家门锁好，独自练自己的枪法。全篇小说，以"不传"作结。原作为了突出沙子龙在微笑中说的两声"不传"，还特意渲染了那"夜深人静"和天上的群星，想着当年在野店荒林的威风，吸了一口气说这两声"不传"的。其实，老舍精彩的短篇小说何只《断魂枪》一篇，其他如《微神》、《黑白李》、《老字号》等，都是。这也正是《人物·语言及其他》这篇文论所提出和短篇小说的"底"，必须在动手写作之前就要找到，然后在结尾处表现出来。《断魂枪》的"底"，就是沙子龙的那两声"不传"，有，还是没有，是大不一样的！老舍告诉我们，写小说的，生活知识"越博越好"，理解得"越深越透"越好。在表现形式上一定不要"落旧套"，而要大胆创新，像生活本身那样千变万化。一篇小说的出色与否，全在作者自己，在处理好人与事的关系。

附：

# 人物、语言及其他

短篇小说很容易同通讯报道混淆。写短篇小说时，就像画画一样，要色彩鲜明，要刻划出人物形象。所谓刻划，并非指花红柳绿地作冗长的描写，而是说，要三言两语勾画出人物的性格，树立起鲜明的人物形象来。

　　一般的说，作品最容易犯的毛病是：人物太多，故事性不强。《林海雪原》之所以吸引人，就是故事性极强烈。当然，短篇小说不可能有许多故事情节，因此，必须选择了又选择，选出最激动人心的事件，把精华写出来。写人更要这样，作者可以虚构、想象，把很多人物事件集中写到一两个人物身上，塑造典型的人物。短篇中的人物一定要集中，集中力量写好一两个主要人物，以一当十，其他人物是围绕主人公的配角，适当描画几笔就行了。无论人物和事件都要集中，因为短篇短，容量小。

　　有些作品为什么见物不见人呢？这原因在于作者。不少作者常常有一肚子故事，他急于把这些动人的故事写出来，直到动笔的时候，才想到与事件有关的人物，于是，人物只好随着事件走，而人物形象往往模糊、不完整、不够鲜明。世界上的著名的作品大都是这样：反映了这个时代人物的面貌，不是写事件的过程，不是按事件的发展来写人，而是让事件为人物服务。还有一些名著，情节很多，读过后往往记不得，记不全，但是，人物却都被记住，所以成为名著。

　　我们写作时，首先要想到人物，然后再安排故事，想想让主人公代表什么，反映什么，用谁来陪衬，以便突出这个人物。这里，首先遇到的问题：是写人呢？还是写事？我觉得，应该是表现足以代表时代精神的人物，而不是为了别的。一定要根据人物的需要来安排事件，事随着人走；不要叫事件控制着人物。譬如，关于洋车夫的生活，我很熟悉，因为我小时候很穷，接触过不少车夫，知道不少车夫的故事，但那时我并没有写《骆驼祥子》的意图。有一天，一个朋友和我聊天，说有一个车夫买了三次车，丢了三次车，以至悲惨地死去。这给我不少启发，使我联想起我所见到的车夫，于是，我决定写旧社会里一个车夫的命运和遭遇，把事件打乱，根据人物发展的需要来写，写成了《骆驼祥子》。

写作时一定要多想人物，常想人物。选定一个特点去描画人物，如说话结巴，这是肤浅的表现方法，主要的是应赋予人物性格特征。先想他会干出什么来，怎么个干法，有什么样胆识，而后用突出的事件来表现人物，展示人物性格。要始终看定一两个主要人物，不要使他们写着写着走了样子。贪多，往往会叫人物走样子的。《三国演义》看上去情节很多，但事事都从人物出发。诸葛亮死了还吓了司马懿一大跳，这当然是作者有意安排上去的，目的就是为了丰富诸葛亮这个人物。《红日》中大多数人物写的好。但有些人就没有写好，这原因是人物太多了，有些人物作者不够熟悉，掌握不住。《林海雪原》里的白茹也没写得十分好，这恐怕是曲波同志对女同志还了解得不多的缘故。因此不必要的、不熟悉的就不写，不足以表现人物性格的不写。贪图表现自己知识丰富，力求故事多，那就容易坏事。

写小说和写戏一样，要善于支配人物，支配环境（写出典型环境、典型人物），如要表现炊事员，光把他放在厨房里烧锅煮饭，就不易出戏，很难写出吸引人的场面；如果写部队在大沙漠里铺轨，或者在激战中同志们正需要喝水吃饭、非常困难的时候，把炊事员安排进去，作用就大了。

无论什么文学形式，一写事情的或运动的过程就不易写好，如有个作品写高射炮兵作战，又是讲炮的性能、炮的口径，又是红绿信号灯如何调炮……就很难使人家爱看。文学作品主要是写人，写人的思想活动，遇到什么困难，怎样克服，怎样斗争……写写技术也可以，但不能贪多，因为这不是文学主要的任务。学技术，那有技术教科书嘛！

刻划人物要注意从多方面来写人物性格。如写地主，不要光写他凶残的一面，把他写得像个野兽，也要写他伪善的一面。写他的生活、嗜好、习惯、对不同的人不同的态度……多方面写人物的性格，不要小胡同里赶猪——直来直去。

当你写到戏剧性强的地方，最好不要写他的心理活动，而叫他用行动说话，来表现他的精神面貌。如果在这时候加上心理描写，故事的紧张就马上弛缓下来。《水浒》上的鲁智深、石秀、李逵、武松等人物的形象，往往用行动说话来表现他们的性格和精神面貌，这个写法是很高明的。《水浒》上武松打虎的一段，写武松见虎时心里是怕的，但王少堂先生说评书又作了一番加工：武松看见了老虎，便说："啊！我不打死它，它会伤人哟！好！打！"这样一说，把武松这个英雄人物的性格表现得更有声色了。这种艺术的夸张，是有助于塑造英雄人物的形象的！我们写新英雄人物，要大胆些，对英雄人物的行动，为什么不可以作适当的艺术夸张呢？

为了写好人物，可以把五十万字的材料只写二十万字；心要狠一些。过去日本鬼子烧了商务印书馆的图书馆，把我一部十万多字的小说原稿也烧掉了。后来，我把这十万字的材料写成了一个中篇《月牙儿》。当然，这是其中的精华。这好比割肉一样，肉皮肉膘全不要，光要肉核（最好的肉）。鲁迅的作品，文字十分精炼，人物都非常成功，而有些作家就不然，写到事往往就无节制地大写特写，把人盖住了。最近，我看到一幅描绘密云水库上的人们干劲冲天的画，画中把山画得很高很大很雄伟，人呢？却小得很，这怎能表现出人们的干劲呢？看都看不到啊！事件的详细描写总在其次；人，才是主要的。因为有永存价值的是人，而不是事。

语言的运用对文学是非常重要的。有的作品文字色彩不浓，首先是逻辑性的问题。我写作中有一个窍门，一个东西写完了，一定要再念再念再念，念给别人听（听不听在他），看念得顺不顺？准确不？别扭不？逻辑性强不？……看看句子是否有不够妥当之处。我们不能为了文字简练而简略。简练不是简略、意思含糊，而是看逻辑性强不强，准确不准确。只有逻辑性强而又简单的语言才是真正的简练。

运用文字，首先是准确，然后才是出奇。文字修辞、比喻、联想假如并不出奇，用了反而使人感到庸俗。讲究修辞并不是滥用形容词，而是要求语言准确而生动。文字鲜明不鲜明，不在于用一些有颜色的字句。一千字的文章，我往往写三天，第一天可能就写成，第二天、第三天加工修改，把那些陈词滥调和废话都删掉。这样做是否会使色彩不鲜明呢？不，可能更鲜明些。文字不怕朴实，朴实也会生动，也会有色彩。齐白石先生画的小鸡，虽只那么几笔，但墨分五彩，能使人看出来许多颜色。写作对堆砌形容词不好。语言的创造，是用普通的文字巧妙地安排起来的，不要硬造字句，如"他们在思谋……"，"思谋"不常用，不如用"思索"倒好些，既现成也易懂。宁可写得老实些，也别生造。

文学是语言的艺术，我们是语言的运用者，要想办法把"话"说好，不光是要注意"说什么"，而且要注意"怎么说"。注意"怎么说"才能表现出自己的语言风格。各人的"说法"不同，各人的风格也就不一样。"怎么说"是思考的结果，侯宝林的相声之所以逗人笑，并不只因他的嘴有功夫，而是因为他的想法合乎笑的规律。写东西一定要善于运用文字，苦苦思索，要让人家看见你的思想风貌。

用什么语言好呢？过去我很喜欢用方言，《龙须沟》里就有许多北京方言。在北京演出还好，观众能懂，但到了广州就不行了，广州没有这种方言。连翻译也没法翻译。这次写《女店员》我就注意用普遍话。推广普遍话，文学工作者都有责任。用一些富有表现力的方言，加强乡土气息，不是不可以，但不要贪多；没多少意义的，不易看懂的方言，干脆去掉为是。

小说中人物对话很重要。对话是人物性格的索隐，也就是什么样的人说什么样的话。一个人物的性格掌握住了，再看他在什么时间、什么地点，就可以琢磨出他将会说什么与怎么说。写对话的目的是为了使人物性格更鲜明，而不只是为了交代情节。《红楼梦》的对话写得很好，通过对话可以使人看见活生生的人物。

关于文字表现技巧，不要光从一方面来练习，一棵树吊死人，要多方面练习。一篇小说写完后，可试着再把它写成话剧（当然不一定发表），这会有好处的。话剧主要是以对话来表达故事情节，展示人物性格，每句话都要求很精炼，很有作用。我们也应当学学写诗，旧体诗也可以学学，不摸摸旧体诗，就没法摸到中国语言的特点和奥妙。这当然不是要大家去写旧体诗词，而是说要学习我们民族语言的特色，学会表现、运用语言的本领，使作品中的文字千锤百炼。这是要下一番苦功夫的。

写东西一定要求精炼，含蓄。俗语说："宁吃鲜桃一口，不吃烂杏一筐"，这话是很值得深思的。不要使人家读了作品以后，有"吃腻了"的感觉，要给人留出回味的余地，让人看了觉得：这两口还不错呀！我们现在有不少作品不太含蓄，直来直去，什么都说尽了，没有余味可嚼。过去我接触过很多拳师，也曾跟他们学过两手，材料很多。可是不能把这些都写上。我就捡最精彩的一段来写：有一个老先生枪法很好，最拿手的是"断魂枪"，这是几辈祖传的。外地有个老人学的枪法不少，就不会他这一套，于是千里迢迢来求教枪法，可是他不教，说了很多好话，还是不行。老人就走了，他见那老人走后，就把门锁起来，把自己关在院内，一个人练他那套枪法。写到这里，我只写了两个字："不传"，就结束了。还有很多东西没说，让读者去想。想什么呢？就让他们想想小说的"底"——许多好技术，就因个人的保守，而失传了。

小说的"底"，在写之前你就要找到。有些作者还没想好了"底"就写，往往写到一半就写不下去，结果只好放弃了。光想开头，不想结尾，不知道"底"落在哪里，是很难写好的。"底"往往在结尾时才表现出来，"底"也可以说是你写这小说的目的。如果你一上来把什么都讲了，那就是漏了"底"。比如，前面所说的学枪法的故事，就是叫你想想由于这类的"不传"，我们祖国从古到今有多少宝贵的遗产都被埋葬掉啦！写相声最怕没有"底"，没有"底"就下不了台，有了"底"，就知道前面怎么安排了。

小说所要表达的东西是多种多样的。由于我国社会主义建设的需要，当前着重于写建设，这是正确的。当然，也可以写其他方面的生活。在写作时，若只凭有过这么回事，凑合着写下来，就不容易写好；光知道一个故事，而不知道与这故事有关的社会生活，也很难写好。

小说的形式也是多种多样的，有书信体，日记体，还有……资本主义国家有些作品，思想性并不强，可是写得那么抒情，那么有色彩，能给人以艺术上的欣赏。这种作品虽然没有什么教育意义，我们不一定去学，但多看一看，也有好处。现在我们讲百花齐放，我看放得不够的原因之一，就是知道得不多，特别是世界名著和我国的优秀传统知道得不多。

生活知识也是一样，越博越好，了解得越深越透彻越好。因此，对生活要多体验、多观察，培养多方面的兴趣，尽可能去多接触一些事物。就是花木鸟兽、油盐酱醋也都应注意一下，什么时候用着它很难预料，但知道多了，用起来就很方便。在生活中看到的，随时记下来，看一点，记一点，日积月累，日后大有用处。

在表现形式上不要落旧套，要大胆创造，因为生活是千变万化的，不能按老套子来写。任何一种文学艺术形式一旦一成不变，便会衰落下去。因此，我们要想各种各样的法子冲破旧的套子，这就要敢想、敢说、敢干。"五四"时期打破了旧体诗、文言文的格式，这是个了不起的文化革命！文学艺术，要不断革新，一定要创造出新东西，新的样式。如果大家都写得一样，那还互相交流什么？正因为各有不同，才互相观摩，取长补短，共同提高。新创造的东西，可能有些人看着不大习惯，但大家可以辩论呀！希望大家在文学形式上能有所突破，有新的创造！

# 又一篇谈语言问题的文论

## ——解读《儿童剧的语言》

一篇六百余字的短文，却谈了儿童剧写作语言的方方面面，真不容易，更何况它又那么有现实意义，值得当前从事儿童文学创作的作者学习，虽然它着重谈的是"儿童剧"。

一开篇，老舍就对儿童剧（其实也包括了其他儿童文学作品的创作），提出了语言方面的"十二字方针"（作家并没有提这是"方针"，而是笔者的感悟）：简明易懂，用字不多，生动活泼；这的确是很不容易的。

老舍先抓住了"童心"问题。因为孩子善于想象，在他们看来，真实和想象并没有严格的界限，就如同玩耍和做真事没有严格界限一样。他们都会爱《西游记》里的孙悟空，就同为孙猴子既会玩耍，又会做事，解人之难。

为了让我们写的儿童剧受到孩子们的欢迎，作者也必须有童心，那就要和孩子们打成一片，用孩子们的特点去启发他们，"一问一答，有说有笑，真真假假，虚虚实实"（这次是个"十六字方针"），又都须要"童心"。所以儿童剧的作者首先应该体验儿童的心理，才能写出既有教育意义而又浅明的语言。

随后，老舍向儿童创作的作者提出，孩子们是有幽默感的，不要对他们说干巴巴的话，而要深入浅出，让孩子们去想，他们是能呼出"弦外之音"的。千万不要小看他们，而要向他们学习。老舍以自己幼时入私塾的感受为例，通过私塾的"老夫子"的"一团正气"和"子曰诗云"，对背不上书时的自己，要"瞪着眼教训"，还要"用烟袋锅子"敲孩子的头，更甚者是罚跪！而在自己家里，母亲和大姐都与那老夫子不同，虽然没有很多故事可讲，但总能"有枝添叶"地把一个故事变成另一个故事，让他的脑子"活跃"起来。老舍是以此为例，希望所有儿童剧的作者，都能通过生动幽默的语言，让孩子们"活跃"起来。

最后，老舍以自己的亲身感受，生动形象地说明儿童剧语言应当从简单中找出"诗情画意"。他举了写这篇文章前几天，一个小姑娘的真事。这小女孩只有六岁，却突然"诗兴大发"，作了一篇几十句的诗，其中的一句是："一个白蝴蝶，落了一片雪"。不但当时的老舍夸之为"真是好诗"，就是我们，闭起眼睛好好联想，想白蝴蝶的白，再想一片雪的白。可以联想到，这白蝴蝶一定是在飞，因为只有这样的动感，才能令人联想到正在下的雪；谁也不应该——也不会去追究，下雪天蝴蝶还会在空中飞吗？正是这样的语言，才不是"泛泛的"语言，"泛泛的"语言，是不能满足孩子们的要求的。

当前的儿童剧作者，我们想过这些看似简单，但却很实在的语言问题吗？老舍爱孩子，孩子爱老舍，这不但在文论中，更是在生活中广为人知的，没有这爱，这童心，是成就不了一个优秀的儿童剧作者的！

附：

# 儿童剧的语言

儿童剧的语言不容易写好：既要简明易懂，又要用字不多，还要生动活泼，很不好办。

孩子们识字不多，掌握的语汇也不丰富，可是他们会以较少的语汇，来回调动，说出很有趣的话来。孩子们有此本领，儿童剧作者须学会此本领——用不多的词儿，短短的句子，而把事物巧妙地、有趣地述说出来，恰足以使孩子们爱听。

孩子们善于想象。他们能够从一个洋娃娃身上想象出多少多少事情来，而且一边玩一边说。儿童剧作者的特长之一恐怕就是能保持那颗童心，跟儿童一样天真活泼，能够写出浅显而生动的语言来。不论是大孩子，还是小孩子，都爱听、看《西游记》。孙悟空会变。这正合乎儿童们的要求。在儿童心中，真实与想象没有一定的界限，玩耍与作真事也没有一定的界限。孙悟空会作多少事，而又多么爱玩耍呀！儿童剧作者若是急于正面地去教育儿童，用老老实实的话，板着面孔说大道理，恐怕就效果不大。反之，他们若还有一片童心，用孩子们的办法去启发儿童，儿童们就更容易受到教育。想叫儿童们欢迎我们的剧本，作者与儿童必须打成一片。看，孩子们为什么爱和外公或外婆玩耍呢？大概是因为外公或外婆总是随着孩子们走，一问一答，有说有笑，真真假假，虚虚实实。孩子们的洋娃娃，慢慢地也成为外公或外婆的"亲人"，问饥问渴，无微不至。因此，孩子们忙起来，便把洋娃娃托付给外公或外婆看管。儿童剧的作者应当首先体验儿童的心理状态，而后才能创作出浅明而有教育性的语言来。这种语言须合乎儿童生活上的要求，从而因势利导使儿童受到教育。

孩子们有幽默感，不愿听干巴巴的话。假若我们能够深入浅出，孩子们是会听出弦外之音的。孩子们爱听笑话与相声，爱猜谜语。孩子们肯用脑子去想他们所听到的。我们不要小看孩子们，我们应当向孩子们学习。在我小时候，我入的是私塾。私塾的老夫子总是一团正气，连笑也不轻易笑一下。他开口是诗云，闭口是子曰。我背不上书来，他就罚我跪着，或用烟袋锅子敲我的头。可是，到今天，我所记得的不是他的那一套，而是母亲或大姐给我说的小故事！是的，瞪着眼教训孩子，效果不大。母亲和大姐并没有许多故事，可是会把一个故事有枝添叶地变成另一个故事。这正合乎我的要求。我也学会怎么使一个故事有所发展，大故事生产小故事。到私塾里，我的脑子冻结起来，回到家里，我的脑子活跃起来！那么，儿童剧作者应当使儿童的脑子冻结呢，还是活跃起来呢？

前几天，有一个六岁的小姑娘忽然诗兴大发，作了一篇好几十句的诗。其中有一句是："一个白蝴蝶，落下一片雪。"真是好诗！孩子们会用简单的话，作出诗来。我们成人有时候只求用我们所掌握的语汇，一说就说一大片，而忽略了从简单的语言中找出诗情画意。我们或者以为给孩子们写东西，可以不必往深里钻。这不对。孩子会作诗。孩子们善于联想。我们必须学会充分利用联想，作出为儿童们所喜爱的诗来。这不简单！泛泛的语言不能满足孩子们的要求。

# 一篇很有现实意义的短文

## ——解读《学生腔》

一篇不超过八百字的短文《学生腔》，却能出奇制胜地解决不少写文章的具体问题，何况还很有现实意义，值得今天的作者学习。

老舍所说的"学生腔"，并不一定是学生写的。有的大学生、中学生，能写出很好的文章；而有的四五十岁的成年人，如果不好好思索后才提笔写作，也会写出"学生腔"来。

在这篇文论中，老舍给"学生腔"仔细地切了脉，切出了：爱转文、松懈、幼稚、冗长等四"病"，并一一加以针砭。

"爱转文"，指的是有意无意的卖弄。作者以"秀才"自居，从古时的"之乎者也"，到现今的"众所周知"，都是从书本上照搬。而"转文"，又有"转"得对与不对之分，"转"得对，可对文章有利，而"转"得不对，用一些陈词滥调去对付，那就会成一"病"。为避免此病，办法是"多想"。每一篇文章的内容不同，生活不同，就必须有不同的用语；而多想，就能有所选择，选出那最恰当的。

"松懈"这病，可致不痛不痒，可有可无，漫不经心的泛泛叙述，这是对读者不负责。治疗的方法是：说值得说的，不说那些可有可无的，更要去除那些不着边际的泛泛之谈。总之，是要对读者负责。由此可见，老舍将这一"病"提到了怎样的高度。

至于"幼稚",有两种。一种是用得上用不上都用；另一种是故弄玄虚而不合逻辑。老舍幽默地形容一个爱修饰头发的人，有人会用这个人的头发光滑得连苍蝇都落不住来形容。如果第一个如此形容的作者还有些创造力的话，再三用者就只能令人摇头了。就比如我们很多人都听说过的：第一个用鲜花比喻美人的还能算天才，第三个就只是庸才了！

还有"冗长"，那是信口开河，不会剪裁的必然结果。治疗是：该长则长，该短则短，但都要"求精"。好的文章，几百字就能解决问题（老舍自己的文论，往往是用几百字解决了大问题的。）否则，只能白耽误了读者宝贵的时间。

总而言之，老舍要求青年人要养成勤于思索的习惯，及早抛弃"学生腔"，做到思路清晰，说得明白。要做到这一步，一定要勤学苦练，功夫总是不负苦心人的！

附：

# 学生腔

何谓学生腔？尚无一定的说法。

在这里，我并不想给它下个定义。

不管怎么说，学生腔总是个贬词。那么，就我所能见到的来谈一谈，或不无好处。

最容易看出来的是学生腔里爱转文，有意或无意地表示作者是秀才。古时的秀才爱转诗云、子曰，与之乎者也。戏曲里、旧小说里，往往讽刺秀才们的这个酸溜溜的劲儿。今之"秀才"爱用"众所周知”、“愤怒的葡萄”等等书本上的话语。

不过，这还不算大毛病，因为转文若转对了，就对文章有利。问题就在转得对不对。若是只贪转文，有现成、生动的话不用，偏找些陈词滥调来敷衍，便成了毛病。

为避免此病，在写文章的时候，我们必须多想。想每个字合适与否，万不可信笔一挥，开特别快车。写文章是极细致的工作。字没有高低贵贱之分，全看用的恰当与否。连着用几个“伟大”，并不足使文章伟大。一个很俗的字，正如一个很雅的字，用在恰当的地方便起好作用。不要以为“众所周知”是每篇文章不可缺少的，非用不可的。每一篇的内容不同，它所需要的话语也就不同；生活不同，用语亦异；若是以一套固定的话语应付一切，便篇篇如此，一道汤了。要想，多想，字字想，句句想。想过了，便有了选择；经过选择，才能恰当。

多想，便能去掉学生腔的另一毛病——松懈。文章最忌不疼不痒，可有可无。文章不是信口开河，随便瞎扯，而是事先想好，要说什么，无须说什么，什么多说点，什么一语带过，无须多说。文章是妥善安排，细心组织成的。说值得说的，不说那可有可无的。学生腔总是不经心的泛泛叙述，说的多，而不着边际。这种文字对谁也没有好处。写文章要对读者负责，必须有层次，清清楚楚，必须叫读者有所得。

幼稚，也是学生腔的一病。这有两样：一样是不肯割舍人云亦云的东西。举例说：形容一个爱修饰的人，往往说他的头发光滑得连苍蝇都落不住。这是人人知道的一个说法，顶好省去不用。用上，不算错误；但是不新颖，没力量，人云亦云。第二样是故弄聪明，而不合逻辑，也该删去或修改。举例说：有一篇游记里，开篇就说：“这一回，总算到了西北，到了古代人生活过的环境里了。”这一句也许是用心写的，可是心还没用够，不合逻辑，因为古人生活过的地方不止西北。写文章应出奇制胜，所以要避免泛泛的陈述。不能出奇，则规规矩矩地述说，把事情说明白了，犹胜于东借一句，西抄一句。头一个说头发光滑得连苍蝇都落不住的是有独创能力的，第二个人借用此语，便不新鲜了，及至大家全晓得了此语，我们还把它当作新鲜话儿用，就会招人摇头了。要出奇，可也得留神是否合乎逻辑。逻辑性是治幼稚病的好药。所谓学生腔者，并不一定是学生写的。有的中学生、大学生，能够写出很好的文字。一位四五十岁的人，拿起笔来就写，不好好地去想，也会写出学生腔来。写文章是费脑子的事。

用学生腔写成的文章往往冗长，因为作者信口开河，不知剪裁。文章该长则长，该短则短。长要精，短也要精。长不等于拖泥带水，扯上没完。有的文章，写了一二百字，还找不着一个句号。这必是学生腔。好的文章一句是一句，所以全篇尽管共有几百字，却能解决问题。不能解决问题，越长越糟，白耽误了读者的许多时间。人都是慢慢地成长起来的。年轻，意见当然往往不成熟，不容易一写就写出解决问题的文章来。正因为如此，所以青年才该养成多思索的习惯。不管思索的结果如何，思索总比不思索强的多。养成这个好习惯，不管思想水平如何，总会写出清清楚楚、有条有理的文字来。这很重要。赶到年岁大了些，生活经验多起来，思想水平也提高了，便能叫文字既清楚又深刻。反之，不及早抛弃学生腔，或者就会叫我们积重难返，总甩不掉它，吃亏不小。思路清楚，说的明白，须经过长时间的锻炼，勤学苦练是必不可少的。

说到此为止，不一定都对。

# 自谦出的真道理

## ——解读《越短越难》

　　如同老舍写出过传世之作的长篇小说《骆驼祥子》、《四世同堂》一样，他也有杰出的短篇小说，如前面笔者提到过的《断魂枪》、《老字号》、《黑白李》等。但是，他这篇文论《越短越难》，却自谦"我自己就没写出来过像样子的短篇小说。"

　　为什么老舍会觉得短篇小说难写呢？他自有道理。首先，因为它篇幅短，在结构上就比长篇"严整"、"严密"，这是很难的。

　　从文字上看，也是这个道理。因受篇幅的限制（应控制在几千字内），必须"字斟句酌"，一点不能含糊。老舍用"小块精金美玉"比喻一篇优秀的短篇小说，而且要求"没有一句废话"。像《断魂枪》那样，月夜，静夜，沙子龙的"不传"、"不传"包含了多少与整篇小说的主题、人物性格、环境意境紧紧相扣的深刻含意。老舍说自己喜欢写长篇小说，"因为我的幽默感使我会说废话"，而写短篇小说时，自己就不敢这样，因为"短篇需要最高度的艺术控制"。

　　怎样"控制"呢？这可是一个真本领。老舍用他自己的经验告诫我们：最要紧的是知道得多而写得少；换句话说，这样才能留有余地，才能意无穷，才能让读者自己去思索。

老舍常收到文艺爱好者的信提出，有很多小说资料而"写不出来"。这些来信本身就"不明白"，老舍的回答只能是：要先努力进修，把文字写通顺了，再谈创作。对于这些文艺爱好者所说的"资料"，老舍认为应该是把事物"咂摸透"，看出其中的真意，也就是"摸着了底"，能够把相关的其他事"收揽进来"，补充原来自己掌握的资料的不足；这样，"当我们写作的时候，才能左右逢源，从容不迫"。在我们的生活中，可能常会碰到一些乍看起来"五光十色"的事物，但老舍告诉我们，这些并不一定值得去写，他"奉劝"人们不要认为什么都是可以写小说的"资料"，用他的原话说，要先"想一想"（老舍一贯提倡"想"，想了再想），再给这些事情"剥剥皮"。所谓"剥剥皮"，就是在剥了皮之后，才能看出"核儿"有多大，值不值得写和怎样写。如果只是一些很"单薄"的事，那是成不了写小说的材料的——特别是短篇小说，正因为"短"，"才需要又深又厚"，要让自己所"知道"的，比最后写出的"多得多"。

这种剥皮看核的功夫，同样适用于人物形象的塑造描写。有别于长篇小说，它有足够的篇幅容纳作者从容不迫地描绘人物的方方面面，甚至他们的服装、长相等；但短篇小说"形容"一多，就必定"冗长无力"，只能在十分必要时"点染上一点色彩以描绘人物。"短篇小说中的人物，作者只能通过他能做的少量事，写出只有你笔下的这个人物，才会做出这少量的事；这少量的事，不是人人都能做的，只有你笔下的人物才能做，哪怕是"偶然的事"。至于风景的描写，在短篇小说中，也可以使用同样的道理——不是"点缀"，要紧的是少写。还是老舍那最爱说爱做的：知道的多，写的少。

所有这些，都不仅是一些"道理"，而是我们当今的短篇小说作者，要经过一番努力才能做到的；所以我们说，这是"真道理"，还是老舍这位短篇小说杰出的作家自谦出的"真道理"。

**附：**

# 越短越难

怎么写短篇小说，的确是个很难回答的问题。我自己就没写出来过像样子的短篇小说。这并不是说我的长篇小说都写得很好，不是的。不过，根据我的写作经验来看：只要我有足够的资料，我就能够写成一部长篇小说。它也许相当的好，也许无一是处。可是，好吧坏吧，我总把它写出来了。至于短篇小说，我有多少多少次想写而写不成。这是怎么一回事呢？

我仔细想过了，找出一些原因：

先从结构上说吧：一部文学作品须有严整的结构，不能像一盘散沙。可是，长篇小说因为篇幅长，即使有的地方不够严密，也还可以将就。短篇呢，只有几千字的地方，绝对不许这里太长，那里太短，不集中，不停匀，不严紧。

这样看来，短篇小说并不因篇幅短就容易写。反之，正因为它短，才很难写。

从文字上看也是如此。长篇小说多写几句，少写几句，似乎没有太大的关系。短篇只有几千字，多写几句和少写几句就大有关系，叫人一眼就会看出：这里太多，那里不够！写短篇必须作到字斟句酌，一点不能含糊。当然，写长篇也不该马马虎虎，信笔一挥。不过，长篇中有些不合适的地方，究竟容易被精采的地方给遮掩过去，而短篇无此便利。短篇应是一小块精金美玉，没有一句废话。我自已喜写长篇，因为我的幽默感使我会说废话。我会抓住一些可笑的事，不管它和故事的发展有无密切关系，就痛痛快快发挥一阵。按道理说，这大不应该。可是，只要写的够幽默，我便舍不得删去它（这是我的毛病），读者也往往不事苛责。当我写短篇的时候，我就不敢那么办。于是，我总感到束手束脚，不能畅所欲言。信口开河可能写成长篇（文学史上有例可查），而绝对不能写成短篇。短篇需要最高度的艺术控制。浩浩荡荡的文字，用之于长篇，可能成为一种风格。短篇里浩荡不开。

同时，若是为了控制，而写得干干巴巴，就又使读者难过。好的短篇，虽仅三五千字，叫人看来却感到从从容容，舒舒服服。这是真本领。哪里去找这种本领呢？从我个人的经验来说，最要紧的是知道的多，写的少。有够写十万字的资料，而去写一万字，我们就会从容选择，只要精华，尽去糟粕。资料多才易于调动。反之，只有够写五千字的资料，也就想去写五千字，那就非弄到声嘶力竭不可。

我常常接到文艺爱好者的信，说：我有许多小说资料，但是写不出来。

其中，有的人连信还写不明白。对这样的朋友，我答以先努力进修语文，把文字写通顺了，有了表现能力，再谈创作。

有的来信写的很明白，但是信中所说的未必正确。所谓小说资料是不是一大堆事情呢？一大堆事情不等于小说资料。所谓小说资料者，据我看，是我们把一件事已经咂摸透，看出其中的深刻意义——借着这点事情可以说明生活中的和时代中的某一问题。这样摸着了底，我们就会把类似的事情收揽进来，补我们原有的资料的不足。这样，一件小说资料可能一来二去地包括着许多类似的事情。也只有这样，当我们写作的时候，才能左右逢源，从容不迫，不会写了一点就无话可说了。反之，记忆中只有一堆事情，而找不出一条线索，看不出有何意义，这堆事情便始终是一堆事情而已。即使我们记得它们发生的次序，循序写来，写来写去也就会写不下去了——写这些干什么呢！所谓一堆事情，乍一看起来，仿佛是五光十色，的确不少。及至一摸底，才知道值得写下来的东西并不多。本来嘛，上茅房也值得写吗？值不得！可是，在生活中的确有上茅房这类的事。把一大堆事情剥一剥皮，即把上茅房这类的事都剥去，剩下的核儿可就很小很小了。所以，我奉劝心中只有一堆事情的朋友们别再以为那就是小说资料，应当先想一想，给事情剥剥皮，看看核儿究竟有多么大。要不然，您总以为心中有一写就能写五十万言的积蓄，及至一落笔便又有空空如也之感。同时，我也愿意奉劝：别以为有了一件似有若无的很单薄的故事，便是有了写短篇小说的内容。那不行。短篇小说并不因为篇幅短，即应先天不足！恰相反，正是因为它短，它才需要又深又厚。您所知道的必须比要写的多得多。

是的，上面所说的也适用于人物的描写。在长篇小说里，我们可以从容介绍人物，详细描写他们的性格、模样与服装等等。短篇小说里没有那么多的地方容纳这些形容。短篇小说介绍人物的手法似乎与话剧中所用的手法相近——一些动作，几句话，人物就活生生地出现在我们眼前。当然，短篇小说并不禁止人物的形容。可是，形容一多，就必然显着冗长无力。我以为：用话剧的手法介绍人物，而在必要时点染上一点色彩，是短篇小说描绘人物的好办法。

除非我们对一个人物极为熟悉，我们没法子用三言两语把他形容出来。在短篇小说里，我们只能叫他作一两件事，可是我们必须作到：只有这样的一个人才会作这一两件事，而不是这样的一个人偶然地作了这一两件事，更不是随便哪个人都能作这一两件事。即使我们故意叫他偶然地作了一件事，那也必须是只有这个人才会遇到这件偶然的事，只有这个人才会那么处理这件偶然的事。还是那句话：知道的多，写的少。短篇小说的篇幅小，我们不能叫人物作过多的事。我们叫他作一件事也好，两件事也好，可是这点事必是人物全部生活与性格的有力说明，不是他一辈子只作了这么一点点事。只有知道了孔明和司马懿的终生，才能写出《空城计》。假若事出偶然，恐怕孔明就会束手被擒，万一司马懿闯进空城去呢！

风景的描写也可应用上述的道理。人物的形容和风景的描写都不应是点缀。没有必要，不写；话很多，找最要紧的写，少写。

这样，即使我们还不能把短篇小说写好，可也不会一写就写成长的短篇小说，废话太多的短篇小说了。

以上，是我这两天想起来的话，也许对，也许不对；前面不是说过吗，我不大会写短篇小说呀。

# 所有的文艺都应该是大众的

## ——解读《大众文艺怎样写》

《大众文艺怎样写》，是老舍于新中国成立初期，在"大众文艺创作研究会"主办的讲演会上一次重要的讲话。他主要讲的是"怎样写"的问题。

关于"怎样写"，他在讲形式、语言、内容等具体问题之前，先着重讲了"态度"问题，这是有深意的。众所周知，老舍对大众文艺如鼓词、相声的创作，以及如何创作鼓词、相声（包括改编）的"小文"已经很不少了，很有资格来讲态度问题。要取怎样的态度呢？下面是他的原话："至至诚诚的去写，与吊儿郎当的去写，分明是两个不同的态度。"显然，老舍取的是前一种态度。曾经有人对他为此付出的辛勤劳动，惋惜为"大材小用"，但他对此"并不感谢"，而是明确表示自己写一段词并不比写一部小说更容易；相反，功夫有时还下得更多，这就是一个"态度"问题，他深知今天的文艺作品早已不是文人之间相互标榜与欣赏的资本，而是大家都要为人民服务的重要的态度问题。态度是否真诚，是否把能把自己的创作成果当成人民大众的精神食粮，"当作一件事去作"，就要有严肃真诚的态度。

随后，他提出"大众文艺"并不要以为有了个"大众"就容易写，相反，是更难写。如他所讲的："（大众）二字就很要命"。为什么竟会"要命"呢，老舍先提出了大众的文化程度，首先是识字多少的问题——有的识很多，有的识几个，也还有一字不识的，其中以一字不识的为最多。除了识字和语言以外，还有个大众怎样"用脑筋"和"动感情"的问题，这就是进一步深入人民大众心灵活动的问题，这的确是很不容易的。老舍提出了六个"自己的"来规范这来自大众、又为大众服务的创作，必须有：自己的文艺、自己的语言、自己的思想、自己的感情、自己的想象、自己的形式，这样才能一年到头有说有唱，这才是有了大众文艺。在这六个"自己的"之中，老舍最看重的是语言问题（《出口成章》全集的文论其实都重在讲语言问题）。老舍敏锐地看出，只要我们一旦和民众语言接触，就会体察到"人民口中的语言是活的"。"因为它是活的，所以才有劲，才巧妙。"不论是说，是唱，其"语言之美"是最值得我们注意和学习的。一些平平常常的故事，都可以借着这语言之美"脱胎换骨"，老舍把这叫作"唱着说"，语言之美本身就有一种"魔力"。除了"唱着说"，还有"说着唱"，那就是说书人总不会忘记"用精简有力的话儿"去叙述。像"晓行夜宿，饥餐渴饮"，像"一刀紧似一刀，一刀快似一刀，刀刀不离后脑勺"，这就是"说着唱"。有些"按说书的方法往前发展，而缺乏戏剧性"的旧戏，只要能利用语言简劲美好，也能取得戏剧的效果。老舍之所以要如此提醒大众文艺的作者，也是和五四运动以后有的新文艺作品的作者，没有过好语言这一"关"，从而影响了文艺与民众的关系，是应当由此吸取教训的。虽然他并没有提到毛泽东主席《在延安文艺座谈会上的讲话》对他产生过怎样具体的影响，但在这篇《大众文艺怎样写》的文论中，他对普及与提高的关系，是完全与之相呼应的。在强调大众文艺创作的艰难性中，很恰当地提出了我们今天在这里写鼓词，是为了明天能写出比鼓词更新鲜的作品，"普及了，即当提高"。

在强调了态度问题、语言问题之后，他又重点讲了大众文艺的内容方面的问题。他讲的处理好大众文艺的内容问题，还是从"技巧"入手。他从武松打虎为例，作为旁征博引的评书《武松打虎》，可以一说说五六天。表面上看，说书人是在"信口开河"，但老舍告诉我们，这说书人却是"水到渠成"，把一些细枝末节都讲得逼真、体贴入微。从这个实例出发，老舍要告诉我们的是，大众文艺，必须要有充实的内容，要从大众的生活里去发现"资料"——为写一件事，你要知道十件事，为写一个人，你须熟悉很多人，才能"左右逢源，笔下生花"。在构思情节时，离奇的情节远不如入情入理的情节，入情入理，才是专家的真本事。在旧的大众文艺中，所说的多数是远年的故事，之所以能使听众"替古人担忧"，正因为说书人能在"人情"上将古人当成了现代人。不论以包公的身份来说，是否可能亲自动手铡人，但因为"大众"深恨那些得了高官厚禄而抛弃了与自己共过患难的妻子而另娶宦门之女，所以在旧的大众文艺《铡美案》中，包公亲自"撩胡子挽袖子"去铡驸马爷——而且侧成两半；不但入情入理，还让大众泄恨解气。由此出发，老舍要讲明的是，"今天"的大众文艺作者必须接近大众；极仔细地观察和体验他们的生活和感情既要学习他们的语言，也要揣摩语言后面大众的思想感情。

在结束这次讲演时，老舍再次强调在普及中逐渐提高的问题。具体的途径是：为了普及，应该先学习和把握大众文艺的语言和形式，了解大众的生活和心理、鉴别旧的大众文艺中可以吸取或去除的是什么。同时还应关心文艺理论；一边学习，一边实践，最后，使所有的文艺都成为大众的，这样，才达到了真正的提高。老舍以盖房子为例，从造草房，到盖瓦房，再进一步计划花园、游戏场、游泳池、小公园……让大家都生活在地上的乐园，听世界最美妙的音乐诗歌，"它们既是大众的，民族的，也是世界的"。至此，所有的文艺都应该是大众的。

**附：**

# 大众文艺怎样写

今天我要讲的不是为什么要写大众文艺，和什么是大众文艺的问题；而是怎样写大众文艺的问题。

首先我愿就写大众文艺应取什么态度，来谈一谈。至至诚诚的去写，与吊儿啷当的去写，分明是两个不同的态度，也就必得到不同的结果。以我自己来说吧，在我回到北京来的将近三个月的工夫，我写了四篇鼓词，改编了三篇相声，还写了两篇关于鼓词与相声如何编制与改编的小文，一共是九篇。

有人可就说了："哈，看老舍这家伙，真写的快呀，想必是那些东西容易写，东一笤帚西一扫帚的就凑成一篇。"

我不能承认那个说法。在我的经验中，我写长篇小说是大约一天能写一千字到两千字。写鼓词呢，长的二百多句一篇，短的一百多句；就以长的来说，以七字一句去算，也不过一千五百字左右。可是，这一千多字须写六七天。你看，这是容易写呢？还是不容易写呢？

又有人说了："老舍这家伙，连外国都翻译他的作品，也多少总算有点地位的人了，怎么回国之后，单单的去写鼓词和相声什么的呢？唉，可惜呀，可惜！"

对上边的那大材小用的惋惜，我并不感谢。我知道我干的是什么。我知道写一部小说与写一段鼓词是同样的不容易，我也知道在今天一段鼓词的功用也许比一部小说的功用还要大的多。一篇小说因版权的关系，篇幅的关系，不易转载，就流传不广。一段鼓词可以得到全国各地报纸刊物的转载，而后一个人念或唱，便可以教多少多少不识字的人也听到，而且听得懂。今天的文艺作品已不是文人与文人之间互相标榜与欣赏的东西，而是必须向人民大众服务的东西了。你若是不知道这一点哪，我也就回敬一个"可惜呀，可惜！"

我们若是以为大众文艺容易写，所以才去写它，就大错而特错。态度不真诚，干什么也不会干好。要去写它，就必须认清楚，它是人民大众的精神食粮，其重要或仅次于小米儿和高粱。也要认清楚，它不是文艺的垃圾，扫巴扫巴就是一大堆。知道了它的重要与难写，我们的态度就变成了严肃，真诚，真拿它当作一件事去作。只有这样，我们才能把它搞好，对得起自己，对得起大众。

让我们先看看，大众文艺怎么会难写吧。先提这一点，绝对不是为自高声价，自居为通俗文艺专家；我自己对于大众文艺的认识还小得可怜。我也绝对不是先吓唬你，教你知难而退，我好独霸一方。反之，我诚心的愿意把我知道的告诉你，也希望你也礼尚往来，把你所知道的告诉我。咱们若能照着"打虎亲兄弟，上阵父子兵"的那么在一块儿好好的干，咱们才能克服困难，教大众文艺打个大大的胜仗。

"大众"二字就很要命。不说别的，先说识字的程度吧，大众里面有的能认许多字，有的能认几个字，有的一字不识，而以一字不识的为最多。这一下可把咱们喝过墨水的人给撅了。咱们善于转文，也许还会转洋文，可是赶到面对大众，咱们就转不灵了。咱们说，"把眼光向大众投了个弧线"，大众摇头不懂；咱们说，"那女人有克丽奥拍特拉一般的诱惑力"，大众却不晓得克丽奥拍特拉是什么妖精怪物。这语言问题就够咱们懊丧老大半天的。

语言而外，还有到底民众怎样用脑筋，动感情呢？大众是不是也有想象力呢？这些便比言语更进一步，深入了人民的心灵活动的问题，我们怎能知道呢？

因为人民不懂得谁是克丽奥拍特拉，我们可以拿"老百姓的文化低呀"来开脱自己。可是，假若我们不是装聋卖傻，我们一定会看到民间原来有自己的文艺，用民众自己的语言，自己的思想，自己的感情，自己的想象，和自己的形式，一年到头的说着唱着。这又是怎么一回事呢？我们说我们的文化高，学贯中西，出口成章，可是我们的作品若卖五千本，人家民间的小唱本却一销就是多少万本。我们说我们的剧本是与莎士比亚的差不多，在城里一演就是七八天，可是人家的《铡美案》已经演过几十年或一两个世纪，而且是自都市到乡村都晓得"左眉高，右眉低，必有前妻"。

这么一想啊，我们就别小看大众文艺了。我们得马上赶上前去，把我们的本领也向大众露一露，而且必须承认这是艰苦的工作，不是大笔一挥就会成功的。

一感觉到搞通俗文艺不是件容易事，我们立刻就要去学习了；是学习，不是只傲慢的轻睇一眼，便摇头而去。

应该学习的事很多，可是首先引起我们注意的恐怕是语言了。我们一旦和民众的语言接触，便立刻发现了原来"徘徊歧路"就是"打不定主意"，"心长力绌"就是"武大郎捉奸，有心无力"。这个发现使我们登时感到我们的真正有用的字汇与词典就是人民的嘴。人民口中的语言是活的。因为它是活的，所以才有劲，才巧妙。除非我们能把握住这巧妙的，活生生的语言，我们就没法子使人民接受我们的作品。

在民间文艺里，无论是说，无论是唱，都有一个最值得我们注意的地方，就是语言之美。看吧，在北方的旧戏里，差不多谁中了进士都是第八名，其原因是八字念起来响亮悦耳，而且容易用手指比画。假若我们有工夫把各种不同的戏本比较一下，我们必能发现同一剧本，老一点的本子里的词句本来很通顺，而新一点的本子里反将词句改得不通了。赶到我们再细看一番，就能发现改过的地方虽然在意思上不通，可是念或唱起来比老词好听的多了。民间的艺人为获得言语之美，是肯牺牲了文法与字义的。我们不必去学此方法，但是要记得民间文艺是怎样注重言语之美。

在大众文艺里，其形式虽有多种，但总不外乎说书式的叙述。以各种鼓词来说吧，它们的文字虽是韵文，须有腔有调的唱出，可是主要的还是述说一个故事。有些故事本来平平无奇，可是一用合辙押韵的整齐的文字唱起来，故事便借着语言之美脱胎换骨，变成颇不错的一段东西了。因此，我们可以把这个叫作"唱着说"。

再看那说的呢，它虽不唱，可是每到适当的地方必加入整齐的韵语，振起声势。即使不用韵语，也必将文字排成四六句儿，以期悦耳。说到这种地方，说书的人也必改换音调，用近似朗诵的调子叙述。不信，就去听听评书吧。每逢大将上阵，或英雄们来到一座高山，或遇到狂风暴雨，说书的都必有滋有味的用韵语或排列整齐的句子作介绍。有时候，这种句子并不很通俗，听众未必字字都懂，可是他们都留心的听着，因为那语言之美的本身就有一种魔力。

不单在大场面如此，就是顺口说来的时候，说书的也永远不忘利用精简有力的话儿叙述，像：晓行夜宿，饥餐渴饮，不在话下。像：一刀紧似一刀，一刀快似一刀，刀刀不离后脑勺；只杀得敌人鼻洼鬓角，热汗直流，啪啪啪往后倒退！我们可以管这个叫作"说着唱"。

旧戏的形式比说书唱曲复杂多了，可是，要细一看哪，它也没完全能脱掉说书式的叙述。人物登场必先念引子，而后念定场诗，而后自道姓名。这不都和说书一样？不过是将第三身的述说改教第一身去作罢了。因此，旧戏往往按照说书的方法往前发展，而缺乏戏剧性。可是，不管多么"温"的戏，其中总会利用言语的简劲与美好，硬教言语产生戏剧的效果。比如说："这先下手的为强（锣鼓），后下手的（锣鼓）遭殃！"本没有任何出奇之处，可是因为它是人人知道的两句韵语，简练有力，再一加上锣鼓，就能教全场精神一振，好像怎么了不起似的。

按照上面所举的例子，倒好像我是说大众文艺完全仗着言语去支持着。请不要误会，我没有那个意思。我只是说，语言在通俗文艺中占有很重要的地位，不可不多多注意。这一提醒，也正针对着两个事实：（一）自五四以来，新文艺作品的一个严重缺点就是没有把言语搞好，以至文艺与民众脱节，你说你的，我干我的。大家花费了那么多的时间、心血，去创作，而结果是大众并未得到多少好处，实在可惜。语言文字是文艺的工具，不将工具弄好，怎能写出家传户诵的作品呢？（二）近来文艺工作者感到了写作大众文艺的重要，可是又似乎觉得一段鼓词只是七八个字一句，分行写出的事儿，并没能去充分学习，充分利用，民间的活语言，和怎么把它放在人民所习惯的形式中成为大众"文艺"。因此，我在这一点上多说几句，或者也是可原谅的。

连我自己也算在内，写家们往往以为民间的语言太简单，有的地方没有文法，所以写作的时候就造出生硬的，冗长的句子——虽然不干脆利嗖，可是能说出复杂的意思，也合乎文法。其实，这是个错误。大众的语言，在字汇词汇方面并不简单，而是很丰富。大众的口中有多少俏皮话，歇后语，成语呀，这都是宝贝。不信，让咱们和一位住在大杂院里的妇人拌一回嘴试试，咱们三个也说不过她一个，她能把咱们骂得眼冒金星，而无词以答；赶到咱们大败而归，她独自还在骂，又骂了三个钟头，越来花样越多。

那么，再加上五行八作的术语行话，大众的字汇词汇就丰富的了不得。我们应当搜集这些术语行话，去丰富自己的形容词名词动词等等。这活的词汇要比我们常用的辞源不知好上多少倍。

假若我们是说，大众语的句法太简单，那也是一偏之见。我们的古代的诗歌词曲的句法也都是那么简单，为什么到如今我们还摇头晃脑的去读诵它们呢？假若杜甫能以五个字一句，作出意味深长的一首诗来，我们怎不该以简单的句子作出最精彩的东西来呢？能用我们自己的语言，作出最精美的东西，才算我们的本事呀。鼓词里的《草船借箭》，《乌龙院》，没有用一个"然而"，也没有拉不断扯不断的句子，这是相当好的作品呀。不下一番工夫，而死抱怨我们的言语太简单，就是拉不出屎怨茅房。

至于说俗话有的地方没有文法，更是瞎说。大家怎么说，就是文法。文法就是这么来的。以前，大家总以"斗争"当作名词用；现在，大家都说："斗争他"；这就成了文法。明天，也许大家都说，"斗他一个争"，也就成为文法。大众创造文法，文法家不过是记录者。

有了上面的理由，我们便应勇敢的，真诚的，去学习大众语言，然后运用它作为大众文艺的工具。可是，我们不能偷油儿，不能依然用我们的半文半白的，拖泥带水的句子，却隔不远加上个"他妈的"，或"哎哟"，便算了事。这个尾巴主义要不得。我们也不可把大众原有的文艺拿来，照猫画虎的去写，那是旧帽子刷新，而不是创造新帽子。我们的责任是以今天的大众语创造新的大众文艺，所以必须有辨别的眼力，看清旧的大众文艺中什么是该学的，什么是该去掉的。像那些"马能行"，"马走战"，"马走龙"等等的庸俗字样，是民间艺人偷懒，敷衍了事的结果，我们不能再偷懒，敷衍了事。像以前文人们偶尔高兴起来，所作的那些通俗韵文，我们也不要去学。他们把鼓词作成了文言诗，看起来颇整齐雅致，其实是庸俗不堪。要知道多用陈腐的文言即是投降给死言语；能充分的利用白话，用白话写成生龙活虎般的东西才算真本事。我们更不可以把老套子里的色情的描写，拿来歪曲新的故事与人物；我们若用"二八的俏佳人呀，杨柳腰儿摆，脸蛋儿白又红……"去描写女孩子扭秧歌，便该罚扫街三天。

我们必须真诚，用最大的努力，去用新的活的大众语，创造出新的大众文艺。记住，这是件很艰难的工作，不全心全力去作，不会作得好。在今天，我们还没法不利用大众文艺的旧形式去写，以便容易普及。但是，我们的志愿可不能就是这一点点。说真的，假若我们今天能精巧的运用大众语，写成美好的话剧，能普遍的被大众接受，欣赏，它还不就变成了大众文艺么？大众文艺并不该是另一种文艺，而是所有的文艺都该是大众的。因此，在今天，为了急于普及新文化，我们没法不照着旧形式去写，可是我们万不可就心满意足，以为能写成一段鼓词便已经了不起。事实上，我们今天在这里写鼓词，原为是明天还要写比鼓词更新鲜的东西；普及了，即当提高，不是很明显的么？

就是就事论事，以写鼓词什么的说吧：鼓词有辙，我们晓得吗？鼓词要上下句，分平仄，我们辨得清平仄吗？鼓词须能唱，我们晓得句子的音节吗？这些都是问题，都应当学习。对这些，我不预备多说什么，因为在本月七号的《人民日报》上有我的一篇小文可作参考。在这里，我的忠告是要学习，多学习，多多学习。你看，我们有那么多位文艺家，有谁创造过一篇相声？有谁写成了与《打渔杀家》一样好的一出京戏呢？这真难！我们不应知难而退，而须以热诚去冲破困难。把握住语言，把握住形式，是咱们今天必不可少的功夫。

以下，我们要说点关于大众文艺的内容方面的问题了。为使这讲话前后一致，我们还是从技巧上谈，谈谈我们应如何处理内容，而不谈什么是大众文艺应有的内容。

我想，我们最好先去听听评书。听过了评书，我们就晓得了他们说的故事是多么充实，我们写的多么枯窘。说书的艺人们的文化水准并不高，认字也有限，可是他们能尽情尽理的说故事，教听众们舍不得走开；再看我们呢，我们的文化水准比他们高，也能读能写，可是连一小段鼓词都写得那么瘦小枯干，像一条晒干了的小鱼。这里的原因，一来是艺人们生长在民间，我们却离开了大众；二来是艺人们会以极细腻生动的叙事证明一点道理，我们却急于说出那点道理，只喊了口号，而忘了编制好故事。这样，我们就输给了说书的艺人。

大概的说，说评书的有两派。一派是"给书听"的，一派是旁征博引的。前者是长江大河的往前说书，不扯闲话，打了《连环套》，再打《凤凰山》，一节比一节热闹，一节比一节惊奇。后者是《挑帘杀嫂》可以说半个月，《武松打虎》可以说五六天。前者是真有故事可讲，后者是真有东西可说。虽然在评书界里以老实说书的为正宗，可是在我们听来却不能不钦佩那能把《武松打虎》说了五六天的。表面上，他是信口开河；事实上，他却水到渠成，把什么小事都描写得逼真，体贴入微。他说武松喝酒，便把怎么喝，怎么猜拳，怎么说醉话，怎么东摇西摆的走路，都说得淋漓尽致。他要说武松怎么拿虱子，你便立刻觉得脊背上发痒。山东的二狗熊就更厉害了，他能专说武松，一说一两个月。他的方法是把他自己所想起来的事都教武松去作，编出多少多少小段子去唱。他唱武松走路，武松打狗，武松住店，武松看见的一切。他专凭想象去编歌唱，而他所想象到的正也是大众所要想象出来的。所以，他每到一处，学校即贴出布告，禁止学生出去，因为他的玩艺中有些不干净的地方。可是，布告虽然贴出，到晚间连校长带先生也出去听他了。真正好的大众文艺，在知识分子中也一样的吃得开。

这告诉了我们大众文艺必须有充实的内容，也教我们知道，民间的艺人是从大众中的生活中搜集材料，所以尽管说着武松而忽然岔到榜地上去，大家也还爱听，因为那说得有根有据，有滋有味。再看我们呢，我们往往是由朋友的口中，或新闻纸上的记载，得到一个小故事，便根据这故事去写一段短的小说，或鼓儿词。结果是，为了几十句便再也没的可说，只好多喊几句口号，充充数儿了。我们在这里犯了两个错误：第一，我们并没从大众的生活里去找资料，而偏要替大众写东西；第二，我们以为从友人口中或报纸上得到的资料虽然很短，却正好去写一段鼓词，因为鼓词有一百句左右便可成章啊。殊不知，在文艺创作里，为写一件事须知道十件事，为写一个人须认识许多人，才能左右逢源，笔下生花。若只见过一个茶盘，而想去写茶盘问题，便永远写不出。从多少多少经验中，用心的去组织，把它们炼成一小段文字，才能见出精彩。不错，鼓词可以写得很短，但句句言之有物，入情入理，就不是一点点资料所能支持住的了。我们为写一百行鼓词，须预备下写一万行的材料才好。文艺写作是由一大堆资料中取精去粗的事，不是好歹一齐收，熬一锅稀粥的事。你若以为大众只配吃稀粥，便是污辱了大众，而且你自己也不会有出息。

　　在旧有的民间文艺里，说的唱的是老年间的故事，而寓意多半是提倡忠孝节义等等的老道德，替封建势力作宣传。我们现在写新的大众文艺首先应向这方面斗争。可是，我们不能只扯着脖子喊口号。我们得用有内容的新东西斗争那些有内容的旧东西。旧东西有趣味，我们的新东西得更有趣味；旧东西有的很幽默，我们也有幽默；这样，我们才是以子之矛，攻子之盾，得到胜利。这是以文艺斗争文艺，不是拿标语口号斗争文艺，要是标语口号能有那份儿能力，我们还搞文艺干什么呢？

　　文艺作品是要发生一定的效果的，它教人哭就哭，教人笑就笑。技巧与内容二者兼而有之，才能发生这样的效果。内容不充实，对人情世故揣磨的不深，便无此作用。吹胡子瞪眼的去宣传，其效果必远不及从容不迫的，入情入理的，以具体的充实的故事去劝导与说服。故事必须有情节，不能像小胡同赶猪，直来直去。情节如何得来？它来自人生的体验。比如我们要描写一个人听到他的爸爸死了，我们便不应像旧戏中那样，叫了一声哎呀，顺手倒在椅子上，昏过去。有的人，忽然听到那恶消息，便愣住了；愣了一会儿，眼泪一串串的流下来；而后，放声大哭。有的人，假若他和他父亲平日感情很坏，也许先糊糊涂涂的笑一下，可是紧跟着泪就在眼眶里转，而后哭起来；父亲到底是父亲，没法儿不哭。有的人……。这样的一个简单的情景，我们若能认真的去体会，便有了不同的情节，既不千篇一律，而且委婉动人。一个较长的故事，其中有许多情节，我们也须先从人生经验中去体会，而后依着人情真理去排列先后，使故事处处动人，而看不出穿插安排的痕迹。最庸俗的办法是依照侦探小说的套子，故作惊奇，把人物像些傀儡似的牵来牵去。旧戏旧小说中往往因把情节弄得太离奇了，无法再写下去，就搬来了天兵天将或琉璃鬼代为解决问题。这要不得！我们要晓得，情节的离奇远不及情节的入情入理。情节离奇不过是技巧上的一些小把戏，使故事近情近理的发展才是专家的真本事。

在旧有的大众文艺里，所说与所唱的多数是老年间的故事。大众为什么那样爱替古人担忧呢？事实上，艺人们虽然说唱远年的老事，在人情上他们却把古人当作了现在的人。大众深恨那作了高官便抛弃了共过患难的老婆，另娶宦门之女的人，于是《铡美案》便连驸马爷也要铡成两半了。在乡间，包公不单决定铡死驸马爷，而且撩胡子挽袖子亲自下手去铡，大众看着非常的过瘾。他们不问以包公的身分是否应该变成刽子手，而只管这样办才泄恨解气。把古人的举动与感情都大众化了，大众才爱听那些老故事，而大众文艺也就尽到将古比今的责任。现在我们若写老年间的故事，是否也应袭用此法呢？这不是今天所能讲的，即不在话下。我们今天所应注意的是要写大众文艺必须接近大众，极仔细的观察，体验；不单学习了大众的语言，也要揣磨出语言后面的感情与心思。假若我们能明白了在思想上，感情上，行动上，大众对事对人的反应，我们可就算能替大家写东西了。

现在，我们结束这个小报告：在现阶段中，为了普及，我们应当由学习而把握住大众文艺的语言与形式，了解大众的生活与心理去写作大众文艺。我们学习，试作，我们也要鉴别旧有大众文艺中什么可取，什么该去掉，以便不完全教旧东西拖住，失去向前进步的力气。这叫作在普及中渐次提高。我们一面学习，试作大众文艺，另一方面也要关心一切文艺的理论，学习在现今所有的大众文艺以外的文艺技巧与形式，以便在适当的时机，把现在所谓的大众文艺与非大众文艺的界限抹去，而使所有的文艺都成为大众的。那便是达到了提高的日子。

我们不可钻在牛犄角里，抱着一篇短短的自己写的鼓词，翻来覆去的告诉自己：我成功了！我们必须知道先求普及、由普及逐渐提高，以便达到真正普遍的提高，是我们必经之路。我们不可小看今天的工作，也不可忘了明天重大的发展。我们今天，打个比喻说，是学习给人民盖茅草房。为什么盖茅草房？因为大家还没地方住。为什么要学习？因为我们根本不会，只好按照老草房的样式去盖。盖过两三间之后，我们有了自信心，就该开始去设计改进，教屋中如何更多得阳光空气，地上如何不潮湿。然后，我们更去学习盖造瓦房，以便日新月异，使民众都有瓦房住。赶到大家都有了瓦房住，我们就更进一步计划花园、游戏场、游泳池，使每个小村都像一座小公园似的美丽。那时候，茅草房完全不见了，全中国成为地上的乐园。那时候，旧草房时期的旧鼓词，新草房时期的半新半旧的鼓词，和瓦房时期的新鼓词，或者都不见了，而是大家在地上的乐园里，读或听世界上最伟大最美妙的诗歌。它们既是大众的，民族的，也是世界的。

# 要认识老舍不可不读的文论

## ——解读《〈老舍选集〉自序》

  这部《老舍选集》，指的是 1951 年 8 月由开明书店出版的，包括短篇小说《黑白李》、《断魂枪》、《上任》，中篇小说《月牙儿》、长篇小说《骆驼祥子》这五篇、部小说组成的《选集》。

  在"自序"中，老舍自言这里只选五篇旧作，是要使这部集子"短小精悍"，也就是"愣吃鲜桃一口，不吃烂杏一筐"的意思。这五篇·部，都是在 1930 年到 1937 年之间写的，写作态度很用心，不肯敷衍了事。

  虽然很用心，但他认为《黑白李》是不够"成熟"的，不成熟是在技巧。事实上，20 世纪 30 年代的左翼文坛对老舍有过因不够理解而产生的"不接受"的事实，而《黑白李》又恰好是老舍试图向革命文学靠拢，就试写革命和革命者的第一篇小说。故事情节并不复杂但很曲折。写的是一对长相酷似、长得都很白的胞兄弟，唯一的区别是黑李的左眉上有颗大黑痣，这得以使他在白李因暗中从事革命工作而身陷险境时，坚决烧去这黑痣去替弟弟白李就义，让弟弟可以继续从事革命工作。小说中，还有爱情纠葛，但老舍的真正目的是：试写革命者；但这位论理文化型的作家，尤其是在前期，对革命（特别是实际的革命行动）是不够了解的，所以笔者认为，

《黑白李》的不够"成熟"，并不是"技巧"的问题。

《断魂枪》、《上任》、《月牙儿》三篇，倒真是在技巧上有了进步。名作《断魂枪》，我们在前面已论及，这里不再重复。《上任》引人注目的，不仅是它充满了讽刺意味但又不露讽刺痕迹，更在于它那神形毕肖的心理描写。其中的讽刺，是老舍的专长，而在《上任》中，还表现为作家对现实的一种参与，有着很强烈的时代症候而又不露痕迹；心理描写——尤其是对主人公尤老二，一个"亦官亦匪"的人物，如何将自己"匪"的一面隐藏起来，而把"官"气抖得十足，却偏偏"走"着上任而不坐车，其内心是唯恐透出自己的慌张，没有底气而又加以掩饰。再加上他在钱上算计了又算计……小说中的幽默、讽刺、荒诞、滑稽，是真正的"老舍式"的，也是中国式的智慧。将这个短篇选进《老舍选集》，很是恰当。至于以暗娼的痛苦遭遇为题材的中篇小说《月牙儿》，作家深深的同情心，以及小说的散文诗笔法，早为广大读者公认，成为中国现代文学史中十分独特的"这一篇"，无须这里再说。《骆驼祥子》这部世界名著，虽然早已"誉满全球"，但笔者愿意在此进一步强调，在20世纪30年代初纷争甚多的中国文坛，它却得到了来自"左"、"中"、"右"各派著名论者和读者良好的称道，至今不衰，实属罕见：《骆驼祥子》是老舍第一部完整而严肃的悲剧创作。这里有必要提出许杰的《论〈骆驼祥子〉》，既有高度肯定，同时又有所怀疑。肯定的是，他提出《骆驼祥子》所得到的国际声誉，"不但是老舍个人的，也几乎是中国作家、中国人民的光荣"，它通过一个人力车夫的生活遭遇和诚实劳动"发现了真实的中国。"怀疑也从这里开始，许杰认为老舍没有写清楚祥子主要基于什么走上"个人主义末路鬼"这条毁灭之路，并以此说明老舍对中国革命不够理解。巴人在他的《文学读本》（1940年珠林书店版）中，更是进一步将祥子定义为一个"类型的人物"，而不是典型人物。反倒是大陆以外的文学评论界对《骆驼祥子》评价更高，如日本学者一致推崇这是老舍一部奠定世界名作家的"扛鼎之作"。最中肯而又有深度的评价出现在美籍华人夏志清的《中国现代小说史》中，他认为《骆驼祥子》是一部深含个人感情的小说，还提出了老舍写出了祥子毁灭的"必然性"，但也指出了"个人主义末路鬼"和全小说主体的同情旨趣不相符合。夏志清最精彩的观点在于他高度赞赏了老舍紧扣祥子拼力奋斗的事实，这些，"表现了惊人的道德眼光和心理深度"。褒也好，贬也好，《骆驼祥子》在中国，乃至世界文学界的地位，是不可动摇的，作家将它列入五篇、部《老舍选集》中，是十分必要的。他自己也在这篇"自序"中，写到《骆驼祥子》比《上任》和《月牙儿》，无论在思想上、描写上，"都更明确细致了些。"又说："我管他（按：指祥子）叫'个人主义末路鬼'，其实正是责备我自己不敢明言他为什么不造反"。以致在《骆驼祥子》发表后，有工人去质问他："祥子若是那样的死去，我们还有什么希望呢？"其实，不论祥子最后的结局怎样，老舍都会是无言以对的。

还应该引起我们重视的是，老舍选这些小说入"集"，是有明确针对性的——那就是他注意到了在当时流行的革命文学作品中，常有内容不充实、人物形象不生动，但却有不少"激烈的口号"的缺陷，而老舍自己是一贯重视人物、语言、思想、结构、写景等方方面面的。他坦言："我是个善于说故事的，而不是个第一流的小说家"。话说得比较自谦，但下面这句话是出自他内心的："我的温情主义多于积极的斗争，我的幽默冲淡了正义感"。今天再读这篇文论，值得我们深思。他自己在序言结尾处所说的"人是很难完全看清楚自己的"，更值得我们再深思。

这篇"自序"，可作为老舍对自己一个阶段性小结来看；但愿我们今天的作家，也能多写这样的小结，让读者更多地了解自己，也使作家更了解自己，以继续努力前进。

附：

# 《老舍选集》俄文译本序

谈论自己的作品总是有些困难。自吹自擂和过分谦虚一样不好。所以最好是听取读者的意见。我仅就这两卷集里的作品谈几句吧！

首先，我的作品能和苏联人民见面使我感到很荣幸。这对我今后的创作也是个鼓舞，我相信，我能写得更多些、更好些。

必须指出，这些作品的大部分是我在解放前写的。在那些年里，我主要是写小说，抗日战争时我才开始写话剧。但是，解放后，我几乎完全在写话剧。这就是为什么收在这两卷集里的短篇和长篇小说都是旧题材的，在多数情况下，它们是讽刺旧社会的。那时，虽然我追求光明，但我还不大明白革命的目标和任务，所以，我不能给读者指出一个正确的路来。只是在解放后，经过思想改造，我才明白新旧社会的真正区别，并开始在自己的作品里揭露黑暗势力和歌颂光明。不过，我是个由旧社会过来的人，不可能在短期内熟知新人和他们的事业，因此，我常常写得不够深，在塑造艺术形象时感到有困难。但是，生活是最好的老师，我相信，只要深入生活，我是能把建设社会主义的六亿人民的英雄形象完美地塑造出来的。

解放后我写了不少短文和随笔，可是我从不保留它们，因此不容易一下子就收集起来和挑选出来，在这两卷集里此类短文和随笔也就收得不多。

　　解放后我还写了不少曲艺作品。由于这些作品的文体特殊，不易翻译，所以也没有必要把它们收进此集。

　　最后，我要真诚地感谢这个选集的翻译者和编辑们，由于这些同志的努力，我的作品能和苏联人民见面，这使我打心眼里感到高兴。

# 对新政府好政权的歌颂

## ——解读《〈龙须沟〉写作经过》与《〈龙须沟〉的人物》

由于这两篇文论本身的连贯性，所以合并在一起解读。

老舍的著名话剧《龙须沟》，写于 1950 年 7 月，这两篇文论先后都发表于 1951 年 2 月，对我们理解和欣赏原作，有着重要的意义。

龙须沟，是北京市正南方一条有名的臭沟，沟沿儿住着众多底层社会穷苦民众，经年累月，过着非人的生活。在万恶的旧社会，反动政权不但不管不顾，甚至把普通民众捐献的修沟款项一再吞食。1950 年初，人民政府决定为人民除污去害。在《〈龙须沟〉写作经过》的开篇，老舍就表示了他写这部话剧"是个最大的冒险"；但同时又表示这冒险"是由热忱激发出来的行动"，"我的感激政府的热诚使我敢去冒险"。他敢去冒险，还因为解放初期，人民政府在经济上并不宽裕，但并不急于粉饰太平，像反动政权那样只管给达官贵人修路盖房，而是选择底层贫民的急需。

有了这种"冒险"精神勇气，"怎么写"的问题接着急需解决。作家不能把一条臭沟搬到舞台上，但又非写臭沟不可。他苦苦思索，"假如我能写出几个人物来，他们都与沟有关系，像沟的一些小支流，我不就可以由人物口中与行动中把沟烘出来了么？"于是他就构思了：地点，一个小杂院，像臭沟沿上的一块"小碑"，可以说明臭沟的罪恶；人物，不要多；戏，要小。只要通过人物的语言与行动，达到对人民政府为人民办好事办急事的歌颂，就行。

因为这本戏"很难写"，就请来了病中的著名的焦菊隐先生来抱病担任导演，用的是"焦先生的点石成金的导演手法。"焦菊隐发现了剧本中的"漏洞"与"缺欠"，就设法加减台词，调动场次前台；所以，北京人民艺术剧院演出的《龙须沟》，和老舍的剧本原稿，并不完全一样，但二者的人物性格和全剧的情调是一致的。

《〈龙须沟〉的人物》，就是写的"专凭几个人物支持着全剧"。有了小杂院这个地点，又安插上几个重要人物，也就有了故事情节。首先来到老舍心中的是女性人物，因为真实生活中的龙须沟，妇女有着特殊的地位，她们都能做工挣钱，支撑着全家的生活，帮助男人过日子。紧接着，老舍就想起了程疯子。因为他是艺人，会唱，可以借他把曲艺介绍到话剧中来。其次，因为他有疯病，能说出平常人说不出的话来。再次，程疯子是个弱者，常挨打，更能引起观众和读者的同情。最后，也是很重要的，程疯子之所以疯，原因虽多，但住在臭沟沿也是重要原因之一。所以，老舍是有意通过这个人物让观众"看"到那条臭沟，弥补了作者没法将臭沟搬上舞台的"欠缺"。

如果我们再看或再读《龙须沟》，应该认可，没有程疯子，也就没有了《龙须沟》！这不但像老舍在《〈龙须沟〉的人物》这篇文论中所引用的疯子的"预言"："淘水清，国泰民安享太平"，正如笔者前面品读过的《大众文艺怎样写》一样，老舍一贯非常重视大众文艺，首先强调了一个"态度"问题。在《〈龙须沟〉的人物》中，老舍就是以"至至诚诚"的态度去写程疯子，写他口中说出的"数来宝"，精彩之处极多，随笔引第一幕中的二例：其一，"想当初，在戏园，唱玩艺，挣洋钱，欢欢喜喜天天像过年！受欺负，丢了钱，臭鞋、臭袜、臭沟、臭水、臭人、臭地熏得我七窍冒黑烟！"其二，"有一天，沟不臭，水又清……"新旧对比，要思想有思想，要艺术有艺术。更不说，和二春姑娘合抬一桶水时，二春劝他脱了大褂以免溅上泥点子时，他的回答是："我里边，没小褂，光着脊梁不像话！"。但就是这样一个可爱又穷苦的"疯子"，还被恶霸黑旋风的狗腿子——冯狗子随意殴打，在自己与程疯子理直气壮的妻子斗不过时，竟拿疯子来出气，狠狠地打了他几个嘴巴，打得疯子顺口流血。却只能"老实地"挨打，同时在流泪，真正是血泪交流！

"生活"在臭沟沿小杂院里的苦人就没有一个勇敢的强者吗？作家在剧作中，特别安置了一个没儿没女，为人正直好义的泥水匠赵老头，在疯子挨打时，本来二春姑娘从屋内冲出，要打狗子，疯子家的娘子也怒气冲天地要教训冯狗子时，赵老头不顾自己已六十岁的高龄而从屋里颤巍巍地冲出，力排年迈的娘子和四奶奶，拿起菜刀要教训狗腿子，理直气壮地面对狗奴才；"我来斗斗他！打人，还打个连苍蝇都不肯得罪的人（按：指程疯子），要造反吗？"及至老妇人都劝他快出去躲躲时，他还声称："我不走，我拿刀等着他们，咱们老实，才会有恶霸，咱们敢动刀，恶霸就夹起尾巴跑！"老舍是刻意通过这样的人物、语言、行动，显示臭沟沿上在旧中国就有这样的勇者，底层劳动人民中的勇者！

在《〈龙须沟〉的人物》中，笔者前文就介绍了老舍自己写出的"专凭几个人物支持着全剧"；这"几个人物"，他非常重视女性形象的塑造，她们都有"特殊的地位"，如前文所介绍的，她们能打工挣钱，帮助男人过日子。为此，沟沿的姑娘不轻易嫁给"沟外"的人家，可以少损失劳动力。在剧中，老舍构思出王大妈母女，是较有代表性的。这里，作家充分利用了他熟悉的"老妈妈论"，实际的效果也是，守旧的王大妈，就比"勇往直前"的王二春更鲜活，"看起来倒真像个天真的女孩子。"而相比之下，二春的形象显得单薄了一些。疯子的妻程娘子，勤苦耐劳，热心肠，和王大妈性格不同，但在作家笔下，都有高尚的品质，不但能养活自己，还能关照家人；特别是程娘子，家中有个"疯"老头，她能勇敢坚强地养着他，护着他。《龙须沟》确实能说明，老舍更熟悉这些老妈妈；至于年轻女性的形象，就相形见绌了。

《龙须沟》中的人物，除了程、王两家外。作家还塑造了一个蹬三轮车的丁四。因为他已写过《骆驼祥子》，所以对写三轮车夫真是驾轻就熟；但丁四比祥子复杂，是生长在城市中的人物，与祥子毫不雷同。作家突出了丁四个性中的矛盾，这包括了四嫂的嘴很"野"，目的是要写出穷人心中的委屈，三个家庭之外，老舍还细心地想到必须有个具有领导才能的人物，这就想到了赵老头这个真正的工人。他赋予赵老头刚强正直勇敢的个性，写下来并没有类型化。

在《〈龙须沟〉的人物》中，老舍没有提到一个重要的小孩（他只提到"给丁家安排了两个孩子"），这个小孩就是在第一幕结束时，悲惨地掉进臭沟被淹死的丁四爷的女儿小妞。小妞的惨死，有力地控诉了万恶的旧社会中，那条臭沟给底层苦人的残害，也大大加强了第二幕第一场中程疯子对他一贯钟爱的妞子那一段悲怆的咏叹和呼唤："乖小妞，好小妞，小妞住在龙须沟。龙须沟，臭又脏，小妞子像棵野海棠。野海棠，命儿短，你活你死没人管。北京城，得解放，大家扭秧歌大家唱。只有你，小朋友，在我的梦中不唱也不扭……"这不仅使程疯子泣不成声，也使众多的观众和读者感慨万千！

总之，老舍这两篇有关话剧《龙须沟》的文论，以及话剧本身，之所以能够打动千千万万人，归根到底，是因为它们：第一，有力地暴露和控诉了万恶的旧社会旧政权。第二，由衷歌颂了新社会新政权。第三，用鲜活的人和事证明了穷人"就是有个挣扎劲儿"。

附：

# 《龙须沟》写作经过

在我的二十多年的写作经验中，写《龙须沟》是个最大的冒险。不错，在执笔以前，我阅读了一些参考资料，并且亲临其境去观察；可是，那都并没有帮助我满膛满馅的了解了龙须沟。

不过冒险有时候是由热忱激发出来的行动，不顾成败而勇往直前。我的冒险写《龙须沟》就是如此。看吧！龙须沟是北京有名的一条臭沟。沟的两岸住满了勤劳安分的人民，多少年来，反动政府视人民如草芥，不管沟水（其实，不是水，而是稠嘟嘟的泥浆）多么臭，多么脏，多么有害，向来没人过问。不单如此，贪官们还把人民捐献的修沟款项吞吃过不止一次。一九五〇年春，人民政府决定替人民修沟，在建设新北京的许多事项里，这是件特别值得歌颂的。因为第一，政府经济上并不宽裕，可是还决心为人民除污去害。第二，政府不像先前的反动统治者那么只管给达官贵人修路盖楼房，也不那么只管修整通衢大路，粉饰太平，而是先找最迫切的事情作。尽管龙须沟是在偏僻的地方，政府并不因它偏僻而忽视它。这是人民政府，所以真给人民服务。

这样，感激政府的岂止是龙须沟的人民呢，有人心的都应当在内啊！我受了感动，我要把这件事写出来，不管写得好与不好，我

267

的感激政府的热诚使我敢去冒险。

可是，怎么写呢？我没法把臭沟搬到舞台上去；即使可能，那也不是叫座儿的好办法。我还得非写臭沟不可！假若我随便编造一个故事，并不与臭沟密切结合，便是只图剧情热闹，而很容易忘掉反映首都建设的责任；我不能那么办，我必须写那条沟。想来想去，我决定了：第一，这须是一本短剧，至多三幕，因为越长越难写；第二，它不一定有个故事，写一些印象就行。依着这些决定，我去思索，假如我能写出几个人物来，他们都与沟有关系，像沟的一些小支流，我不就可以由人物的口中与行动中把沟烘托出来了么？他们的语言与动作不必是一个故事的联系者，而是臭沟的说明者。

好！我开始想人物。戏既小，人物就不要多。我心中看到一个小杂院，紧挨着臭沟沿儿。几位老幼男女住在这个杂院里，一些事情发生在这小院里。好，这个小院就是臭沟沿上的一块小碑，说明臭沟的罪恶。是的，他们必定另有许多生活上的困难，我可是不能都管到。我的眼睛老看着他们与臭沟的关系。这样，我就抓住臭沟不放，达到我对人民政府为人民修沟的歌颂。至于其中缺乏故事性，和缺乏对人物在日常生活中的描写，就没法兼顾了。

这本戏很难写。多亏了人民艺术戏剧的领导者与工作者给了我许多鼓励与帮助，才能写成。他们要去初稿，并决定试排。我和他们又讨论了多次，把初稿加以补充与修改。在排演期间，演员们不断地到龙须沟——那里奇臭——去体验生活。剧院敢冒险的采用这不像戏的戏，和演员们的不避暑热，不怕脏臭，大概也都为了：有这样的好政府而我们吝于歌颂，就是放弃了我们的责任。

焦菊隐先生抱着病来担任导演，并且代作者一字一句的推敲剧本，提供改善意见，极当感谢。假若这本戏在演出时，能够有相当好的效果，那一定是由于工作人员和演员们的工作认真与努力，和焦先生的点石成金的导演手法。

# 《龙须沟》的人物

北京人民艺术剧院现在演出的《龙须沟》，与我的《龙须沟》剧本原稿，是不完全一样的。我不十分懂舞台技巧，所以我写的剧本，一拿到舞台上去，就有些漏洞和转不过弯儿来的地方。这次焦菊隐先生导演《龙须沟》，就是发现了剧本中的漏洞与缺欠，而设法略为加减台词，调动场次前后，好教台上不空不乱，加强了效果。焦先生的尽心使我感激。

可是，对于剧中人物的性格，焦先生完全尊重作者的创造，没有加以改动。因此，舞台剧本与原著虽在某些地方互有出入，可是双方的人物性格是一致的，全剧的情调也是一致的。

假若《龙须沟》剧本也有可取之处，那就必是因为它创造出了几个人物——每个人有每个人的性格，模样，思想，生活，和他（或她）与龙须沟的关系。这个剧本里没有任何组织过的故事，没有精巧的穿插，而专凭几个人物支持着全剧。没有那几个人就没有那出戏。因此，要谈此剧的创作经过，也就必须先谈剧中人物是如何创造出来的。这就是这篇短文的内容。

在写这本剧之前，我阅读了修建龙须沟的一些文件，还亲自看修建工程的进行，并请托人民艺术剧院的青年同志随时到龙须沟打听我所要了解的事——我有腿疾，不能多跑路。大致的明白了龙须沟是怎么一回事之后，我开始想怎样去写它。想了半月之久，我想不出一点办法来。可是，在这苦闷的半个月中，时时有一座小杂院呈现在我眼前，那是我到龙须沟去的时候，看见的一个小杂院——院子很小，屋子很小很低很破，窗前晒着湿漉漉的破衣与破被，有两三个妇女在院中工作；这些，我都一一看全，因为院墙已塌倒，毫无障碍。

灵机一动，我抓住了这个小杂院，就教它作我的舞台吧！我开始想如何把小院安插上几个人——有了人就有了事，足以说明龙须沟的事。我写惯了小说，我知道怎样描写人物。一个小说作者，在改行写戏剧的时候，有这个方便，尽管他不大懂舞台技巧，可是他会三笔两笔画出个人来。

首先来到我的心中是女性们，因为龙须沟一带的妇女有她们特殊的地位——妇女都能作工挣钱，帮助男人们过日子；因此，这一带的姑娘不轻易嫁给"沟外"的人，以免损失了劳动力。我想出来王大妈母女：一老一少；一守旧一进取；一明知沟臭而安居乐业，一知道沟臭就要冲出去。对于这母女，我刻画母亲较详，女儿较弱，因为母亲守旧，可以在全剧的进行中发生阻抵作用；女儿勇往直前表现两下子就够，不必太多。再说母亲既守旧，我便可以充分地利用我所知道的"老妈妈论"，教她老有话说。这些老妈妈论不便用在女儿口中，因而她就有一句说一句，不多扯闲盘儿，看起来倒真像个天真的女孩子。

紧跟着，我便想起程疯子。他的作用是多方面的，待我慢慢道来：（一）他是艺人，会唱。我可以利用他，把曲艺介绍到话剧中来，增多一点民族形式的气氛。（二）他有疯病，因而他能说出平常人说不来的话，像他预言："沟水清，国泰民安享太平。"等等。（三）他是个弱者，教他挨打，才更能引起同情，也足说明良善而软弱是要吃亏的。（四）他之所以疯癫，虽有许多缘故，但住在臭沟也是一因；这样，我便可以借着他教观众看见那条臭沟；我没法把臭沟搬到舞台上去。

他必须是个艺人，否则只会疯闹，而毫无风趣，便未免可怕了。而且，有个受屈含冤的艺人住在龙须沟，也足以说明那里虽脏虽臭，可还是个藏龙卧虎的地方。

疯子的妻，娘子，正和许多住在龙须沟的妇女一样，是勤苦耐劳，而且有热心肠的。她和王大妈的性格虽不相同，可是都有同样的高尚的品质，能够用自己的劳力挣饭吃，不仰仗别人，而且遇必要时会养活别人。假若王大妈有个疯丈夫，她也同样的会负起养活他的责任的。尽管王大妈胆小，不愿出门，可是遇必要时，她也会像娘子那样去到街头卖香烟去。她们挣扎的力量是无穷尽的，我并没有把她们写成典型人物的企图，可是我深知道，并且尊敬她们的高贵的品质，所以我能使她们成为在舞台上站得起来的人物。

王、程二家之外，我想出丁家。男的丁四是蹬三轮车的。我教他以蹬三轮为业，一来是好教他给臭沟作注解——一下雨，路途泥烂，无法出车，就得挨饿；二来是我可以不费多少力气便能写出他来——我写过《骆驼祥子》啊。丁四可比祥子复杂，他可好可坏，一阵儿明白，一阵儿糊涂。他是生长在都市里的人，事不顺心就难免往下坡儿溜。这样，他就没法不和丁四嫂时常口角，甚至于打架。丁四嫂也是个"两面人"：她的嘴很野，可是心地很好；她勤苦可又邋遢。她的矛盾是被穷困所折磨出来的，这也就是我创造这个人的出发点——明白了穷人心中的委屈，才能明白他们的说话行事的矛盾。

我给丁家安排了两个孩子。在剧本中，这两个孩子还很小，所以没有什么性格上的发展。在排演时，能被找到的儿童演员都比剧中的孩子大一点，所以导演为他们增多一点事情，以便近情近理。

龙须沟上并没有一个小杂院，恰好住着上述的那些人；跟我写的一模一样。他们是通过我的想象而住在一块儿的。我不是要写一篇龙须沟的社会调查报告，而是要写一本话剧，所以我的人物必须负起戏剧的责任。在我想到这几个人之前，我已阅读了好几篇关于龙须沟的社会调查报告；可是，这些报告并没能拦住我去运用自己的想象。赶到我已想出这几个人物，我才教他们与报告中的资料相联系。这就是说，我是先想出戏剧性的人物，而后才把他变成龙须沟的人物。反之，假若我不折不扣的去写实，照着龙须沟上的某一小杂院去写，实有其地，实有其人，像照相片似的，恐怕我就没法子找到足够的戏剧性了。

在上述的三家子而外，我还需要有一个具有领导才能与身分的人。蹬三轮的，作零活儿的，都不行；他必须是个真正的工人。龙须沟有各行各业的工人，可是我决定用了泥瓦工，因为他时常到各城去作活，多知多懂，而且可以和挖修臭沟，添盖厕所，有直接关系。就以形相来说，一般的瓦匠都讲究干净利落，（北京俗语：干净瓦匠，邋遢木匠。）我需要这么一个人。这样，赵老头就出了世。

在龙须沟，我访问过一位积极分子。他是一位七十来岁的健壮的老人，是那一区的治安委员。可惜，他是卖香烟与水果的。想来想去，我把他的积极与委员都放在赵老头儿身上，而把香烟摊子交给娘子。

对赵老头，我教他刚强正直勇敢，而不多加解释。这是出小戏，没法详细的介绍每一个人的身世与心理，我以为，他既是工人，他就该起带头作用，领导作用；若钩儿套圈儿的啰嗦不休，恐怕倒足以破坏了他的刚直勇敢。

好，我凑够了小杂院里的人。除了他们不同的生活而外，我交给他们两项任务：（一）他们与臭沟的关系。（二）他们彼此间的关系。前者是戏剧任务，后者是人情的表现。若只有前者，而无后者，此剧便必空洞如八股文。

"院外"的人物，只有刘巡长与冯狗子。刘巡长大致就是《我这一辈子》中的人物，冯狗子只是个小流氓而已。

原剧中没有小茶馆掌柜的，因为我觉得教他混在群众场面里也就够了。排戏时，添加了他，的确显得眉目清楚。

想好了人物与他们的任务，写起来就很快了。我差不多是一口气写完了三幕的。这，可就难免这里那里有些漏洞；经焦先生费心东安一个锯子，西补一点油灰，它才成为完整的器皿。不过，我还是用原稿去印单行本，为是保存原来面貌。我希望人民艺术剧院把焦先生的舞台剧本也印出来，两相参证，也许能给关心戏剧的人一点研究资料。

# 老舍写散文的经验谈

## ——解读《散文并不"散"》

在对老舍的作品研究和阅读中，长期以来，阅读和研究更多的是他的小说、剧本……，而对他的散文关注得实在太少。实际上，在五十多年前，他就以这篇《散文并不"散"》来引导读者和研究者关注散文创作了。

他之所以抓住一个"散"来发言，显然是要求我们正确对待散文的"散"，同时还以自己大量的散文写作，证明优秀的散文，如何做到不"散"，以吸引广大读者和研究者。

一开篇，他就说明这是写自己的经验。在具体的经验中，他重点就语言、用字、造句、分段、组织等五个方面来谈，笔者是老舍散文的忠实读者，特别是看到他的一些优秀散文创作已经进入了当前我们中学（甚至小学）的语文教材，深深感到自己的"过时"与"失职"，希望尽快加以弥补，所以对这篇《散文并不"散"》格外关注。同时，以一部《老舍散文三十八讲》（语文出版社 2014 年 8 月版）作为一份"答卷"。在这篇"解读"中，笔者将尽可能联系老舍的一些杰出散文，进行解读。

老舍在文论中所说的语言问题，意思是要用加过工的语言去写散文，散文作为一种文学创作的体裁，要明白如话，但又不能和我们平时说话完全一样；既然写在纸上，就必须细细加工，想好了再写，把平常随口而出的说话中一些毛病，注意去掉。在用字上，一定要用得适当，字字都要"想"，顺着思路和语气，"该俗就俗，该文就文，该土就土，该野就野"，可以看成是他写散文在"用字"上的十六字方针。"造句"，他认为有了适当的字，未必就一定有好句子。好句子首先要"完整"，让读者明白你要说的是什么，"简而整才是好句子"。我们通常容易犯的毛病是："上句不接下句"，所以在下笔前必须"胸有成竹"，要使自己写出的"每一句"（包括每一段）能传达出一定的思想与事实，而且在情调上也须一致，并且有一定的"气氛"。在"分段"上不是偶然，也就是不能随心所欲。怎样才能做到？那就是自己的思路应当有条有理，适可而止，自自然然地分段。有了恰当的分段，才能有清楚的"起承转合"。这里，老舍又提出了他一贯的主张，那就是，在写完一段或几段后，必须自己"朗读"一遍，这样，才能判断自己的心是否都放在了纸上，而作者的一些缺点如果不经过用自己的耳朵去"听"，是很难发现的。经过朗读，可以（也应该）使自己的文字"挺脱结实"起来。这"挺脱结实"，联系随后提出的"清浅活泼"，的确是先生的经验谈，他自己的散文创作，真正做到了这八个字。文论中提出的要有"组织"，没有组织成不了文艺作品。他说的"组织"，就是要有一个全盘的计划，而不能随想随写。这时，他提出了"文艺的手法贵在经济"，提倡多想少写，这样，散文就不会是"散"的。

如果我们将这篇《散文并不"散"》中老舍提供自己的经验谈，和我们对他的散文研究相对比，如果我们进一步与他自己的散文写作相对比，会深感十分不足的——包括前述笔者的《老舍散文三十八讲》。在老舍研究领域中，对其散文的研究，远远滞后于对他小说、戏剧的研究。实际情况是，他在散文中，对亲情、友情、故乡情等的抒发，对良辰美景的描摹、对黑暗现实的暴露针砭，甚至对小动物的戏逗（老舍爱小动物是有名的），无不自成境界，不但不"散"，还很值得当前的有关作者读者，去认真阅读、开掘、学习。下文，我们可以略作品味。

老舍的散文创作，已自成境界，我们可以从这境界中领略到他的价值观。王国维在《人间词语》中说的"有境界则自成高格"，也是针对散文而言的。"随便"中的不随便，无"技巧"痕迹中的技巧。"自由"中的不自由，是老舍的独到。以他抒发亲情的《我的母亲》、《可喜的寂寞》、《婆婆话》、《我的理想家庭》、《想北平》、《宗月大师》、《贺年》等为例，都能看到一种老舍独具的境界。这里不一一分析，只联系他在《散文并不"散"》这篇文论中对"用字"的要求相对照，作者没有用"忆"、"赞"、"念"，而用"想"，是有深意的。他写《想北平》时，正漂泊在青岛，真正离开了故乡北平，他生在北平，二十七岁才离开，距离不但产生了美，更产生了爱，因美因爱而想，用"忆"、"赞"、"念"都不足以表达；他坦言自己是用爱母亲的感情（这在《我的母亲》中已有感人的流露）去表达爱故乡之情。这"爱"这"想"，这因美因爱而"想"，"不是枝枝节节的一些什么？而是整个儿与我的心相粘合的"这"想"，有着丰富的文化内涵，到达了一种"境界"，让读者深深感悟到，这"想"，是在他的血液里、性格里，不是因一时的寂寞而"想"，情真意切，质朴深沉，达到的是一种有我而忘我的境界。这不但是一种很高的境界，而且是一种无"技巧"的技巧。

再从老舍对散文语言的要求来看，可以点赞的实在多。他语言的幽默，我们已在《谈幽默》中解读，这里要特别提出他散文语言中的"笑"。看他的很多散文，我们往往会发笑，除了开怀大笑外，我们别忘了从悲喜交融去品味。而悲喜交融中更多的是悲，更多的是忍从，更多的是苦涩。悲剧美，是老舍精神和艺术之魂，是非常复杂的人生况味，又夹杂着理性的诙谐和丝丝温情，只有在大"家"的笔下才能展示。其中特别能显示功力的是他散文中那种鲜活俏皮、轻松亲切的笑，是老舍的独步。这里我们只举《四位先生》为例。《四位先生》中，包括《吴组缃先生的猪》、《马宗融先生的时间观念》、《姚蓬子先生的砚台》、《何客先生的戒烟》，都有这种"老舍式"的笑；限于篇幅，这里只举《马宗融先生的时间观念》为例。老舍开门见山打趣："马宗融先生的表大概是，我想是一个装饰品"，这分明是对一位好朋友的"揭短"和打趣：大到开会，小到吃饭、睡觉，马先生从来不按时，虽然他的表并没有慢。他和朋友聊天能一直聊到半夜，如果不是别人困倦得出不来声，他能聊一天一夜。如果下午三点有个会议，到了两点半，不是别人一再催，他才往外走。即使出了门，如果在门口遇见了个老太太或小孩，他又马上停下来聊天；一路上遇到熟人，他再停下来最少说十分钟的话。遇到打架的他必去劝，把别人劝开了，他又和另一个劝架的人打了起来。路遇什么特别的"事"，他必定要去"介入"，如此这般，等他走到了，会早开完了，但他还会坐下来和什么人聊上两小时天。通篇虽然很短，但似乎都在揭马先生的"短"，又毫无贬低之意，给读者留下的就是一幅鲜活俏皮的马先生的肖像画，很大程度上靠的是老舍式、语言大师式的精彩。其他就不一一赘述了。

　　总起来看，《散文并不"散"》这篇文论，使我们明白了散文这种文体，抽象不出如小说、戏剧中离不开的人物、情节、意象、冲突等等文体特征和技术元素，但这正说明了散文的"自由"，直抒胸臆，返璞归真的自由表达；甚至可以说，散文最大的特征就是无特征。要写出一篇能打动感染读者的好散文，并不比其他文体容易。其中最大的难度，在于要像老舍那样：写出自己的"魂"，文章的"魂"。

附:

# 散文并不"散"

我们今天的散文多数是用白话写的。按说,这就不应当有多少困难。可是,我们差不多天天可以看到不很好的散文。这说明了散文虽然是用白话写的,到底还有困难。现在,我愿就我自己写散文的经验,提出几点意见,也许对还没能把散文写好的人们有些帮助。

一、散文是用加过工的语言组织成篇的。我们先说为什么要用加过工的语言:散文虽然是用白话写的,可并不与我们日常说话相同。我们每天要说许多的话。假若一天里我们的每一句话都有过准备,想好了再说,恐怕到不了晚上,我们就已经疲乏不堪了。事实上,我们平常的话语多半是顺口搭音说出的,并不字字推敲,语语斟酌。假若暗中有人用录音机把我们一日之间的话语都纪录下来,然后播放给我们听,我们必定会惊异自己是多么不会讲话的人。听吧:这一句只说了半句,那一句根本没说明白;这一句重复了两回,那一句用错了三个字;还有,说着说着没有了声音,原来是我们只端了端肩膀,或吐了吐舌头。

想想看,要是写散文完全和咱们平常说话一个样,行吗?一定不行。写在纸上的白话必须加工细制,把我们平常说话的那些毛病去掉。我们要注意。

二、散文中的每个字都要用得适当。在我们平日说话的时候,因为没有什么准备,我们往往用错了字。写散文,应当字字都须想过,不能"大笔一挥",随它去吧。散文中的用字必求适当。所谓适当者，就是顺着思路与语气，该俗就俗，该文就文，该土就土，该野就野。要记住：字是死的，散文是活的，都看我们怎么去选择运用。"他妈的"用在适当的地方就好，用在不适当的地方就不好，它不永远是好的。"检讨"、"澄清"、"拥护"……也都如是。字的本身没有高低好坏之分，全凭我们怎给它找个最适当的地方，使它发生最大的效用。就拿"澄清"来说吧，我看见过这么一句："太阳探出头来，雾慢慢给澄清了。""澄清"本身原无过错，可是用在这里就出了岔子。雾会由浓而薄，由聚而散，可不会澄清。我猜：写这句话的人可能是未加思索，随便抓到"澄清"就用上去，也可能是心中早就喜爱"澄清"，遇机会便非用上不可。前者是犯了马虎的毛病，后者是犯了溺爱的毛病；二者都不对。

一句中不单重要的字要斟酌，就是次要的字也要费心想一想，甚至于用一个符号也要留神。写散文是件劳苦的事；信口开河必定失败。

三、选择词与字是为造好了句子。可是，有了适当的字，未必就有好句子。一句话的本身须是一个完整的单位；同时，它必须与上下邻句发生相成相助的关系。有了这两重关系，造句的困难就不仅是精选好字所能克服的了。你看，就拿："为了便于统制，就又奴役了知识分子。"这一句来说吧，它所用的字都不错啊，可不能算是好句子——它的本身不完整，不能独立地自成一单位。到底是"谁"为了便于统制，"谁"又奴役了知识分子啊？作者既没交代清楚，我们就须去猜测，散文可就变成谜语了！

句子必须完整。完整的句子才能使人明白说的是什么。句子要简单，可是因为力求简单而使它有头无尾，或有尾无头，也行不通。简而整才是好句子。

造句和插花儿似的，单独的一句虽好，可是若与邻句配合不好，还是不会美满；我们把几朵花插入瓶中，不是要摆弄半天，才能满意么？上句不接下句是个大毛病。因此，我们不要为得到了一句好句子，便拍案叫绝，自居为才子。假若这一好句并不能和上下句作好邻居，它也许发生很坏的效果。我们写作的时候虽然是写完一句再写一句，可不妨在下笔之前，想出一整段儿来。胸有成竹必定比东一笔西一笔乱画好的多。即使这么作了，等到一段写完之后，我们还须再加工，把每句都再细看一遍，看看每句是不是都足以帮助说明这一段所要传达的思想与事实，看看在情调上是不是一致，好教这全段有一定的气氛。不管句子怎么好，只要它在全段中不发生作用，就是废话，必须狠心删去。肯删改自己的文字的必有出息。

长句子容易出毛病。把一句长的分为两三句短的，也许是个好办法。长句即使不出毛病，也有把笔力弄弱的危险，我们须多留神。还有，句子本无须拖长，但作者不知语言之美，或醉心欧化的文法，硬把它写得长长的，好像不写长句，便不足以表现文才似的。这是个错误。一个作家必须会运用他的本国的语言，而且会从语言中创造出精美的散文来。假若我们把下边的这长句：

不只是掠夺了人民的财富，一种物质上的掠夺；此外，更还掠夺了人民的精神上的食粮。

改为：

不只掠夺了人民的物质财富，而且抢夺了人民的精神食粮。

一定不会教原文吃了亏。

四、一篇文字的分段不是偶然的。一段是思想的或事实的一个自然的段落，少说点就不够，多说点就累赘。一句可作一段，五十句也可作一段，句子可多可少，全看应否告一段落。写到某处，我们会觉得已经说明了一个道理或一件事实，而且下面要改说别的了，我们就在此停住，作为一段。假若我们的思路有条有理，我们必会这么适可而止地、自自然然地分段。反之，假若我们心中胡里胡涂，分段就大不容易，而拉不断扯不断，不能清楚分段的文章，必是糊涂文章。

有适当的分段，文章才能清楚地有了起承转合。有适当的分段，文章才能眉目清楚，虽没有逐段加上小标题，而读者却仿佛看见了小标题似的。有适当的分段，读者才能到地方喘一口气，去消化这一段的含韫。近来，写文章的一个通病，就是到地方不愿分段，而迷迷糊糊地写下去。于是，读者就因喘不过气来，失去线索，感到烦闷，不再往下念。

写完了一段，或几段，自己朗读一遍，是最有用的办法。当我们在白纸上画黑道儿的时候，我们只顾了用心选择字眼，用心造句；我们的心好像全放在了纸上。及至自己朗读刚写好的文字的时候，我们才能发现：

（1）纸上的文字只尽了述说的责任，而没顾到文字的声音之美与形象之美。字是用对了，但是也许不大好听；句子造完整了，但是也许太短或太长，念起来不顺嘴。字句的声音很悦耳了，但也许没有写出具体的形象，使读者不能立刻抓到我们所描写的东西。这些缺点是非用耳朵听过，不能发现的。

（2）今天的写作的人们大概都知道尊重口语。可是，在拿起笔来的时候，大家都不知不觉地抖露出来欧化的句法，或不必要的新名词与修辞。经过朗读，我们才能发现：欧化的句法是多么不自然；不必要的新名词与修辞是多么没有力量，不单没有帮助我们使形象突出，反倒给形象罩上了一层烟雾。经过朗读，我们必会把不必要的形容字与虚字删去许多，因而使文字挺脱结实起来。"然而"、

"所以"、"徘徊"、"涟漪"，这类的字会因受到我们的耳朵的抗议而被删去——我们的耳朵比眼睛更不客气些。耳朵听到了我们的文字，会立刻告诉我们：这个字不现成，请再想想吧。这样，我们就会把文字逐渐改得更现成一些。文字现成，文章便显着清浅活泼，使读者感到舒服，不知不觉地受了感化。

（3）一段中的句子要有变化，不许一边倒，老用一种结构。这，在写的时候，也许不大看得出来；赶到一朗读；这个缺点即被发现。比如："他是个作小生意的。他的眼睛很大。他的嘴很小。他不十分体面。"读起来便不起劲，因为句子的结构是一顺边儿，没有变化。假若我们把它们改成："他是个作小生意的。大眼睛，小嘴，他不十分体面。"便显出变化生动来了。同样的，一句之中，我们往往不经心地犯了用字重复的毛病，也能在朗读时发现，设法矫正。例如："他本是本地的人。"此语是讲得通的，可是两个"本"字究竟有点别扭，一定不如"他原是本地的人"那么好。

以上是略为说明：散文为什么要用加过工的语言和怎样加工。以下就要说，怎么去组织一篇文字了。

五、无论是写一部小说，还是一篇杂文，都须有组织。有组织的文字才能成为文艺作品。因此，无论是写一部小说，还是一篇短的杂文，我们都须事先详细计划一番，作出个提纲。写了一段，临时现去想下段，是很危险的。最好是一写头一段的时候，就已经计划好末一段说什么。

有了全盘的计划，我们才晓得对题发言，不东一句西一句地瞎扯。

有了全盘的计划，我们才能决定选用什么样的语言。要写一篇会务报告，我们就用清浅明确的文字；要写一篇浪漫的小说，就用极带感情的文字。我们的文字是与文体相配备的。写信跟父母要钱，我们顶好老老实实地陈说；假若给他老人家写一些散文诗去，会减少了要到钱的希望的。

有了全盘的计划，我们才会就着这计划去想：怎样把这篇东西写得最简练而最有效果。文艺的手法贵在经济。我看见过不少这样的文章：内容、思想，都好；可是，写得太冗太多，使人读不下去。这毛病是在文章组织得不够精细。"多想少写"是个值得推荐的办法。散文并不真是"散"的。

这样，总结起来说，要把散文写好，须在字上，句上，段上，篇上，都多多加工；这也就是说，在写一篇散文的时候，我们须先在思想上加工，决定教一字不苟，一字不冗。文章是写给大家看的。写得乱七八糟，便是自己偷了懒，而耽误了别人的工夫；那对不起人！

# 一篇奇文

## ——解读《诗与快板》

诗，快板，如果我们只从表面形式上看问题，是无论如何也联系不到一起的；但老舍这篇《诗与快板》，我们之所以可以赞之以"奇文"，就奇在老舍不但将二者联系了起来，而且联系得天衣无缝。

他先谈诗，谈诗的本质和形式——本质是首要的，形式是次要的。古代以科举取"士"，考对比，考平仄，考诗韵，考修辞，但最后取上的绝大多数不是诗人，而是诗匠，因为他们的"作品"是可有可无的，毫无感人的力量；所以老舍告诉我们："形式只是诗的架子，不是诗的灵魂"。

什么是诗的本质呢？必须有三点：一要有思想，二是要有感情，三是要能把思想与感情用"最美妙""最动人"的语言表达出来。有思想，还不是一般的思想，而是"崇高的"、"进步的"、"阐明真理"的思想。要有感情，不是泛泛的伤感，而是"高伟深厚丰富"的感情——老舍用了这二十八个字来表明这样的感情："热爱人生，拥护真理，反抗压迫，疾恶如仇，见义勇为，是非分明，爱憎分明"来赞喻这样"热心肠"的诗人。而表达的语言要足以动人，不是一般的喜爱，是要爱到"不忍失手"、"反复吟咏"、"手舞足蹈"，这才是真正地受到了感染。这是一个很高的境界，很高的要求，这才可达到"呕尽心血","语不惊人死不休"。

怎样才能达到这样的境界呢，老舍仍是把提高思想水平放在了首位，认为写诗的确很难，提高思想水平不是装饰，而是要丰富生活，反映社会现实，诗中要有热情的歌颂，也要有严厉的批评，用我们通常的说法是：爱憎分明。

然后，便是要掌握语言文字的"妙用"。最高明的思想和最复杂的情感，如果没有简练有力的语言文字道出，也是无用的。

至于诗的形式，作家提出三点要求。因为诗的音乐性很强，配上乐谱能唱，不配乐谱的也能吟。所以我们须有两个要求：一是随着现实生活的需要而变动形式，使好的形式和好的内容"像天然长在一块儿的"。二是也要有改变形式的自由。他以杜甫为例，仅以形式论，杜甫的诗是"千变万化"，怎么变也使人感到新颖，怎么变也能体现出自己的"创造气概"。

作家很自然地提到快板与诗的联系问题。他告诉我们，快板的"出身"确有些"寒伧"，有那沿街乞讨的人顺口溜出"数来宝"（就是快板）；但这种形式音节明快，调动容易，起过很大的宣传作用。而快板与诗不是不能相互转变的。老舍以杜甫的《兵车行》为例："车辚辚/马萧萧/行人弓箭各在腰/爷娘妻子走相送/尘埃不见咸阳桥"。他认为在形式上很像快板，但又的确是诗。他还举了"东方红/太阳升/中国出了个毛泽东"。这是古与今的好诗，都具有诗的本质，但也有快板的形式，以此证明诗与快板不是"老死不相往来的"。这真是老舍的慧眼独具，不是很多人能想到的。他同时告诫人们："大可不必"称此为"快板诗"。关键是，要具有诗的本质，用快板的形式拦不住好诗的创作；而没有诗的本质，用什么形式也写不出好诗！

最后，老舍强调，重要的是"诗的生命力量"，也就是：生活、思想、感情、语言、想象力；要写出中国语言的精华，这才是民族风格所在。同时，不能忘记学习传统的形式，这对我们掌握语言与民族风格是大有好处的。

这真是一篇奇文！

附：

# 诗与快板

学习作诗，首先要知道：诗的本质最要紧，诗的形式是次要的。若是专注意形式，不管本质，便是舍本求末，不会成功。

老年间，以科举取士，科场里既考试"八股"，也考作诗，所以举子们自幼就学"天"对"地"，"雨"对"风"，"柳暗"对"花明"，为是辨别字的平仄，积累"红花"和"翠柳"之类的词汇，丰富修辞。然后，他们还要背熟了"诗韵"，以免押韵犯错误。他们也须背熟一些首古代的诗，记住好多典故，以期自己作的诗既合规矩，又能典雅。经过这一番训练，他们就会作诗了，而且作的格式很对，没有大毛病。

可是，他们之中出了多少真正的诗人呢？很少很少！他们绝大多数是诗匠，不是诗人！这就是说，从形式上看，他们的诗是四平八稳，很合规矩。可是从诗的本质上看，他们的"作品"实在是可有可无的，没有感动人的力量。

这就说明了，单从形式上学诗，即使掌握了形式，还不一定就会作诗。形式只是诗的架子，不是诗的灵魂。

那么，诗的本质到底是什么呢？我想应该这么说：第一，诗中须有思想，而且不是平凡的人云亦云的思想；诗中所要表达与传播的是崇高的、进步的、阐明真理的思想。一个诗人也必是个思想家。第二，诗中须有感情，而且是高伟深厚丰富的感情，不是泛泛的不疼不痒的一点伤感。一个诗人也必是个热爱人生，拥护真理，反抗压迫，嫉恶如仇，见义勇为，是非分明，爱憎分明的热心肠的人。第三，专凭思想与感情还不行。诗人必须还有本领把思想与感情用最美妙最动人的语言表达出来，凭这表达方法使人感动，使人欲罢不能地歌咏赞叹，接受他的教训。这样，一首好诗就必是有崇高思想感情的和语言的精华的作品；这作品使人喜爱，使人惊叹，使人不忍释手地反复吟咏，使人手舞足蹈地受到感染。

这么说来，诗不是就很难作了么？是呀，诗的确很难作！请看看，全世界多少年来可有几个杜甫，几个普希金，几个莎士比亚呢？

那么，我们就不要学作诗了么？不该这样说！我们还是应该学作诗，不过要知道其中的难处，以免一试不成，就灰心丧气；也免得存着侥幸心，只从皮毛上去学习，以为知道了某种形式就能作出某体的诗来。学会作诗可不那么简单！看吧，古代诗人用"呕尽心血"，用"语不惊人死不休"来说明作诗的艰苦。这些话并非故意夸大，而是表明诗人的创作决心与责任感。随随便便作的诗必不能成为结结实实的诗。因此，我们学习作诗必须先要提高思想水平，认清作诗是为传播真理，不是为作文字游戏。我们也必要去丰富生活，以便反映社会现实，从生活斗争中培养我们爱什么与反对什么的强烈感情，好在诗中有热情的歌颂，也有严厉的批评。我们还要时时刻刻细心地观察一切，一花一草之微也不遗漏，以便丰富我们具体描写细致刻画的本领，通过形象说出我们的思想与感情来。自然，我们还必须掌握语言文字的精选妙用，以便用最简练有力的词句道出最高的思想和最复杂的感情，把思想感情与语言结为一体，无可分割，无可增减，使读者自愿地背下全诗，时时吟咏玩味。还没有把散文写通顺的千万别张罗着学作诗。

那么，诗的形式怎样呢？用不着说，一个诗人必须知道形式，因为诗和散文不同啊。诗的音乐性很强，配上乐谱就能唱，不配上乐谱也能吟。在远古的时候，诗、舞蹈和音乐原是三位一体，分不开的。既要能唱能吟，所以诗就按照语言的特质，产生一定的形式，一首诗要有一定的多少句，一句里有一定的节奏。散文就不受这么多的限制，虽然散文也讲究声调铿锵，能朗朗上口。

不过，对形式，有三点该当注意的：第一，诗的形式并不是一成不变的。它随着现实生活的需要与语言的发展随时变动，产生新的形式。因此，咱们的文学史上就有四言诗，五言诗，六言诗，七言诗，而且有词、曲等形式。我们今天不能开倒车，翻回头去作四言诗或五言诗。我们现在用白话作诗，白话自有它自己的词汇与音节，非四言五言所能适应。"美帝国主义"已是五个字了，怎能装进四言诗里去呢？第二，诗的形式很多，诗人在创作的时候必有所选择，看什么形式更适于表现什么内容，不能把内容随便地勉强地填进一种形式里，损害了表现力。好诗的内容与形式好像天然长在一块儿的，像一朵鲜花那么有形有色又有香。坏诗呢就往往是东拼西凑，内容与形式的结合不能作到天衣无缝。古代诗人有一点较小的个人的感触，就作一首五言或七言绝句，只写那么短短的四句就够了；大诗人李白的"床前明月光，疑是地上霜，举头望明月，低头思故乡！"就是个好例子。赶到他叙述一个故事，他就用五古或七古的形式，以五字句或七字句写出几十句几百句，像白居易的《长恨歌》。若是故事很长而且有戏剧性呢，他就写一本诗剧。这样，诗人是运用合适的形式，以期有力地表现内容，而并不毫无选择地老用一套形式。第三，在他运用某一形式的时候，他也还有改变形式的自由，我们的伟大诗人杜甫就是这样。杜甫时常把固定的形式加以变化，不永远死守成规，所以他的诗，专以形式而言，就千变万化，令人感到新颖。他的确是有创造气概的伟大诗人，他是主人，形式不过是他的工具，不像那些赶考的举子，只懂形式，作了形式的奴隶。

现在，咱们可以谈快板与诗的问题了。

这个问题是这么出来的：有人问，本想作诗，却写成了快板，是怎么一回事呢？诗与快板怎么区别呢？

这个发问的人就犯了我们前面说过的毛病——只看形式，不看诗的本质。

快板的"出身"的确有点寒伧，难怪有人不大看得起它。我还记得：三十年前，街上常有手持两片牛骨或竹板的，沿门乞讨，顺口溜出快板来——那时候叫作"数来宝"。他们走到切面铺便说："打竹板，迈大步，一来来到切面铺；切面铺，大发财，金银元宝一齐来！"他们看见大姑娘、老太太，都有一套词儿奉承，以便求得一点赏钱。看样子，那些词儿好像是临时编出来的，事实上是早有准备，数唱快板是他们的专业呀。

这个形式有不少好处：音节明快；既有"辙"，且可随时变换；字句容易调动，可以容纳地道白话。所以，近几年来，快板就风行一时，而且在配合政治运动上立下些功劳。在爱国卫生运动、婚姻法的宣传、"三反""五反"运动中，都产生了许多快板，起了相当大的作用。

那么，快板可以变成诗不可以呢？可以！所有的诗的形式都可以产生好诗，所有的诗的形式也都可以产生坏诗；只在形式上绕圈圈，不问诗的本质，便不会产生好诗。看吧，"七律"是自唐宋以来诗人最惯用的形式，可是在杜甫手里就写出这样的好诗：

风急天高猿啸哀，渚清沙白鸟飞回，无边落木萧萧下，不尽长江滚滚来！万里悲秋常作客，百年多病独登台；艰难苦恨繁霜鬓，潦倒新亭浊酒杯！（《登高》）在别人手里呢，再看下边这一首吧：

变风以后数灵均，彭泽天然见性真，对酒不忘书甲子，怀沙长自叹庚寅，滋兰九畹心偏远，采菊东篱句有神，五柳三间异醒醉，何妨千载德为邻！（《书屈陶合刻后》）

这一首是一位进士公作的，进士非掌握了诗的形式就不能中进士啊！可是，这首诗除了形式还有什么内容呢？什么也没有！可见，专凭形式，连进士也成不了诗人！再让我们看看这几句吧：

车辚辚，

马萧萧，

行人弓箭各在腰，

耶（爷）娘妻子走相送，

尘埃不见咸阳桥！

从形式上说，这像快板不像？很像！这是不是诗？是诗！谁作的？杜甫！我不知道唐朝有没有快板，可是杜甫的这几句（《兵车行》的头几句）的确用了类似今天的快板的形式，而且的的确确是诗；《兵车行》是千古传诵的一篇名作啊！再看：

东方红，

太阳升，

中国出了个毛泽东！

这也用了快板的形式，可还是极好的诗！诗要简练，这一句极简练。诗人并不多说什么："天明了半天，东方已经发了红，太阳就要出来了；啊，毛泽东就好比是中国的太阳啊！"他只简练经济地写出那么一句，可是气魄有多么大，句子有多大分量，感情有多么深厚，声音有多么响亮，念也好听，唱也好听！这是诗，好的诗，虽然用了快板的形式。由此可见，具有诗的本质，用快板的形式也拦不住写成最好的诗。反之，没有诗的本质，用什么形式也不见得写出好诗。快板与诗之间不是"老死不相往来"的！

为什么本来想写诗，而只写出快板来呢？那大概是心中本没有诗，而只有快板的形式，而且是顺口溜的快板形式，不是"东方红"的提高了的快板形式，所以一溜就溜到"牡丹花，红又红"，或是"打竹板，迈大步"。心里本没有诗，而只希望用文字去堆砌成篇，那么，顺口溜正是最容易堆砌起来的东西，所以写着写着就"一来来到切面铺"了！我们须在写快板的时候，也要抱着把它写成为诗的愿望。这样，即使写不成好诗，可也不至于成为很坏的快板。

近来，我听说有人创造了一个新名词——"快板诗"。这大可不必！快板本来就是一种通俗的诗的形式，那些不成为诗的快板是作者只看形式，不负责任地随便写写的结果，而不是这形式本身的过错。

不去深入地学习作诗，就必只看到现成的形式，而忘了诗的生命力量——生活、思想、感情、语言、想象力等，也就写不出诗来，而且不敢大胆地突破形式，创造形式。

有的新诗没有什么形式，这好不好呢？据我看，即使一首诗既不采用古典的形式，如五言七言等等，也不利用民间文艺的形式，如各种鼓词与单弦等等，并且连韵也不押，也还是诗，只要它有思想感情，有精美的语言，可以朗朗上口。这就是说，即使它不接受任何形式，可是它既有诗的本质，而且有语言之美。它的语言，虽然句子长短不定，可确是语言的精华，使人不但爱读它，并且爱朗诵它，乐意把它背下来。形式可以不要，语言的美丽与音乐性却非要不可，因为中国诗之所以成为中国诗必定因为它是中国语言的精华，这也就是民族风格的所在。因此，诗也就无法翻译。思想与感情都可以译出，语言却只有一个，中国话是中国话，不能以任何别国的话来代替。这样，所谓自由诗，也还得讲点形式，语言的形式。假若有人用外国语的文法与音节来写中国诗，那就必是一首怪诗。为写自由诗而先深入地学习学习传统的形式还是有好处的。传统的形式并非偶然产生的，而是根据语言的本质与其发展和现实的需要逐渐形成的。学习传统的形式，对我们怎么掌握语言与民族风格是有好处的。

诗是很难作的，而且没有捷径可走，若是为了急速成功，只皮毛地去学会一二形式，按着葫芦画瓢，一定不能成功。

# 不是"梦"，而是一部伟大的现实主义作品

## ——解读《〈红楼梦〉并不是梦》

　　老舍虽然在《如何接受文学遗产》这篇文论中，提出过《红楼梦》对读者的启发不如《战争与和平》，但他也在同一文中，特别写到《红楼梦》（还有《水浒传》）的作者是不怕自己头顶上有一位"皇上"，才能写出自由的、像样子的作品来、这是很高的评价。这篇《〈红楼梦〉不是梦》，另有重要的含义——它不仅正面高度评价了小说本身，还对有的走上歧途的"考证家"有所针砭。

　　老舍自谦只是以"一个小小的作家身分"来谈这部伟大的古典名著。

　　首先，他深知写小说要创造出像样的人物是多困难，"不面对人生，无爱无憎，无是无非"，是创造不出的。他自己写小说时，总是提醒自己，笔下人物不能太多，因为"贪多嚼不烂"；但再看《红楼梦》，仅从创造出那么多成功的人物，而且作家爱憎分明，关切人生，反映出当时的社会现实，就足以成为一部伟大的现实主义作品，"而绝对不是一场大梦"！那么多的人物，还各有自己的性格、思想、感情，而且作家与自己写的人物"共同啼笑，共同思索，共同呼吸"。再看小说中那么多丰富、生动、出色的语言，能令读者对人物

的内心有所察觉和体验，甚至从人物语言的声调、语气，仿佛看到他们的神情，用我们当今的评价来说，真是：闻声如见人！这不仅是天才的显示，也是作家深切关怀、爱憎分明的产物。所以，《红楼梦》才不会是"梦"！

以上只是作家对《红楼梦》的正面评价，文论另一半就是他的针砭。这针砭，具体化为三个"反对"：一是反对认为《红楼梦》是"空中楼阁"，无关现实的看法，正面提出《红楼梦》有是有非，有爱有憎，能使"千千万万"男女读者落泪，而不是无关现实，看后使读者只会感到无关痛痒，四大皆空的作品。第二个反对是关键，即反对"无中生有"的考证。老舍正面提出，小说中有多少人物就是多少人物，不能由人随意增减。小说中的思想，也不允许别人"诡辩"，更不能强词夺理地说它没有思想（也就是一场梦）。其二是最重要的，老舍反对，"无中生有"的考证。他正面提出，一个尊重古典作品的考据家的责任，应该是以唯物主义辩证法。从作品的实际出发去分析考证，将作品的真价值和社会意义分析介绍，使读者既提高了欣赏文学作品的能力，更珍爱我们的民族遗产。老舍不是反对一切考证，他大力反对的是这样的"考据家"，他们只是顺着自己的"趣味"，去"考据"出作品是"另一个东西"；这样，作品中一切都是假的（都是"梦"吧），只有那些"专家""考证"出来的才是真的。这样考来考去，只能"考"出伟大作品只是一个永远猜不透的"谜"，这不是考证，而是破坏我们的民族遗产！其三，老舍反对将《红楼梦》"考"成作者"自传"。他从自己的写作经验出发，说出"我写什么，总有我自己在内"，但这和"自传"是两回事。"创作永远离不开想象"，老舍从自己的切身经验中深知，当自己一进入创造的紧张阶段，一定是自己随着人物走，而不是人物随着自己走，这也可以解释为身不由己了。如果一定要写自己，那就写自传，而不是写小说。但有的"考据家"却违反了这个创作规律，势必在"辛苦"的考证后，将《红楼梦》"考"成作者的"自传"了，是不可解之"谜"了。老舍毫不留情地指出："这不是考证，而是唯心的夹缠"。其结果不但使"考证家"忘了他的研究对象，同时也可能令有的读者"钻到牛犄角里去"，而忘了伟大作品的社会意义。老舍毫不留情地说："这是个罪过！"形成这种罪过的原因，在于某些"考证家"，不懂得历史包括了作家的个人生活和他生活着的时代，而将一些个人身世中的琐事都当成"奇珍异宝"，作为自己"考证"的第一手资料，其结果只能是使考证陷于支离破碎，作品的社会意义也随之消失。《红楼梦》本身的重要性，被转移到了摸索作者曹雪芹个人的身边琐事上去，似乎曹雪芹个人的每一生活细节都成了"无价之宝"！

老舍旗帜鲜明地提出："我反对这种解剖死人的把戏"，"我要明白的是《红楼梦》反映了什么现实意义，创造了何等的人物"，而不是"曹雪芹身上长着几颗痣"。他衷心希望我们的有些"专家"："马上放弃那些猜谜的把戏"，还之以对作品伟大意义的深入研究

这篇文论不仅适用于对《红楼梦》的学习与研究，同样有益于对其他古典文学（也应包括现代文学）的学习和研究。

**附：**

# 《红楼梦》并不是梦

我只读过《红楼梦》，而没作过《红楼梦》的研究工作。

很自然地，在这里我只能以一个小小的作家身分来谈谈这部伟大的古典著作。

我写过一些小说。我的确知道一点，创造人物是多么困难的事。我也知道：不面对人生，无爱无憎，无是无非，是创造不出人物来的。

在一部长篇小说里，我若是写出来一两个站得住的人物，我就喜欢得要跳起来。

我知道创造人物的困难，所以每逢在给小说设计的时候，总要警告自己：人物不要太多，以免贪多嚼不烂。

看看《红楼梦》吧！它有那么多的人物，而且是多么活生生现、有血有肉的人物啊！它不能不是伟大的作品；它创造出人物，那么多那么好的人物！它不仅是中国的，而且也是世界的，一部伟大的作品！在世界名著中，一部书里能有这么多有性格有形象的人物的实在不多见！

对这么多的人物，作者的爱憎是分明的。他关切人生，认识人生，因而就不能无是无非。他给所爱的和所憎的男女老少都安排下适当的事情，使他们行动起来。借着他们的行动，他反映出当时的社会现实。这是一部伟大的现实主义作品，而绝对不是一场大梦！

我们都应当为有这么一部杰作而骄傲！

对于运用语言，特别是口语，我有一点心得。我知道这不是一件容易的事。

首先要知道：有生活才能有语言。文学作品中的语言必须是由生活里学习来的，提炼出来的。我的生活并不很丰富，所以我的语言也还不够丰富。

其次，作品中的人物各有各的性格、思想和感情。因此，人物就不能都说同样的话。虽然在事实上，作者包写大家的语言，可是他必须一会儿是张三，一会儿又是李四。这就是说，他必须和他的人物共同啼笑，共同思索，共同呼吸。只有这样，他才能为每个人物写出应该那么说的话来。若是他平日不深入地了解人生，不同情谁，也不憎恶谁，不辨好坏是非，而光仗着自己的一套语言，他便写不出人物和人物的语言，不管他自己的语言有多么漂亮。

看看《红楼梦》吧！它有多么丰富、生动、出色的语言哪！专凭语言来说，它已是一部了不起的著作。

它的人物各有各的语言。它不仅教我们听到一些话语，而且教我们听明白人物的心思、感情；听出每个人的声调、语气；看见人物说话的神情。书中的对话使人物从纸上走出来，立在咱们的面前。它能教咱们一念到对话，不必介绍，就知道那是谁说的。这不仅是天才的表现，也是作者经常关切一切接触到的人，有爱有憎的结果。

这样，《红楼梦》就一定不是空中楼阁，一定不是什么游戏笔墨。

以上是由我自己的写作经验体会出《红楼梦》的如何伟大。以下，我还是按照写作经验提出一些意见：

一、我反对《红楼梦》是空中楼阁，无关现实的看法：我写过小说，我知道小说中不可能不宣传一些什么。小说中的人物必须有反有正，否则毫无冲突，即无写成一部小说的可能。这是创作的入门常识。既要有正有反，就必有爱有憎。通过对人物的爱憎，作者就表示出他拥护什么，反对什么，也就必然地宣传了一些什么。不这样，万难写出任何足以感动人的东西来。谁能把无是无非，不黑不白的一件事体写成感动人的小说呢？《红楼梦》有是有非，有爱有憎，使千千万万男女落过泪。那么，它就不可能是无关现实，四大皆空的作品。

二、我反对"无中生有"的考证方法：一部文学作品的思想、人物和其他的一切，都清楚地写在作品里。作品中写了多少人物，就有多少人物，别人不应硬给添上一个，或用考证的幻术硬给减少一个。作品里的张三，就是张三，不许别人硬改为李四。同样地，作品中的思想是什么，也不准别人代为诡辩，说什么那本是指东说西，根本是另一种思想，更不许强词夺理说它没有任何思想。

一个尊重古典作品的考据家的责任是：以唯物的辩证方法，就作品本身去研究、分析和考证，从而把作品的真正价值与社会意义介绍出来，使人民更了解、更珍爱民族遗产，增高欣赏能力。谁都绝对不该顺着自己的趣味，去"证明"作品是另一个东西，作品中的一切都是假的，只有考证者所考证出来的才是真的。这是破坏民族遗产！这么考来考去，势必最后说出：作品原是一个谜，永远猜它不透！想想看，一部伟大的作品，像《红楼梦》，竟自变成了一个谜！荒唐！

我没有写成过任何伟大的作品，但是我决不甘心教别人抹煞我的劳动，管我的作品叫作谜！我更不甘心教我们的古典作品被贬斥为谜！

三、我反对《红楼梦》是作者的自传的看法：我写过小说，我知道无论我写什么，总有我自己在内；我写的东西嘛，怎能把自己除外呢？可是，小说中的哪个人是我自己？哪个人的某一部分是我？哪个人物的一言一行是我自己的？我说不清楚。创作是极其复杂的事。人物创造是极其复杂的综合，不是机械的拼凑。创作永远离不开想象。

我的人物的模特儿必定多少和我有点关系。我没法子描写我没看见过的人。可是，你若问：某个人物到底是谁？或某个人物的哪一部分是真的？我也不容易说清楚。当我进入创造的紧张阶段中，我是随着人物走，而不是人物随着我走。我变成他，而不是他变成我，或我的某个朋友。不错，我自己和我的某些熟人都可能在我的小说里，可是，我既写的不是我，也不是我的某些朋友。我写的是小说。因为它是小说，我就须按照创作规律去创造人物，既不给我写自传，也不给某个友人写传记。你若问我：你的小说的人物是谁？我只能回答：就是小说中的人物。

我的作品的成功与否，在于我写出人物与否，不在于人物有什么"底版"。

假若我要写我自己，我就写自传，不必写小说。即使我写自传，我写的也不会跟我的一切完全一样，我也必须给自己的全部生活加以选择，剪裁。艺术不是照相。

有的"考证家"忘了，或不晓得，创作的规律，所以认为《红楼梦》是自传，从而拼命去找作者与作品中人物的关系，而把《红楼梦》中的人物与人物的关系忘掉，也就忘了从艺术创作上看它如何伟大，一来二去竟自称之为不可解之谜。这不是考证，而是唯心的夹缠。这种"考证"方法不但使"考证家"忘了他的研究对象是什么，而且会使某些读者钻到牛犄角里去——只问《红楼梦》的作者有多少女友，谁是他的太太，而忘了《红楼梦》的社会意义。这是个罪过！

是的，研究作家的历史是有好处的。正如前面提过的，作家在创作的时候，不可能把自己放在作品外边。我们明白了作家的历史，也自然会更了解他的作品。

可是，历史包括着作家个人的生活和他的时代生活。我们不应把作家个人的生活从他的时代生活割开，只单纯地剩下他个人的身世。专研究个人的身世，而忘记他的时代，就必出毛病。从个人身世出发，就必然会认为个人的一切都是遗世孤立，与社会现实无关的。这么一来，个人身世中的琐细就都成为奇珍异宝，当作了考证的第一手资料。于是，作家爱吸烟，就被当作确切不移的证据——作品中的某人物不也爱吸烟么？这还不是写作家自己么？这就使考证陷于支离破碎，剥夺了作品的社会意义。

过去的这种烦琐考证方法，就这么把研究《红楼梦》本身的重要，转移到摸索曹雪芹的个人身边琐事上边去。一来二去，曹雪芹个人的每一生活细节都变成了无价之宝，只落得《红楼梦》是谜，曹雪芹个人的小事是谜底。我反对这种解剖死人的把戏。我要明白的是《红楼梦》反映了什么现实意义，创造了何等的人物等等，而不是曹雪芹身上长着几颗痣。

是时候了，我们的专家应该马上放弃那些猜谜的把戏，下决心去严肃地以马列主义治学的精神学习《红楼梦》和其他的古典文学作品。

# 又一篇极具现实意义的好文论

## ——解读《谈文学简练》

老舍不仅是一位杰出的创作大师，同时是一位著名的语言文字巨匠；眼前这篇《谈文字简练》是又一明证，同时还很值得当前有关的作者和读者学习。

要写出简练的文字并不是容易的事，所以老舍先从"思想准备"谈起。他所说的"思想准备"，实际上也是要有群众观点——要明白为谁写和为什么写，因而必须"抓住要点，不蔓不枝，不浪费自己的笔墨，也不多耽误读者的宝贵时间"，这是最重要的。

其次，写文章要把自己的心交出来，"交给人民"；所以，作者的生活必须和人民的生活打成一片——就是"心心相印"。没有和人民打成一片的生活，很可能在文字上推敲，这样推来推去，文字总是"死"的，写来写去，难免空空如也。老舍所说的"简练"，指的是说得少，但要能概括得多，这必须作者自己"心中有数"，才做得到言简意赅。所以他一再提倡思索、再思索，如果不勤动脑，就说不出真话，也就是不够严肃。他一贯主张要有生动鲜明的"形容"；但这形容，不能是泛泛的、人云亦云的形容，文字简练而又朴实，是"从心窝子里掏出来的话"，那就不需要在无聊的形容上动脑筋。写到这里，老舍举出了一个非常精彩的实证，那就是古代的凯撒大将，在一次征战胜利后向罗马报捷，只用了九个字："我来了，看见了，征服了！"这九个字，简练中现豪放、勇敢、自信，大将风度展现得不比九十、九百、九千差！字字妥当而结实，必须从"事理人情"中提炼，再多的字典、词源都解决不了形容的需要。老舍自己运用文字一贯简练，他留给我们重要的经验之一就是文字的运用不能与生活分开，要从生活中去学习和提炼语言文字，再进一步加工，既鲜明生动，又合乎逻辑，这是很不容易的！

最后，老舍告诫我们："事实上，好文章绝不虚伪，而是有什么说什么，说得有理，说得明确"，这才能做到鲜明生动。这些道理，看似简单，但却是当前的一些作者不是不懂，而是不易做到的。所以笔者认为，《谈文字简练》，又是一篇极具现实意义的好文章！

**附：**

# 谈文字简练

简练的文字不容易写。

首先，要有思想上的准备：认清楚为什么要写和为谁写。我们今天执笔为文，是为配合社会主义建设与大跃进，是为广大人民写的。因此，我们必须抓住要点，不蔓不枝，不浪费自己的笔墨，也不多耽误读者的宝贵时间。若不认识此理，我们就容易以为写文章完全是自己的事情，对别人概不负责，于是信笔所之，浩浩荡荡，没结没完。这样的文章必是事无大小，一视同仁，不加选择，不分轻重；也许还只顾了琐屑，而忘掉重点，使读者看完，得不到好处，也许只读三五行便读不下去了。这叫作不解决问题的文章，之乎者也一应俱全，可是没有人爱看。我们不应当写这样的文章。

我们现在写文章就是把我们的心交出来，交给人民。

所以，第二件要事便是：我们的生活必须和人民的生活打成一片，别老爬在书桌上推敲文字。那推敲不出什么来。文字是说明生活的。没有生活，凭空推来敲去，文字总是死的。有人民的感情，才能写出人民爱看的文字，这叫心心相印。专凭咬言呷字，耍弄笔调，写来写去还是空空如也。

有了思想上的准备和生活的锻炼，我们第三件要事便是怎么运用语言文字了。

文字简练不等于苟简。所谓简练，是能够一个字当两个字用，一句话当两句话用的。说的少，而概括的多。这很不容易。为作到这样言简意赅，必须心中有数，的确知道自己要说什么。先要多思索。决定了要说什么，还要再思索：先说什么，后说什么。思想明确，思路顺当，就能够说的少，而包含的意思多。反之，想还没想清楚，层次混乱，就只能越说越多，也越胡涂。这样的胡涂文章，虽然字数很多，仍是苟简的，因为光凭手写，而没动脑筋。不动脑筋，即不严肃，必然闲言碎语满篇，没有真话。

真话不仗着无聊的修辞来粉饰。恰相反，下笔之时不先想好要说什么，而只劳心焦思地去搬运修辞，预备东抹西涂，就一定写不出好文章来。生动鲜明的形容比没有形容好，不恰当的形容倒不如干脆不形容。泛泛的人云亦云的形容，只是使读者生厌，不如老老实实地直陈事实。朴实的文字能够独具风格，力求花哨而辞浮意晦是一种文病。真话是说到根儿上的话，从心窝子掏出来的话，它一定不需要无聊的修辞。

每一句要结结实实地立得住。每一个字要多多斟酌。字字妥当，句句结实，就会作到一个字当两个字用，一句话当两句话用。妥当的字，结实的句子，管的事儿多。古代凯萨征服了某地，向罗马报捷："我来了，看见了，征服了！"这很简单。可是，这也充分地表现了古代的一个能征惯战的大将的得意与威风凛凛。这简单的句子可以当好几句话用，而比好几句话更有劲。假若他这么说："看看我，我是何等伟大，英勇，所向无敌啊！我来到此地，看清楚一切，就列开阵式，把敌人打得落花流水，征服了敌人！你们欢呼吧，向伟大的凯萨欢呼吧！"恐怕就不大像凯萨的口气了。这吹嘘得太厉害，好像已经沉不住气，反损失了大将的威风。

妥当的字，结实的句子是由事理人情中得来的，光倚赖字典与词源不能解决问题。这就使我们更明白：文字的运用是与生活分不开的。生活中使用语言，创造语言。我们须从生活中学习语言，提炼语言。先求用字造句妥当明确，合乎逻辑，而后再进一步加工，达到生动鲜明。不合逻辑，即根本不能成立，怎能生动鲜明呢？今天有些学习写作的人，往往先求漂亮，拿起笔来不考虑如何说真话，而去找些好听的词汇，不管适用不适用，都勉强用上，以为这样就有文艺性了。这是个错误。他们以为作文章须装腔作势。事实上，好文章绝不虚伪，而是有什么说什么，说得有理，说得明确。明确有理的文章，有法子加工，使之生动鲜明。乌烟瘴气的文字很难加工，因为它本不知所云，定难下手修正。

# 经验虽"点滴"，但很重要

## ——解读《喜剧点滴》

老舍毕其一生，写的作品（包括小说、戏剧等），"悲"的、"喜"的都不少，认真阅读和研究，悲剧美，是他的精神和艺术之"魂"，但这决非说他不懂或不写喜剧。在他的文论中，关于喜剧创作的经验谈，不只《喜剧点滴》一篇，还有《一点小经验》、《喜剧的语言》等，都值得我们认真阅读和思考。

这里，我们先看《喜剧点滴》，并联系《一点小经验》。

老舍的文论，一般都从语言写起。他认为，戏剧的语言应该是诗的语言，不论是写悲剧还是写喜剧，他的这个要求是很高的。而在戏剧中，他却更看重喜剧的语言。他提出喜剧的语言必须"漂亮"，才能与剧情的发展相吻合，才可不断地发出"智慧的火花"，才可令观众和读者惊异而愉快。这语言，要聪明、有趣，很不易做到。在世界文学史中，能同时写喜剧和悲剧作家不多。尤其是写喜剧，作者应从人物性格的发展中创造出机智、又使人惊喜的词句，应接近讽刺诗，生动而泼辣，不能只靠俏皮话和歇后语，那是不能让人回味，从中受到感染和启迪的。

先说语言，再说内容。内容决定形式，这是老舍的基本观点。因这篇文论发表于 1959 年，是个"不断革命"的年代，人民内部矛盾层出不穷；为此，老舍特别提出，写人民内部矛盾，作者的笔下就不能像打击敌人那样无情鞭挞，而要代之以善意的"鞭策"。这时写喜剧，应是一种"新型"的喜剧，千万不能用打击敌人的方法去写人民内部矛盾，这是很重要的。打击敌人的讽刺型喜剧也可以写，但最重要的是作者必须深入生活，了解矛盾，并提出解决方法。老舍自知"我的语言相当幽默"，所以适合写喜剧。（笔者认为，老舍的悲剧写得更出色）。在这篇文论中，他提出专靠语言的能力是成就不了一部喜剧，这是很重要的。

要写好一部喜剧，应该有一件具体的"事"作为故事中心，把人物联系到一起。这里，他以自己的话剧《女店员》为例，说明自己的一些想法。在《一点小经验》中，他也重点提到《女店员》（还有《全家福》）。老舍很有自知之明，坦言"缺点甚多"。在这部话剧中，他写了四个同住一条胡同的女店员与"落后分子"进行斗争。在《喜剧点滴》中，老舍说他写《女店员》有个崇高的目的——千百年来受压迫的妇女只有在共产党的领导下，"才能站了起来"。在《一点小经验》中，他又补充了：如果该剧始终以商店为背景，可能不易出"戏"，所以少用商店，而把家庭、公园等等都搬到舞台上；并且在商店之外，设计出其他男女老少，与店员们"拉上关系"——总之，是在人与事之上，写出一个总主题，即妇女解放。老舍自己的喜剧一点也不庸俗，原因正在于这些喜剧总是有宏伟的思想容量。人是今天的人，事是今天的事，这才新鲜。同时，这些喜剧，总是有一条线拴着，一动就全动，这方可有"戏"。

这里，笔者有一点小小的遗憾。《喜剧点滴》写于 20 世纪 50 年代末，包括《一点小经验》也是发表在相近的时间，但老舍作为自己依托的是并不很成功的《女店员》、《全家福》；而更成功的喜剧，应该是 20 世纪三四十年代与陈白尘的《乱世男女》、《升官图》，欧阳予倩的《越打越肥》、《旧家》等齐名的《面子问题》，祝愿我们的读者和研究者更多地关注它们。

**附：**

# 古为今用

我们都愿意学习点古典文学，以便继承民族传统，推陈出新。在学习中，恐怕我们都可能有这样的经验：一接触了古典著作，我们首先就被著作中的文字之美吸引住，颇愿学上一学。那么，这篇短文就专谈谈从古典著作中学习文字的问题，不多说别的。

文字平庸是个毛病。为医治这个毛病，读些古典文学著作是大有好处的。可是，也有的人正因为读了些古典作品，而文字反倒更平庸了。这是怎么一回事呢？大概是这样：阅读了一些古典诗文，不由地就想借用一些词汇，给自己的笔墨添些色彩。于是，词汇较为丰富了，可是文笔反倒更显着平庸，因为说到什么都有个人云亦云的形容词，大雨必是滂沱的，火光必是熊熊的，溪流必是潺潺的……。这样穿戴着借来的衣帽的文章是很难得出色的。

在另一方面，我们今天的文学工具是白话，不是文言。古典诗文呢，大都用文言，不用白话（《水浒》《红楼梦》等是例外）。那么，由文言诗文借来的词汇，怎样天衣无缝地和白话结合在一处，实在不是一件容易的事。二者结合的不好，必会露出生拉硬扯的痕迹，有损于文章气势的通畅。

因此，我想学习古典文学的文字不应只图多识几个字，多会用几个字，更重要的是由学习中看清楚文学是与创造分不开的。尽管我们专谈文字的运用，也须注意及此。我们一想起韩愈与苏轼，马上也就想起"韩潮苏海"来。这说明我们尊重二家，不因他们的笔墨相同，而因他们各有独创的风格。我们对李白与杜甫的尊重，也是因为他们的光芒虽皆万丈，而又各有千秋。

多识几个字和多会用几个字是有好处的。不过，这个好处很有限，它不会使我们深刻地了解如何创造性地运用文字。本来嘛，不管我们怎样精研古典文学，我们自己写作的工具还是白话——写旧体诗词是例外。这样，我们的学习不能不是摸一摸前人运用文字的底，把前人的巧妙用到我们自己的创作里来。这就是说，我们要求自己以古典文字的神髓来创造新的民族风格，使我们的文字既有民族风格，又有时代的特色。我们的责任绝对不限于借用几个古雅的词汇。是的，我们须创造自己的文字风格。

因此，我们不要专看前人用了什么字，而更须留心细看他们怎样用字。让我们看看《文心雕龙》里的这几句吧："夫神思方运，万涂竞萌；规矩虚位，刻镂无形，登山则情满于山，观海则意溢于海。我才之多少，将与风云而并驱矣！方其搦翰，气倍辞前；暨乎篇成，半折心始。何则？意翻空而易奇，言征实而难巧也。"

写这段话的是个懂得写作甘苦的人。要不然，他不会说得这么透澈。他不但说得透澈，而且把山海风云都调动了来，使文章有气势，有色彩，有形象。这是一段理论文字，可是写的既具体又生动。

我们从这里学习什么呢？是抄袭那些词汇吗？不是的。假若我们不用"拿笔"，而说"搦翰"，便是个笑话。我们应学习这里的怎么字字推敲，怎样以丰富的词汇描绘出我们构思时候的心态，词汇多而不显着堆砌，说道理而并不沉闷。我们应学习这里的句句正确，而又气象万千，风云山海任凭调遣。这使我们看明白：我们是文字的主人，文字不是我们的主人。全部《文心雕龙》的词汇至为丰富。

但是专凭词汇,成不了精美的文章。词汇的控制与运用才是本领的所在。我们的词汇比前人的更为丰富,因为我们的词汇既来自口语,又有一部分来自文言,而且还有不少由外国语言移植过来的。可是,我们的笔下往往显着枯窘。这大概是因为我们只着重词汇,而不相信自己。请看这首"诗"吧:

> 初升的朝暾,
> 照耀着人间红亮,
> 虽然梅蕊初放,
> 人们的心房却热得沸腾!

这是一首习作,并不代表什么流派与倾向。可是这足以说明一个问题,就是有的人的确以为用上"朝暾"、"照耀"、"梅蕊"与"沸腾",便可以算作诗了。有的人也这样写散文。他们忽略了文字必须通过我们自己的推敲锤炼,而后才能玉润珠圆。我们用文字表达我们的思想、感情;不以文字表达文字。字典里的文字最多,但字典不是文学作品。

据我猜,陶渊明和桐城派的散文家大概都是饱学之士。可是,陶诗与桐城派散文都是那么清浅朴实,不尚华丽。难道这些饱学之士真没有丰富的词汇,供他们驱使吗?不是的。他们有意地避免藻饰,而独辟风格。可见同是一样的文字,在某甲手里就现出七宝莲台,在某乙手里又朴素如瓜棚豆架。一部文学史里,凡是有成就的作家,在文字上都必有独到之处,自成一家。

我们必须学点古典文学,但学习的目的是古为今用。我们要从古典文学中学会怎么一字不苟,言简意赅,学会怎么把普通的字用得飘飘欲仙,见出作者的苦心孤诣。这么下一番功夫,是为了把我们的白话文写出风格来,而不是文言与白话随便乱搀,成为杂拌儿。随便乱挽，文章必定松散无力。这种文章使人一看就看出来，作者的思想、感情，并没有和文字骨肉相关地结合在一起，而是随便凑合起来的。

我们要多学习古典文学，为的是写好自己的文章。我们是文字的用户。通过学习，我们就要推陈出新，给文字使用开辟一条新路，既得民族传统的奥妙，又有我们自己的创造。继承传统绝对不是将就，不是生搬硬套，不是借用几个词汇。我们要在使用文字上有所创造！

所谓不将就，即是不随便找个词汇敷衍一下。我们要想，想了再想，以便独出心裁地找到最恰当的字。假若找不到，就老老实实地用普通的字，不必勉强雕饰。这比随便拉来一堆泛泛的修辞要更结实一些。更应当记住，我们既用的是白话，就应当先由白话里去找最恰当的字，看看我们能不能用白话描绘出一段美景或一个生龙活虎的人物。反之，若是一遇到形容，我们就放弃了白话，而求救于文言，随便把"朝暾""暮色"等搬了来，我们的文章便没法子不平庸无力。

是的，文言中的词汇用的得当，的确足以叫文笔挺拔，可是也必须留意，生搬硬套便达不到这个目的。语言艺术的大师鲁迅最善于把文言与白话精巧地结合在一处。不知他费了多少心思，才作到驰骋古今，综合中外，自成一家。他对白话与文言的词汇都呕尽心血，精选慎择，一语不苟。他不拼凑文字，而是使文言与白话都听从他的指挥，得心应手，令人叫绝。我们都该用心地阅读他的著作，特别是他的杂文。

至于学习古典文学，目的不仅在借用几个词汇，前边已经说过，这里只须指出：减省自己的一番思索，就削弱了一分创造性。要知道，文言作品中也有陈词滥调，不可不去鉴别。即使不是陈词滥调，也不便拿来就用。我们必须多多地思索。继承古典的传统一定不是为图方便，求省事。想要掌握文字技巧必须下一番真功夫，一点也别怕麻烦。

# 一篇真正理解古为今用目的
# 和途径的文论

## ——解读《古为今用》

老舍是一位杰出的中国现当代作家，但他对中国古典文学（包括世界文学）却不陌生，而且一接触古典文学，首先就被众多名著中的文字吸引。这篇《古为今用》，是着重讲怎样从古典名著中学习文字的问题。

他首先认为，读古典名著的"大好处"，是医治我们"文字平庸"的"毛病"。但为什么"有的人"在读了一些古典作品后，文字更加平庸了呢？就因为他们只是想从中"借用一些词汇"来给自己的笔墨添色彩，结果是人云亦云，"这样穿戴着借来的衣帽的文章是很难得出色的。"我们要重视的是，学习与创造不能分开。他以中国古代两位文学大师韩愈与苏轼为例，我们尊重他们，不是因为他们的笔墨相同，而是因为他们各有自己的风格，有独创的风格。李白和杜甫光芒万丈，也又各有千秋。所以我们应该要求自己以古典文字的"神髓"来创造新的民族风格。我们的文字，既要有民族风格，又要有时代特色。

他又以《文心雕龙》为例，虽然都是理论文字，可是写得具体生动，是要懂得写作甘苦的人才能写出来的。我们应从中学习怎样字字推敲，并以丰富的文字表达自己在构思时的心态，文字多而不堆砌，说道理而不沉闷，这才是自己本领所在。老舍还十分风趣地写下："字典里的文字最多，但字典还是文学作品"。他用"清浅朴实，不尚华丽"八个字高度推崇陶渊明的诗和桐城派的散文，评价作家都是刻意避免藻饰而独辟风格，只有那些在文字上有独到之处的作家，才能自成一"家"。为此，我们学古典文学的目的必须是古为今用，学会怎样"一字不苟，言简意骇"，怎样把最普通的字用得"飘飘欲仙"，这样才可以显示出自己的苦心，才会在写白话文时表现出自己的风格。

这还不够，我们"古为今用"要用到能推陈出新，不能生搬硬套，而要在"学"的基础上有所创造，要在白话中找出最恰当的文字，生搬硬套达不到这个目的。他又一次推崇鲁迅，认为鲁迅作为一位语言艺术大师，最善于将文言与白话"精巧地"结合在一起，特别是他的杂文更是"得心应手，令人叫绝"，我们必须认真阅读。

最后，老舍提醒我们：文言文作品中，也有陈词滥调，要仔细鉴别，多多思索；要掌握文字技巧，古为今用，必须下一番"真功夫"，功夫不负苦心人！为此，我们才认为《古为今用》，是一篇真正理解了古典文学精髓的文论，值得当前的作者和读者好好思索，细心领会，付诸实践。

附：

# 喜剧点滴

怎样写喜剧？我回答不上来。我没写出过优秀的喜剧。我只能就自己习写喜剧的一点点经验，枝枝节节地说上几句，而且不一定可靠，供参考而已。

先说语言：戏剧的语言应当是诗的语言，不管是用韵文写还是用散文写，也不管是写悲剧还是写喜剧。悲剧与喜剧虽然都需要最好的语言，可是喜剧似乎有赖于语言的支持者更多，因为喜剧的情节，不管多么好，若不随时配备上尖锐、生动的词句，就一定使喜剧效果受到损失。喜剧的漂亮语言应与剧情的发展相辅而行，不断地发出智慧的火花。我有这么个看法：悲剧好比不尽波浪滚滚而来，与我们的热泪汇合到一起，而喜剧则如五彩焰火腾空，使我们惊异而愉快。喜剧的语言必须有聪明，有趣味，五色缤纷，丽如焰火。这很不容易作到。世界文学史中，能写悲剧又能写喜剧的剧作家并不很多；在许多条件中，运用语言的本领不能不算作一个。因此，想要写喜剧，必须注意及此。

也须注意：喜剧语言的漂亮并不靠找来些俏皮话与歇后语。这种现成话用多了，适足以使人感到庸俗。我们须由人物的性格的发展中创造出极富机智、使人惊喜的词句来。喜剧的语言应当接近讽刺诗，处处泼辣生动。对语言，只说这么几句。

内容决定形式。什么故事宜于悲剧或喜剧，作者当会决定，不必在此多说。我只愿说说我们今天写喜剧所应注意的事情。

我以为在我们的不断革命的时代里，喜剧的资料是用之不竭的，因为既是不断的革命，内部矛盾就必层出不穷。由团结——批评——团结的态度出发，内部矛盾是可以得到很好的解法的。这就供给了许多喜剧资料。因此，我们必先认清，若是写内部矛盾，我们的笔下便不是无情的鞭挞，像打击敌人那样，而是善意的鞭策，提高觉悟。喜剧不必一定是讽刺剧，但是旧时代的喜剧恐怕多半含有极尖锐的讽刺，入骨三分，叫讽刺的对象难以自容。这个态度不适用于写内部矛盾。可以说，写内部矛盾的喜剧是一种新型的喜剧，切不可用打击敌人的方法处理。

打击敌人的讽刺剧是可以写的。不过，反映全民跃进生活的喜剧也万不可忽略。我们今天迫切需要这种喜剧。要写这种喜剧，必须深入生活，了解矛盾所在，及其解决的方法。我试写的喜剧多半因为生活不够而先天不足。我的语言相当幽默，适于写喜剧，但是专靠语言能力是撑不起一部喜剧的。

我的比较好一点的喜剧是力求由各方了解人物生活的结果。我要描写一位商店服务员，就既要了解他在商店中的生活，也要了解他的家庭生活等等。一位服务员在商店里是个积极分子，而一到家中也许就变了样子，像个老太爷。他有矛盾。这个矛盾很可能有朝一日会影响到他的工作。假若剧中有五个人物，而作者真认识他们的生活各方面，喜剧的资料便会相当丰富，能够从生活各方面"包围"他们，不至于写得干巴巴的。一部描写内部矛盾的新型喜剧中，也许没有一个反面人物。假若作者对人物的生活了解不足，就很难如此办到。

从人物的各色各样的生活中，我们把故事组织起来。最好是用一件事作故事中心，把人物联系到一起。这样，人与人的关系便明显一些，彼此间的矛盾也可能更自然一些，不至无中生有地硬制造矛盾。比如父与子、母与女之间，年纪不同，生活经验不同，在思想上就难求一致，因而发生冲突。在《女店员》里，我把女服务员的丈夫与母亲拉出来，表现大家在思想上的矛盾。这样，就使矛盾与斗争多了一些，而且叫我不必把戏都放在商店里。女服务员与母亲、丈夫等的矛盾可又都是为了同一件事：她们决心出去服务，而家里有人扯她们的腿。再加上她们在商店里遇到的困难，戏剧冲突就会增多，喜剧的气氛也更浓厚一些。人物的生活方面广，而故事集中，就不至于写成活报剧了。

欲求故事集中，必须找到个中心思想。在《女店员》里，我叫四个主要的女店员全住在一条胡同里，彼此熟识，彼此帮助。她们结成一个小阵营，与落后分子进行斗争。这样安排，剧中的穿插便活泼了一些，斗争的力量也强大一些。那么，她们为什么斗争呢？这需要一面鲜明的旗帜——妇女解放。是的，妇女解放！有了这个大题目，我就可以把剧中所有的男女排成两队：争取妇女解放的和阻挠她们解放的。于此，我就能在对话中，歌颂党的解放妇女的英明的政策。所以戏虽不大，可是有个崇高的目的，具体地说明了千百年来受压迫的妇女，只有在党的领导下，才能够站了起来！反之，我若只描写妇女有了收入，日子更好过，便一定会犯见木不见林的毛病。喜剧切忌庸俗。没有一个远大、宏伟的思想照耀着全剧，庸俗便不容易避免。

就这么结束了吧，意见不成熟，不敢再多说。

# 一位杰出散文大师的经验谈

## ——解读《散文重要》

　　老舍一生，写了几百篇散文，笔者未曾精确统计，但在他的文论中看到这篇《散文重要》，仍然很兴奋，很受启迪，又深深感到我们学界对他的散文实在重视不够，研究不够，宣传不够。为了弥补这个缺陷，笔者曾在 2012 年通读了老舍的散文多遍，并在此基础上精选了三十八篇，每篇附上"品读"。感谢语文出版社的支持，在 2014 年 8 月加以出版，题名为《老舍散文三十八讲》。书出版了，略略减轻了自己内心的愧疚。如今对《散文重要》这篇文论，当然感触更多，希望更多。感触先不说了，只希望我们的读者和研究者，今后不要只重视老舍的小说、戏剧，而要进一步阅读、关心、宣传他的散文。要知道，老舍的散文，篇篇都是他的价值观和内心需求的坦陈！

　　在《散文重要》中，老舍开门见山，提出"散文实在重要。""在我们的生活里，一天也离不开散文，我们都有写好散文的责任。"我们每日每时说的话，不可能是诗，而是散文。我们常说的"明白如话"，其实当你写成散文时，应该是加过工的语言。只有既会讲话，再又加工，就能写出较好的散文。老舍特别提到他叫过几位劳动模范的发言，他们的文化程度可能并不高，发言也没有先写好稿子，靠的就是他们所说的"有思想，有感情，语言生动，十分感人。"如果发表出来，一定是好散文。老舍又以中央广播电台每晚的全国各地联合广播为例，高度评价它"既须字斟句酌，语语明确，还要铿锵悦耳，引人入胜"。如果说中央广播电台当然要求高，老舍则认为，我们人人其实都有写散文的基础和条件，那就是要像说话一样，说得清清楚楚，明明白白，这就是写好散文的基础。与此相反，如果一封信都写不清楚，怎能写出优秀的小说戏剧？所以老舍说："我看，还是先把散文写好吧！诗写不好，只不过不能发表；信写不明白，可会耽误了事！"说得又风趣，又有现实意义。

老舍的结论是："不害怕，就敢下笔。""写好了散文，作诗也不会吃亏。散文很重要。"

笔者最后想补充几句：老舍不少优秀的散文，现在已选入了我们中学（甚至小学）的语文教科书，为此，更值得我们认真研读。他的散文，也可以给当前的散文作者很多启迪。

散文重要！真重要！

附：

# 散文重要

我们写信、写日记、笔记、报告、评论，以及小说、话剧，都用散文。我们的刊物（除了诗歌专刊）与报纸上的文字绝大多数是散文。我们的书籍，用散文写的不知比用韵文写的要多若干倍。

看起来，散文实在重要。在我们的生活里，一天也离不开散文。我们都有写好散文的责任。

据说："诗有别才"。这个说法正确与否，且不去管它。诗比散文难写，却是事实。散文之所以比较容易写，是因为它更接近我们口中的语言。可以说，散文是加过工的语言。我们都会讲话，而且说的是散文，不是韵文。在日常交谈的时候，我们的话语难免层次不大分明，用字未尽妥当，因为随想随说，来不及好好思索，细细推敲，也就是欠加工。那么，我们既会讲话，如果再会加工，我们就会写出较好的散文来。我想会有那么一天，我们的文化普遍提高，人人都能出口成章，把口中说的写下来，就是好散文。

是的，讲话与散文原是"一家人"。我听过好几位劳动模范的发言。他们的文化程度并不很高，发言也没有稿子。可是，他们说的有思想，有感情，语言生动，十分感人！我相信，他们若能提高文化，一定会不久就成为写散文的好手。

我非常爱听我们的中央广播电台每晚的全国各地联合广播。在这广播节目里，说的都是国家与国际的大事。正因为是大事，所以必须使人人能够听懂，不能"之乎者也"地背诵古文。同时，它既须字斟句酌，语语明确，还要铿锵悦耳，引人入胜。这就是说，广播的是话，可也是很好的散文。

有的人以为散文无可捉摸，拿起笔来先害怕。不必害怕，人人都有写散文的条件。我们说话要说的清清楚楚，明明白白，这就有了写散文的基础。我们写信、写日记，听报告时作笔记，都是练习写散文的机会。不要刚一提笔，就端起架子来说：我要写散文啦！是呀，我小时候在私塾里读书，每逢老师出题叫学生作文，我便紧张地端起架子，不管老师出什么题，我总先写上"人生于世"，或"夫天地者"，倒好像"人生于世"与"夫天地者"是散文的总"头目"！后来，有人指点：你试试看，把想起的话照样写下来，然后好好从新安排一下，叫那一片话更有条理，更精致些，你就无须求救于"夫天地者"了。我这才明白，原来我心中就有散文的底子，它并不是什么天外飞来的怪物。对，我们人人有写散文的"本钱"，只看肯不肯下些功夫把它写好，用不着害怕！

与此相反，有的人的胆量又太大，以为只要写出一本五十万字的小说，或两本大戏，就什么都解决了，根本用不着下功夫学习写散文。于是，他写信，写的乱七八糟；日记干脆不写，只写小说或剧本。不难推测，一封信还写不清楚，怎能够写出情文并茂的小说与剧本来呢？不把散文底子打好，什么也写不成！

有的人呢，散文还没写通顺，便去作诗。我不相信，连一封信还写不明白，而能写出诗来——诗应是语言的精华！不错，某个诗人的诗确比散文写得好；可是，自古以来，还没有一位这样的诗人：诗极精采，而写信却胡里胡涂。我看，还是先把散文写好吧！诗写不好，只不过不能发表；信写不明白，可会耽误了事！

对，我们不要怕散文，也别轻视散文。散文比诗容易写，但也须下一番功夫，才能写好。不害怕，就敢下笔。一下笔，就发现了困难。有困难，就去克服！把散文写好，我们便有了写评论、报告、信札、小说、话剧等等的顺手的工具了。写好了散文，作诗也不会吃亏。散文很重要。

# 最足以显示作者才华的语言

## ——解读《喜剧的语言》

  在《喜剧的语言》开篇中，老舍坦陈自己写过喜剧，但"不大成功"；显然，喜剧语言要用好，要足以支撑人物和情节，是非常困难的。说些俏皮话，未见得能引人发笑；如果只是知识分子的"掉书袋"，不成功的幽默、讽刺，是失败的教训。真正的好笑话往往是人民的创作，因为他们真是从生活中去寻找物色笑话的资料和语言。老舍告诉我们，在联欢会上听到的好笑话往往是来自民间，而不是靠知识分子式的将"李逵手使大斧"读作"李逵手使大爹"所能替代的。所以，我们不但要从人民生活中获取喜剧的素材，还要从"人民口中"学到活的语言。那些"老派文人"的"掉书袋"和新派文人的"学生腔"，都是脱离生活的，不可能生动、活泼、明快。老舍明确告诉我们："不要把喜剧语言只当作语言问题看待，语言是和生活分不开的"。

  对喜剧来说，怎样的语言才是成功的，同时又最能显露作家的才华和功力的？老舍用了"一碰就响"这四个斩钉截铁的字。而一碰就响，要求作家必须要有丰厚的生活底蕴，才能做到随机应变，触景生情，明快而又深刻的语言才可被掌握，这就需要有丰厚的生活体验"作底子"。同时，喜剧的语言，要足以配合剧中人物与情节的发展，不能靠"绕来绕去"的磨豆腐似的"幽默""讽刺"，它不可能带来任何好的效果；而只有"话到"、"人物到"、"情节到"，这三"到"，才能取得"立竿见影"的效果。老舍自己在写剧本时，是最注意"狠心割爱"的，不惜将自己认为很"得意"的语言删掉，留下的，当然是珍宝。

关于"歇后语"问题，老舍认为，如果能用在合适的地方，是会既俏皮又亲切的；但我们必须注意到，歇后语用得再好，也不是剧作者自己的创造，而只是"借"来的。言下之意，是不可用滥、贪多的。

最后，作家告诉我们，语言本身，其实并不分"喜剧"的和"悲剧"的两类，关键是看我们怎么用。怎么用，都要忌"低级趣味"；为了"逗笑"，可能趋于"下流"。喜剧的语言要风趣，但不可"诟骂"。也就是说，喜剧语言一定要掌握好一个"度"，否则将失去含蓄，乱开玩笑，或流于人身攻击挖苦。喜剧的语言很难写好，只有使人"轻松愉快，崇高开朗"的，才是成功的喜剧语言！

附：

# 喜剧的语言

喜剧与相声不同，它不全仗着"说"。可是，拙笨呆板的语言必使喜剧减色，不管剧情有多么好。喜剧的语言必须足以支持喜剧的人物与情节。这很不容易作到。

我试写过喜剧，不大成功。在进行习写喜剧的时候，我遇上许多困难。在这里，我只就个人的经验谈谈喜剧语言的一些问题，不敢全面立论。

我们首先要注意到：知识分子的幽默与讽刺往往离不开掉书袋，把"莫名其妙"说成"莫名其土地堂"便觉得很俏皮。其实，这一点也不俏皮。挖苦人家把"李逵手使大斧"念作"李达手使大爹"便觉得讽刺的很够味儿。其实，这只是挖苦人，一点也不高明。是的，自古以来，文人编的笑话，多半是"莫名其土地堂"之类的。真正的好笑话是人民的创作。文人会掉书袋，人民却从生活中找到笑话的资料与语言。我们在联欢会上说的好笑话多来自民间，而不来自文人编辑的什么笑话选集。文人编造的好笑话与好相声并不多见，因为他们总是咬言咂字，耍弄字眼儿，既没有丰富的生活，也不掌握活的语言。我们既须从人民生活中找到喜剧的素材，更须从人民口中学到活的语言。掉书袋至多只可偶一为之。

老派文人爱掉书袋，新文人又或者难免要学生腔，其病一也，都是生活不够丰富，语言脱离了生活。秀才圈子里不会产生活泼明快的喜剧语言来。不要把喜剧语言只当作语言问题看待，语言与生活是分不开的。

喜剧最足以显露作者的才华：随机应变，见景生情，随时拿出既明快又深刻的惊人之语来。这必须有丰富的生活作底子。生活不丰富，往往就磨豆腐似的，绕来绕去，求得幽默或讽刺的效果。那不会有好效果。喜剧的语言是要一碰就响的。拉锯式的语言只能起催眠作用。

不要想起一句漂亮话来，就视同珍宝，非用上不可。喜剧的语言须密切配合人物与情节的发展。若是孤立地只珍惜一句话，而忘了人物与情节，不管那句话多么漂亮，也没有什么好处。话到，人物到，情节到，才能够起立竿见影的作用，或使全堂哄笑，或令四座点头。在我修改剧本的时候，我不惜把很得意的句子删去。情节有所更易，语言也得跟着改变。这须狠心割爱。

歇后语用在合适的地方不无作用，但切忌不管在什么地方，非用上不可。在我们日常生活中，歇后语的确有些用处。因此，适当地用在舞台上，也确是既俏皮又亲切。可是，无论怎么说，歇后语总是借来的，不是我们创造的，用得不适当或太多，反倒露出我们只会抄袭，令人生厌。我看过一出话剧，其中的每个角色都爱说歇后语，倒仿佛是歇后语专家们在开会议。这应加以控制，勿使泛滥成灾。

以前，我往往贪用土话，以为土话俏皮，可以增加喜剧气氛。自从推广普通话运动开始，我逐渐减少土话的利用。多思索思索，普通话照样能够支持喜剧。语言本身并不分喜剧的与悲剧的两类，只看我们怎么运用。

最忌低级趣味！为要逗笑，稍不留神，即趋下流。我们今天的喜剧应负有提高语言之责。风趣不是诟骂，逗笑不可一泄无余，失去含蓄。幽默不是乱开玩笑，讽刺也不是对人身的挖苦。假若悲剧的语言是月晕晴雷，风云不测，喜剧的语言便应似春晓歌声，江山含笑。它使我们轻松愉快，崇高开朗，热爱我们的语言！

要写好喜剧的语言很不容易，我们都须下一番苦功夫！

# 不可把政策当作主题

## ——解读《题材与生活》

这是一篇通过研讨题材与生活的关系，最终落实到不能把政策当主题这一重要原理的文论，其中也证实了老舍是一位颇知创作甘苦的作家。

他开篇就探讨了题材是什么，很明确，题材就是"写什么"的问题。这篇文论，发表于一九六一年，我们的作家，大多想写教育性政治性较强的文学作品，歌颂社会主义建设，调动民众的积极性和创造性，这是"人同此心"的。老舍表白自己几年来更多写的是新题材，但以后"我也许要写旧的"，也就是历史题材和反映旧社会民众痛苦生活的作品。

我们都知道，老舍是位非常赋有自知之明的作家，他总结自己有的写新题材的作品不够成功，是和生活"不够"密切关联的。他以话剧《青年突击队》为例，因为只去了工地几次，题材再重要，终因生活体验不足而写得"很差"，由于不可能像赵树理、柳青那样长期生活在农村，而自己因"终年呆在北京"，所以，写作态度再勇敢勤劳，也写不出赵树理、柳青那样的作品。由此，他深切体会到生活、深入生活的重要性。这样，就把题材与生活紧扣在一起了，"所以首要的问题还是解决深入生活的问题"。

同样的题材，也是作家自己熟悉的，但不同的人去写，写出来会有完全不同的主题。如果我们将政策当主题，又不清楚这"政策"

从何而来，这样写出来的作品，只能将"政策当作主题"，或者把一些零零碎碎找来的材料去"拼凑"，硬生生地安上一个"主题"，是不可能取得成功的。老舍以自己写话剧《义和团》为例，在这篇文论中提出"本来这个题材可以有各种解释，可以从各个方面去选材"，但因为自己的父亲是被"洋兵"所杀，所以，虽然有些北京人不喜欢义和团，但"我可是另有感受"——感到"中国的农民很勇敢，不甘做奴隶，如果受压迫，就要揭竿而起"，他就从中找到了主题。由此，他又进一步感受到，只要有丰富的生活，主题就能"水到渠成"，不必刻意去生造。

随之他又总结出，题材不但和生活密切相联，而且和作家的风格也是有关系的。只有熟悉了生活，熟悉了题材，才能形成风格。作家应该选择和自己风格相一致的题材来写。题材、体裁、风格是密切相关的；所以，应该是，谁合适写什么就写什么。读到这里，笔者对老舍的这个提法一时还不能理解深透，愿在此提出，并与同行朋友和读者商讨。他这样写："我喜欢笑，写悲剧就不大合适"。的确，他的幽默、风趣，是举世公认的；但他最成功的作品，如《骆驼祥子》、《四世同堂》、《茶馆》等，都有或隐或显的大悲。悲剧美，才是老舍精神和艺术之魂！或啼或笑。在他笔下，都是巨人的啼笑——这才是我们的老舍、永远的老舍！

附：

# 题材与生活

题材问题恐怕就是写什么的问题，产生这个问题是件好事，这反映了人民对作家的要求和领导对作家的关切，以及作家的向上心。在资本主义国家，写作是为了卖钱，不发生这个问题——进步作家是例外。我们今天正在建设社会主义文学，社会上既万象更新，作家们当然都想写教育性政治性较强的作品，不愿写记忆中的陈谷子烂芝麻，而想写些新的题材来歌颂社会主义。这是人同此心的。我在过去的几年中是这样自期的，今后还要这样做。新的题材我不愿放弃，不会因为讨论题材问题就改变这个做法。不过以后我也许要写旧的，如历史题材和反映旧社会生活的作品。新的旧的都写，也是两条腿走路。这样我就更加从容了，不至于因为写不出现代题材的东西而焦急了。

我过去写新题材没有写好。这与生活有关。我从题材本身考虑是否政治性强，而没想到自己对题材的适应程度，因此当自己的生活准备不够，而又想写这个题材的时候，就只好东拼西凑，深受题材与生活不一致之苦。题材如与自己生活经验一致，就能写成好作品；题材与生活经验不一致，就写不好。我写话剧《青年突击队》就因为这个原因写的很差。青年突击队这个题材固然重要，我对它却不熟悉，只到工地去了几次，无法写好。因此，我们应在生活上给作家创造条件，让他们自己去写，自己去选择题目。如赵树理和柳青同志，他们长期在农村中生活，所以写出了好作品。赵树理同志长期"镇守"太行山，我却终年呆在北京，今天到柳树井，明天去东四牌楼，生活不够，而创作欲望很强，写作颇勤，勇敢可嘉，却没有考虑到自己是否能扛得动那些活儿。我觉得领导上提供题材线索是可以的，问题在如何叫作家去深入生活，和给予从容写作的条件。即使老作家，也要有生活才能写作，没有生活便不能点铁成金。所以首要的问题还是解决深入生活的问题。

题材应是自己真正熟悉的材料，作家可以从各种不同的角度来阐明题材的意义，也就形成了不同的主题。相同的一个题材，莎士比亚写过，本生也写过，而主题却不相同。我们有些作者没有充分的创作准备，作品的主题思想并不是自己从生活中反复思索得来的，而是把政策当作主题，却又不知道政策是怎样得来的。这样写成的作品只是拿一些临时找来的材料来拼凑，硬安上一个主题，怎么能够写好呢？我写话剧《义和团》的时候有些体会：本来这个题材可以有各种解释，可以从各方面去选材。因为我父亲是被洋兵所杀，所以北京虽有些人不喜欢义和团，我可是另有感受，因此要写这个剧本。我感到中国的农民很勇敢，不甘做奴隶，如果受压迫，就要揭竿而起，这就是这个剧本的主题。我过去写的几个剧本，也有先定主题，临时找材料的，正如一件"富贵衣"，没有做到天衣无缝。有时要突出主题就喊几句口号，好象告诉读者说，教育意义就在这里！有时就让支部书记出来说几句话，也为了点明主题！因此我看到自己写的剧本中支部书记讲话，就感到特别难受。主题应当是水到渠成的东西，生活丰富是最重要的。

题材与作家的风格也是有关系的，熟悉了题材，才能产生风格。作家总是选择与他的创作风格一致的题材来写。我就写不出斗争比较强烈的戏。因为天性不是爱打架的人，而且又没有参加革命斗争，所以写起逗笑、凑趣的东西就比较方便一些。我喜欢笑，写悲剧就不大合适。题材、体裁、风格都是有关系的。因此，应当是，谁写什么合适就写什么，不要强求一律。顺水推舟才能畅快。同时也与劳逸结合有关。如果要我关起门来写悲剧就很困难，对健康也许有些损失。所以应多写一些对自己适合的、自己愿意写的东西，也预备写一些虽然现在不熟悉但却可以去熟悉的东西。写新事物，也写旧生活。有人老是写一样的题材也无所不可。有一招就拿出一招来，总比一招也没有好一些。大家都拿出自己的一招来，也就百花齐放了。

现在还有一些老作家没动笔，应当动起笔来。有的青年作者写了一部作品而失败了，不要灰心，不可以一部作品论成败。写了作品没成功也可以得到锻炼。这次没写好，下次就可能写好。三个剧本没写好，也可能利用这三个剧本的材料写成一部小说。长篇写不成就写短篇，小说写不了就写散文，写总比长期搁笔不写好。要经常增加本领，有了本领即使是别人出题也能写出好文章。

# 后 记

在人民文学出版社 1993 年版《老舍文集》十六卷中，十五、十六两卷全是文论，共 281 篇。总的说，这批文论尊重艺术规律，确有很高价值，但至今少有人研究介绍。笔者在其中精选了 44 篇，加以解读，求教于专家和读者。另有总论一篇，将在刊物上发表。

在此特别感谢文物出版社谭平副社长、刘铁巍副总编辑和本书责任编辑许海意同志对笔者的支持。

吴小美
2016 年 6 月